FRIEDERIKE SCHMÖE

Rhöner Nebel

ES IST NIE VORBEI Anja Riedeisen bittet Privatdetektivin Katinka Palfy um Hilfe: Sie ist zu einer Feier in dem Internat in der Rhön eingeladen, wo sie vor 30 Jahren ein freiwilliges soziales Jahr ableistete. Eine der Nonnen, die damals auch dort Dienst taten, feiert ihren 80. Geburtstag. Aber aus unerklärlichen Gründen fürchtet sich Anja vor der Begegnung mit ehemaligen Kollegen, Schülern und ihrer ersten großen Liebe. Katinka soll sie als Beschützerin – offiziell »als Freundin« – begleiten.

Vor Ort überwältigen Anja die alten Erinnerungen an den Suizid ihrer Freundin Kirsten. Erst jetzt kann Anja sich eingestehen, dass sie nie an Selbstmord glaubte. Katinka Palfy beginnt zu ermitteln. Was haben der frühere Zivildienstleistende Tobias, der Kirstens Freund war, und die anderen ehemaligen Angestellten zu verbergen?

© Frank Märzke

Geboren und aufgewachsen in Coburg, wurde Friederike Schmöe früh zur Büchernärrin – eine Leidenschaft, der die Universitätsdozentin heute beruflich nachgeht. In ihrer Schreibwerkstatt in der Weltkulturerbestadt Bamberg verfasst sie seit 2000 Kriminalromane und Kurzgeschichten, gibt Kreativitätskurse für Kinder und Erwachsene und veranstaltet Literaturevents, auf denen sie in Begleitung von Musikern aus ihren Werken liest. Ihr literarisches Universum umfasst u. a. die Krimireihen um die Bamberger Privatdetektivin Katinka Palfy und die Münchner Ghostwriterin Kea Laverde.

FRIEDERIKE SCHMÖE

Rhöner Nebel

Kriminalroman

GMEINER

Immer informiert

Spannung pur – mit unserem Newsletter informieren wir Sie regelmäßig über Wissenswertes aus unserer Bücherwelt.

Gefällt mir!

Facebook: @Gmeiner.Verlag
Instagram: @gmeinerverlag
Twitter: @GmeinerVerlag

MIX
Papier aus verantwortungsvollen Quellen
FSC® C083411
FSC www.fsc.org

Besuchen Sie uns im Internet:
www.gmeiner-verlag.de

Im Ehnried 5, 88605 Meßkirch
Telefon 07575/2095-0
info@gmeiner-verlag.de

1. Auflage 2020

Lektorat: Claudia Senghaas, Kirchardt
Herstellung: Julia Franze
Umschlaggestaltung: U.O.R.G. Lutz Eberle, Stuttgart
unter Verwendung eines Fotos von: © Matthias / stock.adobe.com
Druck: CPI books GmbH, Leck
Printed in Germany
ISBN 978-3-8392-2589-9

VORWORT

Liebe Leserinnen und Leser,

ein Albertus-Magnus-Internat hat es meines Wissens in der Rhön nie gegeben. Falls doch, dann ist die in diesem Buch erwähnte pädagogische Anstalt eine gänzlich andere. Alle Figuren, Klarnamen, Decknamen und Handlungen sind frei erfunden. Sollten Sie Ähnlichkeiten mit realen Personen feststellen, selbst wenn diese auffällige Autos fahren, spielt Ihnen vermutlich gerade Ihr eigener Kopf einen Streich. Die hier geschilderte Zeitgeschichte allerdings spiegelt die »echten« späten 1980er-Jahre in der oberfränkischen Provinz wider, ihr Lebensgefühl, ihre Nischen und die sich Stück für Stück herbeischleichende Aufbruchsstimmung. Und natürlich reflektiert die Handlung auch das, was mehr als 30 Jahre später aus der Region geworden ist.

Friederike Schmöe

*

9.1.1988

1.

Die Provinzoberin ließ Schwester Gertrudis warten.

Gertrudis ging im Flur auf und ab, weniger aus Nervosität als wegen der Kälte, die ihr die Beine hochkroch. Unter dem Rock trug sie dicke Strumpfhosen; ihre Stiefel waren mit Fell gefüttert und die Strickjacke, ein Weihnachtsgeschenk von Romana, wärmte zusätzlich. Trotzdem fröstelte sie. Das Mutterhaus in Würzburg war ein alter Kasten, renovierungsbedürftig. Schaudernd dachte sie an die Zeit, die sie hier verbracht hatte, bevor sie vor fünf Jahren ins Internat in die Rhön versetzt worden war.

Vor dem Neuanfang dort oben hatte sie sich gefürchtet. Doch die Rhön mochte rau sein und eisig, stets vom Wind umtost und auf den ersten Blick wenig anheimelnd, Gertrudis hatte sich schnell eingewöhnt. Zudem waren die Fenster gerade erst ausgetauscht worden, sie selbst als Direktorin des Internats und Hausoberin hatte das veranlasst, und sogar in einem harten Winter wie diesem hatten sie und ihre Mitschwestern es warm und gemütlich. Es zog nicht, und aus dem Wasserhahn kam heißes Wasser, das hatte sie für das ganze Internat durchgesetzt. Eigentlich eine Selbstverständlichkeit, doch im Mutterhaus konnte man davon nur träumen. Der Provinzleitung waren die Hände gebunden, selbst wenn eine von außen auferlegte Askese niemandem mehr zeitgemäß vorkam. Nein, Gertrudis kannte das Problem, das hinter der zunehmenden Verwahrlosung steckte: Geldmangel. Eine neue Heizung für das riesige Gebäude? Unerschwinglich. Moderne Fenster? Nicht dran zu denken.

Auch im Internat brauchte sie eine Strategie. Die Bäder für die Schüler waren vorsintflutlich. Bei der Besichtigung zum Ende des Schuljahres, wenn noch unentschlossene Eltern in die Eingeweide ihrer katholischen Erziehungsanstalt blickten, schämte Gertrudis sich jedes Mal für die grau gekachelten Badezimmer.

Die Tür öffnete sich.

»Gertrudis, entschuldige, dass du warten musstest. Ich wurde am Telefon aufgehalten!« Die Provinzoberin zog Gertrudis an sich und deutete einen Wangenkuss an. Sie war eine grobknochige, kräftig gebaute Frau. Eine Bohnenstange wie Gertrudis ertrank fast in dieser Umarmung.

»Nicht der Rede wert.«

»Wir müssen über so vieles sprechen. Tee?«

»Gern.« Gertrudis wurde ins Zimmer geschoben. Ihr stand der Sinn nicht nach Tee, im Mutterhaus wurde entweder Hagebutte oder die Hauskräutermischung gereicht, beides hatte sie so gut wie ein Leben lang schlucken müssen. Sie verbiss sich ein Lächeln, das Wortspiel sagte so viel aus. Aber Gertrudis würde sich hüten, die Provinzoberin durch eine Ablehnung zu reizen. Schließlich ging es um etwas. Irgendwo im Stock über ihnen klingelte ein Telefon.

»Hausmischung?«

»Ja, natürlich!«

Die Provinzoberin lächelte breit. Sie war frisch gewählt und stürzte sich voller Energie in jede noch so kleine Einzelheit ihrer Leitungsfunktion. Selbst wenn es nur darum ging,

Tee einzugießen, wirkte sie dabei, als unternähme sie einen ausgeklügelten diplomatischen Schachzug. Nun wurde Gertrudis doch nervös.

Die Oberin ließ sich hinter ihrem Schreibtisch nieder. Ein hölzernes Ungetüm, ein Erbstück, wie so viele Möbel hier. Jemand hatte sein Erbe dem Orden gespendet. Wohin mit all den alten Dingen?

»Berichte. Wie geht es euch da oben im Gebirge?«

Gertrudis hatte sich alles zurechtgelegt. Mit Zahlen konnte sie. Das Internat trug sich, noch, wurde großzügig vom bayerischen Staat unterstützt. Schließlich bot es Jugendlichen in einer strukturschwachen Region die Möglichkeit, eine weiterführende Schule zu besuchen, mit zusätzlicher Betreuung sowie Sportangeboten, und darüber hinaus hatten sie ja seit zwei Jahren diesen Sonderzweig. Der kostete extra, wobei die Eltern der dort lernenden Schüler mehr als bereit waren, für die zusätzlichen Dienstleistungen zu zahlen.

»Wie geht es euren Versagern?«, kam die Provinzoberin zum Punkt.

»Den Begriff mag ich nicht so sehr«, konterte Gertrudis.

»Ich verstehe. Es handelt sich um Jugendliche, die einfach Pech hatten.«

»Nicht unbedingt Pech. Manchmal ist es eine Verkettung vieler ungünstiger Umstände, die dazu führen, dass sie ihre Schulkarriere abbrechen, in die Sucht rutschen, von zu Hause weglaufen.« Gertrudis nippte an ihrer Tasse. Der gleiche, grasige Geschmack, den sie seit ihrem Noviziat vor beinahe 40 Jahren kannte. Ihr Magen krampfte sich empört zusammen. Sie ignorierte ihn, genauso wie den leidenden Blick des Gekreuzigten an der Wand hinter dem Schreibtisch.

»Ich bekomme ab und zu Anfragen von Reportern. Alles

Mögliche wollen sie über euch wissen. Die entsprechenden Zeitungsausschnitte habe ich dir zugeschickt.« Die Provinzoberin lehnte sich zurück, strahlend vor Stolz.

»Die positive Resonanz freut uns. Das Konzept funktioniert. Die allermeisten Jugendlichen begreifen unser Internat und die Sonderförderung als ihre letzte Chance. Sie arbeiten mit. Das ist die Grundvoraussetzung.«

»Wohl wahr. Und die Bilanz?«

Gertrudis überlegte blitzschnell. Zum Ende des vergangenen Schuljahres war das Geld knapp geworden.

»Romana hat mir erzählt, dass die Spendensituation sich gebessert hat«, fügte die Provinzoberin hinzu.

Gertrudis wurde blass. Ihre Mitschwester Romana fungierte als ihre Stellvertreterin. Die Chemie zwischen ihnen stimmte nicht. Zudem war Romana knapp zehn Jahre jünger, energiegeladen, robust und ehrgeizig. Sie würde liebend gern die Internatsleitung übernehmen. Probleme, die Gertrudis nicht schlafen ließen, stachelten Romana nur an, unkonventionelle Lösungen zu erarbeiten.

»Wir haben einen Vater, dessen Sohn Schulprobleme hatte und der von der Extrabetreuung profitiert. Ein Industrieller. Er spendet großzügig.«

Die Provinzoberin legte die Fingerspitzen aneinander. »Meine Liebe. Spenden sind gut. Leider sind sie nicht vorauszusehen. Ich brauche die Gewissheit, dass wir es mit den regulären Einnahmen schaffen.«

Wenn die Provinzoberin von Romana geimpft worden war, und ihr Hinweis auf die Spenden ließ keine anderen Rückschlüsse zu, war sie vielleicht mit den Zahlen besser vertraut, als sie durchblicken ließ. Gertrudis entschied sich, ehrlich zu sein.

»Selbstverständlich kosten die zusätzlichen Pädagogen

Geld. Anders können wir jedoch die spezielle Förderung der Jugendlichen, die Schulprobleme haben, nicht leisten. Des Weiteren behelfen wir uns mit Referendaren, die keine Stelle im regulären Schuldienst bekommen haben. Sie übernehmen Stunden bei uns.«

Wieder das Telefon. Irgendwo über ihr.

»Nachhilfe.«

»Man kann es so nennen. Im Kern geht es um die individuellen Lerndefizite der Schüler. Die müssen aufgefangen werden. Außerdem helfen uns die Mädchen, die bei uns ihr freiwilliges soziales Jahr ableisten.« Gertrudis räusperte sich. »Womöglich können wir in dem Rahmen eine weitere Stelle einrichten. Dieser Förderzweig ist unsere einzige Chance, wenn wir auf lange Sicht bestehen wollen.«

Es war heraus. Gertrudis würde die Worte nie zurücknehmen können.

Ein Windstoß fuhr gegen das Fenster. Grau hockte der Himmel auf den Dächern Würzburgs. In der Rhön würde es weiterschneien. Zeit, an den Aufbruch zu denken, wenn sie nicht im Dunkeln zu Hause ankommen wollte.

»Könnt ihr die Kosten drücken?«

»Da wäre auch noch unser Zivi …«

»Versteh mich nicht falsch. Ich möchte bei diesem Förderprojekt bleiben. Ich halte es für zukunftsfähig, wirklich! Wann immer ich kann, weise ich auf das Albertus-Magnus-Internat hin. Demnächst geht ein Informationsbrief an die Schulbehörden in Bayern und Hessen raus. Werbung ist alles. Nicht kleckern, klotzen. Eventuell können wir bei den Ministerien auf höhere Zuschüsse pochen.« Sie lachte laut und herzlich, während in ihrem Rücken das Fenster im Wind klapperte. »Du machst gute Arbeit, Gertrudis. Denk bitte daran: Spenden helfen, wenn es mal knapp wird. Doch hauptsächlich müssen die Einnahmen von den Beiträgen der Eltern und den staatlichen Mitteln kommen. Ich möchte nicht von einer Person abhängig werden. Das verstehst du sicher?«

Gertrudis nickte und murmelte ein paar Floskeln. Dieses Gespräch lief trotz allem nicht auf ein Desaster zu, wie sie zuvor gefürchtet hatte.

»Damit du dich vollständig auf das Internat konzentrieren kannst, möchte ich dir eine Belastung abnehmen. Ab Februar übernimmt Schwester Romana das Administrative. Du legst all dein Gewicht in die pädagogische Arbeit.«

Darauf lief es hinaus! Ein Schauder rann Gertrudis über den Rücken. Unwillkürlich kreuzte sie die Arme vor der Brust, als müsse sie sich vor einem Faustschlag schützen. Um Pädagogik ging es in ihrem Amt gerade nicht! Eher um Betriebswirtschaft.

»Ich …«

»Keine Widerrede. In unserem Alter müssen wir mit unseren Kräften haushalten. Leider sieht die Nachwuchssituation unseres Ordens, du entschuldigst die Wortwahl, hundsmiserabel aus. Wenn der Herr keine Wunder geschehen lässt, bleiben irgendwann nur wir Alten übrig. Noch Tee?«

Sie sondert mich aus, dachte Gertrudis, während sie mechanisch ihre Tasse hochhielt und sich die grasige Brühe einschenken ließ. Langsam, aber sicher. Und Romana rückt immer näher. Bis sie mich ausgestochen hat. Bloß wegen ihres Förderers mit den Goldhosen. Unversehens brach ihr der Schweiß aus.

Sie musste aufpassen.

*

18.5.2018

2.

Privatdetektivin Katinka Palfy hatte kein Problem mit mysteriösen Persönlichkeiten. Im Prinzip fand sie undurchschaubare Menschen sogar interessanter als jene, in denen sie lesen konnte wie in einem offenen Buch. Dass allerdings ihre neue Klientin Anja Riedeisen, 51, sich davor fürchtete, bei einer Geburtstagsfeier ihre einstige Jugendliebe wiederzutreffen, und deshalb eine Personenschützerin dabeihaben wollte, hielt sie für unverhältnismäßig. Natürlich ging es bei diesem neuen Auftrag um etwas anderes als 30 Jahre alte romantische Gefühle. Wenngleich Anja Riedeisen dazu noch nicht viel gesagt hatte.

Katinka steuerte ihren italienischen Kleinwagen, gutmütig »der Italiener« genannt, die Höhenzüge der Rhön hinauf. Von Bamberg, wo sie lebte und üblicherweise auch arbeitete, keine weite Reise.

»Damals ging hier eine der am schärfsten bewachten Grenzen der Welt durch«, ließ sich Anja vernehmen.

»Damals.«

»Sie müssen verstehen. Diese Fahrt ist der reinste Flashback für mich! Seinerzeit«, sie lachte verlegen, »lag dort rechts Thüringen und dort links Bayern. Unser Internat befand sich ganze fünf Kilometer von der sogenannten

Ostzone entfernt. Zu Beginn des Schuljahres bekamen wir Ermahnungen, uns nicht zu nah an die Grenze zu bewegen.«

»Wie kamen Sie überhaupt auf die Idee, Ihr freiwilliges soziales Jahr an so einem abgelegenen Ort zu machen?«, fragte Katinka aus echter Neugier. Das Kürzel FSJ war ihr nicht gänzlich unvertraut. Doch so etwas wie eine Grenze gab es nicht mehr. 30 Jahre waren eine lange Zeit, fand Katinka. Die Welt hatte sich in der Zwischenzeit Pi mal Daumen 262.800 Mal um die eigene Achse gedreht.

Der Landschaft der Rhön hatte die Zeit bislang nichts anhaben können. Stoisch, schroff, abwartend wirkten die geduckten Sträucher am Feldrand. Ab und zu drückte eine Windbö den Wagen zur Seite.

»Ich bin in Fulda aufgewachsen. Katholisch konservativ. Wollte Lehrerin werden, auf keinen Fall Wirtschaft studieren, sonst hätte mein Vater mich vollkommen vereinnahmt.«

»Warum?«

»Er besitzt eine Papierfabrik. Alles stellt er her, von Geschenkpapier über Fotopapier bis Grußkarten. Wäre ich ein Sohn gewesen, hätte er mich vermutlich gezwungen, in die Firma einzusteigen. Als ich mit meinem Studienwunsch rausrückte, kriegte er zu viel. Ich ließ mich von seinen Wutanfällen und Bestechungsversuchen nicht davon abhalten, hatte Informationen von verschiedenen Universitäten angefordert. Am liebsten wollte ich nach Passau, weit weg von den Eltern. Als er mitbekam, wie ernst es mir war, gab er sich kompromissbereit. Ich sollte ruhig erst mal ein Praktikum machen, ich würde schon sehen, dass Lehramt nichts für mich ist.«

»Da hat er sich wohl getäuscht!«

»Richtig. Ich bin doch Lehrerin geworden. Das freiwillige Jahr im Internat hat mir sehr gut gefallen. Danach bekam ich einen Studienplatz und später eine Anstellung im Gymnasium in Bamberg. Meine Wunschstadt übrigens! Was will man mehr.«

Katinka setzte den Blinker, folgte den Wegweisern. Rund um die schmalen Straßen ragten die dunklen Gipfel der Rhön auf. In der Ferne konnte man die Wasserkuppe ahnen mit der markanten Radarkuppel. Ein paar Wolken zogen sich dort zusammen. Ansonsten war der Himmel blitzblau. Mai eben.

»Aber warum hier oben?«

»Wegen der ganzen Zankerei mit den Eltern hatte ich mich recht spät beworben. Eigentlich wäre ich lieber weiter weggegangen, so wurde es die Rhön. Sehr viel mehr Stellen waren nicht mehr frei.«

»Ein Pflaster für Eisenbereifte.«

»So schlimm ist es nicht«, lachte Anja Riedeisen. »Alles war ja neu für mich. Ich hatte eine Menge Ablenkung und kam kaum zum Grübeln. Die Tage vergingen wie im Flug. Das Albertus-Magnus-Internat hatte zwei Jahre zuvor einen zusätzlichen Zweig eingerichtet. Extraförderung für Schulabbrecher, die es noch einmal probieren wollten.«

»Und da haben Sie sich verliebt?«

»In Martin Süderbeck. Kindisch, dennoch eine prägende Beziehung. Er hatte zwei Schlamperjahre hinter sich und wurde erst im Alter von 18 einsichtig. Plötzlich wollte er doch das Abitur machen. Er war schon älter als ich. Meine Schulkarriere hingegen war eine Brave-Mädchen-Chronik: schnurstracks zum Ziel.«

Katinka grinste. »Was nichts heißt.« Sie ließ den Blick schweifen. Außer dem einen oder anderen Motorrad, dessen Fahrer das Frühlingswetter genoss, waren sie allein auf der Straße. »Wie verhielt sich eigentlich Ihre Mutter zu Ihrer Idee, ein Jahr in der Rhön pädagogisch tätig zu sein?«

»Sie stand immer auf der Seite meines Vaters.« Anja seufzte. »Heißt so viel wie: Sie war dagegen. Was soll ich sagen: Ich habe mich durchgesetzt. Die Zeit hier oben tat mir gut. Endlich weg von der Enge der Familie konnte ich herausfinden, was sonst außer Gehorsam und stillem Groll in mir steckte. Ich war glücklich hier auf den windumwehten Höhenzügen, mit dem Ballast der deutschen Nachkriegsgeschichte im Rücken. Irgendwie nahm man das alles sowieso einfach hin. Die Grenze wurde schnell zur Normalität. Wir arrangierten uns damit, dass Thüringen, in das wir von der nächstgelegenen Anhöhe rüberschauen konnten, unerreichbar blieb. Wir riefen Freunde in den USA an, aber niemanden ein paar Kilometer weiter. Wir kannten da keinen. Seltsam. Einem Jugendlichen von heute kann man das nicht mehr nahebringen.«

»Es gab keine Handys. Telefonieren war teuer.«

»Und das Telefon stand an der zugigsten Stelle im Haus! Damit man sich kurzfasste.«

Ein Trupp Radfahrer in aerodynamischem Outfit rauschte ihnen entgegen, sich gegen den Wind stemmend.

»Kirsten und ich sind auch immer mit dem Rad unterwegs gewesen.« Anja deutete auf die Sportler. »Bei Wind und Wetter. Sogar im Winter.«

»Kirsten?«

Es blieb eine Weile still. »Meine Freundin. Die zweite FSJ-lerin im Internat. Wir verstanden uns super. Von Anfang an.«

Irgendetwas schwang da noch mit, fand Katinka. Trotzdem unterließ sie es nachzuhaken. Ihr Auftrag bestand darin, bei der bevorstehenden Geburtstagsfeier einer der Ordensschwestern, die vor 30 Jahren das Haus geführt hatten, Anja als vermeintliche »Freundin« zu begleiten. Anja war geschieden, ein anderer Mann als Begleitperson nicht in Sicht. Alleine zu fahren, kam ihr ebenso wenig angemessen vor. Es ging um Samstag und Sonntag in der Rhön. Das war alles. Für Katinka eine willkommene Abwechslung zu diversen anderen Aufträgen.

»Erzählen Sie mir mehr über die Nonnen«, bat Katinka. Besser, sie besann sich auf das Naheliegende. Zumal sich in ihrer Beziehung zu Hardo in der letzten Zeit ein Misston eingeschlichen hatte. Was Katinka auf eine vermurkste Ermittlung zurückführte, die bei der Bamberger Polizei für handfesten Ärger gesorgt hatte. Jemand hatte seine Kompetenzen überschritten, und ihr Lebensgefährte Harduin Uttenreuther musste den Schlamassel ausbaden. Ihr ging allmählich die Geduld aus, um seine Launen und sein rüffeliges Gehabe zu ertragen.

»Schwester Romana war stellvertretende Leiterin. Eine temperamentvolle Person voller Tatendrang. Mit ihr führte ich mein Bewerbungsgespräch. Himmel, war ich nervös! Trotz katholischer Sozialisation hatte ich zum ersten Mal mit Nonnen zu tun. Dann war da Schwester Gertrudis, die Direktorin, verantwortlich für das pädagogische Konzept. Äußerlich war sie das ganze Gegenteil von Romana. Außerdem gehörten eine Küchenschwester und eine Erzieherin dazu. Außer Kirsten, mir und den Hauptamtlichen gab es noch einen Zivi. Tobias. Ob er auch kommt?«, murmelte sie, mehr zu sich selbst.

Katinka nahm Tempo weg. Rechts am Weg stemmte sich eine Kapelle aus Sandstein gegen den Himmel, wuchtig, wehrhaft. Dahinter blühte ein Holunderstrauch, silbern glänzend vor dem stahlblauen Himmel. Die harsche Landschaft machte es einem bei diesem traumhaften Frühlingswetter leicht, in Bewunderung auszubrechen.

Den Wagen, der über die Hügelkuppe auf sie zuschoss, sah sie beinahe zu spät. Sie wandte ihren Blick erst wieder der Straße zu, als sie Anjas lautes Schreien hörte. Riss das Steuer herum. Gab Lichthupe.

»Verdammt, ist der meschugge?« Sie lenkte den Italiener ganz nach rechts, spürte groben Untergrund unter den Reifen. Das Steuerrad umklammernd hielt sie die Spur.

Der Sportwagen, ein superflaches, schwarzes Modell, röhrte vorbei. Sie erhaschte gerade noch einen Blick auf das höhnische Grinsen des Fahrers.

»Honk!« Katinka schaltete die Warnblinkanlage an und hielt. »Frau Riedeisen?« Vorsichtig berührte sie ihre Klientin an der Schulter. Die zuckte zurück, hob sogar den Arm, als müsste sie sich verteidigen. »Es ist nichts passiert! Wir sind nicht im Graben gelandet.«

Anja presste die Hände vors Gesicht. Ihr Schreien war in ein dünnes Wimmern übergegangen.

Katinka wartete. Diese Frau brauchte ein wenig Zeit. Und sie hatte vor etwas Angst. Jedoch nicht unbedingt vor dem Zusammentreffen mit ihrer ersten Liebe vor 30 Jahren.

*

3.

»Albertus-Magnus-Zentrum«, stand auf einem Hinweisschild, daneben ein größeres mit der Aufschrift: »Zur Fremdsprachenkorrespondentenschule«.

»Sieh an. Früher hieß es nicht Zentrum«, sagte Anja Riedeisen lächelnd.

Katinka bog auf die schmale Zufahrtsstraße. Zwei mehrstöckige neobarocke Gebäude erhoben sich am Waldrand, Sandstein, warm in der hellen Frühlingssonne leuchtend. Frisches Grün hatte sich noch kaum in den Wald verirrt, dafür sorgten die auf einer Wiese vor dem linken Haus geparkten Autos für Farbflecke.

»Meine Güte! Hier hat sich fast nichts verändert! Das linke Haus war das, wo die unteren Klassen wohnten. Auch die Schwestern und wir als Freiwillige hatten dort unsere Zimmer. Ich frage mich, ob sie wenigstens die gruseligen Badezimmer renoviert haben.«

»Es sind 30 Jahre vergangen«, warf Katinka ein. »Da muss man schon mal ein Fenster auswechseln. Ich weiß, wovon ich rede.« Sie dachte an die unbezahlten Rechnungen von ihren letzten Renovierungsarbeiten. Alles in allem kam ihr dieser Auftrag entgegen. Leicht verdientes Geld mit einem gewissen Freizeitfaktor.

»Da haben Sie recht.«

»Wer wohnte in dem rechten Gebäude?«

»Die älteren Schüler und ein Ehepaar. Beide waren als Pädagogen tätig.«

»Soweit ich weiß, waren die meisten Internate in den 80ern nach Geschlechtern getrennt.«

»Das trifft für die Städte zu, aber hier in der Einöde – da musste man gerechterweise Jungen wie Mädchen eine Chance geben.«

»Die Schule befand sich nicht hier?«

»Nein, in Mellrichstadt. Die Schüler besuchten entweder das Gymnasium oder die Realschule. Ein Bus brachte sie jeden Morgen hin, mittags gab es einen Rückfahrtdienst und noch einmal einen gegen 16 Uhr.«

»Mittlerweile haben die Schwestern die Räumlichkeiten anscheinend weitervermietet. Die Fremdsprachenkorrespondentenschule muss in dem rechten Gebäude sein, oder?«

»Offenbar, ja. An so etwas wäre früher nie zu denken gewesen. Der Platz wurde für die Schüler benötigt. Wahrscheinlich hat der Unterhalt der Anlage an der Kasse der Nonnen genagt und sie gezwungen, durch Vermietung Geld zu verdienen. Die meisten kamen uns damals schon recht alt vor. Mittlerweile müssen sie Greisinnen sein. Und Nachwuchs gibt es kaum noch.«

Katinka stellte ihren Italiener neben einem Mustang mit Münchner Nummer ab. »Aus den Schülern sollte richtig was geworden sein, wenn man die schicken Fahrzeuge betrachtet.«

»Ich sage Ihnen, Internatserziehung war seinerzeit begehrt. Was sollte man hier draußen denn tun, außer brav zu lernen?«

»Knutschen im Wald?«

Anja Riedeisen lachte. »Das stand selbstverständlich auch auf dem Programm.«

»Sollen wir?«

»Ich muss erst mal durchatmen.«

Katinka wandte den Kopf. Das Gesicht ihrer Auftraggeberin war blass. Die Unterhaltung hatte sie von ihren Sorgen anscheinend nicht abgelenkt.

»Was ist los, Frau Riedeisen?«

»Ist nicht so einfach. Ehrlich.«

»Sie haben es doch damals ganz gut ausgehalten. Mit 20 hat man meistens mehr Probleme als mit 50. Habe ich mir sagen lassen.«

Wieder ein leises Lachen. »Sie haben recht. Deswegen wollte ich Sie dabeihaben.«

»Als Motivationsfaktor?«

Anja Riedeisen stieg aus. »Sehen Sie den flachen Anbau ganz rechts? Das war die Innenturnhalle. Sportangebote hatte man gute. Es gab sogar ein Außenschwimmbad im Sommer. Ob sie das noch haben?«

»Wir werden es gleich feststellen.«

Katinka schritt forsch auf den Platz zwischen den beiden Gebäuden zu. Partyzelte waren aufgestellt. Etliche Besucher in schicker Kleidung standen dort herum, einige mit Sektgläsern in den Händen. Die Unterhaltungen wirkten verhalten, man befand sich in der Aufwärmphase. Katinka bemerkte zwei Nonnen, die sich um die Gäste kümmerten. Wie Butler in zu weiten Kleidern kreisten sie um die Besucher.

»Anja! Mein Gott, Anja Mähling? Wie ich mich freue!« Eine Schwester löste sich aus der Menge und marschierte auf Anja und Katinka zu.

»Schwester Romana! Herzlichen Glückwunsch zum Geburtstag!«

»Anja, das ist so schön, dich zu sehen. Ich darf doch beim Du bleiben?«

Anja Riedeisen lachte.

»Das ist Schwester Romana, sie war stellvertretende Direktorin, als ich hier meinen Dienst versah. Eine Freundin, Katinka Palfy.«

»Und Anja heißt jetzt Riedeisen.« Katinka streckte der

Nonne die Hand hin. »Auch von mir die besten Wünsche zum Geburtstag.«

Die Schwester griff energisch zu und schüttelte Katinkas Hand. Sie war eine von diesen korpulenten, heiteren Frauen, die mit ihrer unermüdlichen Tüchtigkeit nahezu jedes Problem aus der Welt schaffen und jeden Wunsch erfüllen konnten.

»Freut mich, freut mich. Danke bestens. Namen sind Schall und Rauch, aber mein Gedächtnis funktioniert ansonsten wie geschmiert. Bislang lässt es allenfalls bei Telefonnummern nach.« Sie lachte herzlich. »Ihr hattet eine lange Reise, nehme ich an, also stärkt euch erst einmal! Wir haben Prosecco da sowie alkoholfreie Drinks. Schlagt mir nicht über die Stränge, die eigentliche Party steigt erst heute Abend.«

»Wir übernachten«, wandte Anja ein. »Einen Prosecco können wir uns genehmigen, oder?«

»Warum nicht«, nickte Katinka.

Schwester Romana schlug sich an die Stirn. »Seht ihr, wohin Eigenlob führt. Hatte ich doch glatt vergessen, dass ihr auf der Übernachtungsgästeliste steht. Im Ernst: Ich habe die meisten Sachen wirklich im Kopf. Anders als unsere liebe Gertrudis.« Sie senkte die Stimme. »Sie steht an der Schwelle zur Demenz.«

»Ach du Schreck.« Anja sah betroffen drein. »Das hätte ich nie gedacht. Sie war immer so eine kontrollierte Person, hatte das Internat perfekt im Griff.«

Schwester Romana winkte ab. »Sich im Griff zu haben bedeutet nicht, dass man mit dem Leben zurechtkommt. Meine Meinung.«

Eine kurze Pause entstand. Die Schwester streckte sich, um nach Neuankömmlingen Ausschau zu halten.

»Sie haben sich extra keine Geschenke gewünscht«, sagte Anja. »Aber so ganz mit leeren Händen wollte ich nicht kommen. Daher habe ich eine Blumenschale für die Kapelle besorgt. Ist das in Ordnung?«

»Mein liebes Kind, natürlich. Etwas für die Gemeinschaft ist genau das Richtige. Was brauche ich schon? Materielles beschwert nur. Im Alter merkt man das deutlicher als je zuvor.«

»Wer von den früheren Schwestern ist denn heute noch hier?«

»Nur Richhilde, die ehemalige Küchenchefin. Du erinnerst dich sicher an die köstlichen Baumkuchen, die es zu Festtagen gab? Allein ihr Werk. Tja, Schwester Ursula, eine unserer besten Erzieherinnen, ist vor zehn Jahren gestorben. Das Küchenteam ist mittlerweile komplett weltlich. Richhilde hat Arthrose und kann sich kaum bewegen. An Arbeit ist nicht mehr zu denken, wenngleich sie sich an einem Tag wie heute zusammenreißt und versucht, ihren Beitrag zu leisten. Falls sie sonst das Haus verlässt, muss es ein guter Tag sein, sie kommt nur unter Schmerzen die Treppen runter. Heute leitet Schwester Irmtraud unseren Minikonvent, sie stieß vor drei Jahren dazu. Vier Schwestern, hier draußen, das muss man sich auf der Zunge zergehen lassen!« Schwester Romana nahm drei Gläser Prosecco von einem Tisch. Ein Windstoß bauschte ihren Rock auf. »Draußen feiern in der Rhön, das gelingt nicht immer. Der Herrgott meint es gut mit uns. Auf eure gesunde Ankunft in der Vergangenheit!« Sie lachte fröhlich und stieß mit Katinka und Anja an. Die Gläser klirrten.

Katinka sah sich um. Unter den Gästen hatten sich mittlerweile Grüppchen gebildet. Viele schienen mit ihren Familien gekommen zu sein. Kinder flitzten über die Wiesen, zwei unzufriedene Teenager hockten auf einer Bank und daddelten auf ihren Handys. Der Empfang hier oben schien zu wünschen übrig zu lassen, denn beide machten ausgesprochen verdrossene Gesichter.

»Schön hier. Lüftet den Geist«, sagte sie.

»Richtig. Ich mochte es früher nicht so gern, mittlerweile kann ich die Vorzüge schätzen«, lächelte Schwester Romana. »Besser spät als nie. Zum Sommer wird der Konvent aufgelöst.«

»Was?« Entgeistert sah Anja die Schwester an.

»Wir sind alt. Alle Orden leiden an Nachwuchsmangel. Wie sollen wir eine Einrichtung dieser Größe halten? Schon vor 15 Jahren haben wir die Hälfte der Gebäulichkeiten an die zukünftigen Fremdsprachenkorrespondenten vermietet. Die kommen zum Unterricht mit dem Auto. Unsere Schüler werden sich im kommenden Schuljahr andere Unterkünfte suchen müssen. Es sind ohnehin nicht mehr viele. So etwas wie ein Internatsleben gibt es kaum noch. Tja.«

Katinka ließ den Blick schweifen. An einem sonnigen Frühlingstag wirkte alles malerisch, ein wenig aus der Zeit gefallen. Aber im November, in Tristesse und Düsternis? Meins wäre es nicht, dachte sie.

»Ist das Ehepaar Krone noch hier?«, fragte Anja.

»Beide gehen im Sommer in Frührente. Sie haben sich einen Alterssitz in Thüringen verschafft, stell dir vor. Hinter der Grenze!«, gluckste Schwester Romana. »Wer hätte das damals gedacht?«

»Niemand. Ich kann mich erinnern, wie Sie mich eingewiesen haben, als ich meinen Dienst hier begann«, lächelte Anja. »Vorsicht im Wald. Nicht bis zur Grenze gehen. Spätestens an den weiß-blauen Pfosten stehen bleiben. Die Schüler darauf hinweisen.«

Schwester Romana zeigte auf ein Grüppchen. »Da drüben steht Gitta Krone. Ganz die alte, was?«

Neugierig beäugte Katinka eine dünne Frau in Jeans und einem Herrenhemd, die gerade ihr Saftglas abstellte und ein etwa vierjähriges Mädchen zurechtwies, das unter dem Tisch mit den Getränken ein charmantes Versteck zum Spielen gefunden hatte.

»Humorvoll war sie nie«, sinnierte Anja.

»Wenn ihr eure Zimmer in Augenschein nehmen wollt: Im Treppenhaus hängt ein Zettel mit euren Namen und der Zimmernummer. Zweiter oder dritter Stock. Kein Lift, leider. Wir alten Nonnen müssen wenigstens bloß in die erste Etage raufklettern. Selbst das schafft die arme Richhilde kaum. Sie ist diejenige von uns, die am längsten hier lebt. Mit Übernahme des Internats durch den Orden kam sie in die Rhön.«

Anja nickte abgelenkt. Eine andere Nonne löste sich aus der Menge.

»Romana?«, rief sie. Ihre Stimme klang heiser. Sie war klein, sehr mager, knochig beinahe. Ihre Füße steckten in Schnürstiefeln, die ihr eindeutig zu groß waren.

»Meine Güte, sie hat wieder die dicken Winterschuhe angezogen«, wisperte Romana. »Das ist es, was das Alter aus den Menschen macht. Früher war sie so eine fähige Chefin. Sie ist 91, wusstest du das, Anja?« Laut rief sie: »Gertrudis, kannst du dich an unsere Anja erinnern?«

Die dünne Nonne blinzelte kurzsichtig. »Anja Mähling.« Sie lächelte breit. »Das freut mich ganz besonders.«

»Mich ebenfalls, Schwester Gertrudis. Schön, Sie wiederzusehen.«

Gertrudis streckte die Hand aus. »Du warst ja eine von denen, die uns besonders ans Herz gewachsen sind!«

Schwester Romana verdrehte die Augen.

»Und Sie? Kenne ich Sie auch?«, wandte Gertrudis sich an Katinka.

Helle blaue Augen strahlten sie an.

»Nein, wir sind uns noch nicht begegnet. Ich bin eine Freundin von Anja.«

»Sie heißt Karina«, sagte Schwester Romana.

»Katinka.«

Romana nahm die andere Nonne bei der Hand. »Ist denn unser Tobias schon hier? Ihn kennt Anja doch noch.«

Katinka musterte Schwester Romana neugierig. Sie wirkte, als habe sie sich seit Wochen auf diesen Tag gefreut und wäre nun bereit, ihn in vollen Zügen auszukosten.

»Tobias Gebsen?«, hörte sie Anja aufgeregt fragen. Von Nervosität war nichts mehr zu spüren.

»Genau der. Ihr entschuldigt uns?«, bat Romana. »Gerade kommt ein Schwung Gäste.«

»Natürlich, kein Thema!« Anja nickte den Nonnen lächelnd zu.

Beide gingen davon, die magere Gertrudis steif wie ein Stock, Romana eilfertig.

Katinka stellte ihr Glas ab.

»Was dagegen, wenn ich mich ein bisschen umsehe?«, flüsterte sie Anja zu.

Ein Schatten glitt über Anjas Gesicht.

»Ich bin in einer Viertelstunde zurück. Möchte einfach die Anlage kennenlernen.«

»Klar. Natürlich«, nickte Anja.

*

4.

Katinka schlenderte über das Gelände. Der Wind ließ die Tischdecken flattern. Jemand brachte ein paar Feldsteine, um sie zu beschweren. Gelächter. Ein Sektglas fiel um. Leute wuselten umher. Mehr Gäste kamen vom Parkplatz herüber.

Eine runde Frau um die 50 mit kurz geschnittenem grauen Haar und einem Korb am Arm trat Katinka in den Weg.

»Grüß Gott!« Ein Namensschildchen an ihrem Pullover wies sie als Schwester Irmtraud aus. »Wir haben Badges für unsere Gäste vorbereitet, damit wir wenigstens voneinander wissen, wie wir heißen.«

»Katinka Palfy.«

Die Schwester wühlte im Korb. »Bitte, für Sie! Ich hoffe, Sie hatten eine gute Anreise?«

»Hatten wir. Ich bin eine Freundin von Anja Riedeisen. Sie hat als Freiwillige hier ein soziales Jahr absolviert. Vor 30 Jahren.«

»Ich bin erst seit drei Jahren hier. Die Namen von früher sagen mir leider nicht viel.«

»Darf ich neugierig sein?«, bat Katinka. »Warum tragen Sie keine Ordenstracht?«

»Meine Generation tut das nur noch bei Bedarf.« Sie lächelte. »Ihnen wird dies vielleicht eigenartig vorkommen. Dennoch: Ich bin die jüngste Schwester in diesem Altenheim. Mit 55!«

»Ich habe gehört, es gibt bloß noch vier Schwestern.«

»Stimmt. Wir halten die Fahne hoch!« Sie nickte Katinka zu und ging weiter zu den nächsten Gästen, die gerade vom Parkplatz herüberkamen, ein Paar mit zwei Kindern.

»Herzlich willkommen«, rief Schwester Irmtraud. »Verraten Sie mir Ihre Namen? Wir haben Badges vorbereitet.«

»Martin Süderbeck«, sagte der Mann. »Und Carola. Meine Frau.«

Sieh an, das ist er also, dachte Katinka. Anja Riedeisens erste Liebe.

Martin Süderbeck war groß, schlaksig, sein lockiges braunes Haar lichtete sich bereits, aber der grau melierte Dreitagebart gab ihm ein charmantes Aussehen. Er lächelte Schwester Irmtraud an, als er sein Namensschild in Empfang nahm. Grübchen in den Wangen. Ein jung gebliebenes Gesicht.

»Bitte sehr«, freute sich Schwester Irmtraud. »Und für die Kinder?«

»Linda und Delia. Eigentlich wollten sie gar nicht mit, lieber bei der Oma bleiben, nicht wahr?«, wandte er sich an zwei Mädchen von etwa zehn Jahren, die einander glichen wie das berühmte Ei dem anderen.

»Seid ihr Zwillinge?«, wollte Schwester Irmtraud wissen.

»Klar, sieht man doch«, antwortete die eine cool.

Katinka musste grinsen. Durchsetzungsvermögen und Wurstigkeit gegenüber Autoritäten konnte ein Mädchen nicht früh genug lernen.

Unauffällig behielt sie die Süderbecks im Blick, während sie weiterging. Das Gebäude auf der rechten Hofseite wirkte verlassen. Am Eingang prangte ein Schild: Fremdsprachenkorrespondentenschule. In einem Plastikkasten daneben warteten Flyer auf Interessenten. Katinka drückte die schwere Türklinke. Verschlossen.

»Das Internatsgebäude ist das andere«, erklärte jemand.

Katinka drehte sich um. »Gut, dass Sie es sagen. Ich war noch nie hier.«

Der Mann warf sich in die Brust. »Nein?«

Sie lugte auf sein Namensschild. Manfred Krone. »Und Sie?«

»Ich habe mein halbes Leben in diesem Haus als Pädagoge Dienst getan.«

»Zusammen mit Ihrer Frau, habe ich recht?«

Er starrte Katinka missmutig an. Es war offensichtlich, dass er dieses Detail gerne bühnenreif ausgestaltet hätte.

»Und nun gehen Sie in Frührente. Sehen Sie, so schnell sprechen sich Dinge herum.«

Er machte eine wegwerfende Handbewegung. »Das kenne ich wirklich zur Genüge. Wir haben es im Albertus-Magnus-Zentrum mit einer Börse zu tun, nichts bleibt unbekannt.«

»Schwester Romana hat es mir erzählt.«

»Romana! Der Name ist Programm. Die Ähnlichkeit mit dem Wort ›Roman‹ fällt ja wohl gleich auf. Also mit einem dicken Schmöker.« Krone hoffte auf eine Reaktion, die ihm belegte, dass sein Witz gut war.

Katinka ging nicht auf ihn ein. »Sie sieht jung aus. Nicht wie 80.«

»Nein, sie hat sich gut gehalten, hat ununterbrochen überall mitgemischt. Wer mit jungen Leuten arbeitet, bleibt im Herzen frisch.«

Du aber nicht, dachte Katinka, während sie den Lodenjanker und den Bauchansatz über der Cordhose ihres Gegenübers musterte.

»Mag sein.«

»Sind Sie auch im Internatsgeschäft tätig?«

»Bloß Begleitperson. Ich bin eine Freundin von Anja Riedeisen. Früher Mähling.«

Täuschte sie sich, oder wurde Krone tatsächlich eine Spur blasser?

»Wahrhaftig? Anja ist hier? Sie war eine sehr tüchtige Freiwillige. Hat sich schnell reingefunden. Der Winter damals, der dauerte fast ein Dreivierteljahr. Wobei …« Er zögerte. »Kein ganz unproblematisches Jahr.«

»Wegen des Winters?«

»Nein. Pädagogisch gesehen. Ich hoffe, Sie genießen das Wochenende!« Er ließ Katinka stehen.

*

7.7.1987

5.

Mähling fuhr mit Abblendlicht und schaltete es ganz aus, als er kurz nach halb elf auf die Zufahrt zum Albertus-Magnus-Internat einbog. Um diese Jahreszeit leuchtete der Himmel selbst nach zehn Uhr abends noch wie Silber.

Er hielt, drehte am Rückspiegel, kämmte sein Haar zurück, stieg aus. Hätte er den Kopf in den Nacken gelegt, wäre ihm der Himmel vorgekommen wie in Sternenlicht gebadet.

Schwester Romana stand in der Tür, am ganzen Körper Einsatzbereitschaft ausstrahlend.

»Schwester Romana, guten Abend.«

»Gelobt sei der Herr und so weiter. Kommen Sie herein, Herr Mähling. Wenn Sie wegen …«

Er hob die Hand. »Ich würde mich gerne … in Ruhe mit Ihnen unterhalten.«

»Das Haus liegt im Tiefschlaf.« Sie lächelte. »Gehen wir in mein Büro!«

Er folgte ihr in den ersten Stock, wo sie lautlos – die Nonnen schliefen auf diesem Flur – durch die Glastür mit der Aufschrift »Sekretariat« ins Allerheiligste der Büroräume schlüpften.

Romana bewegte sich trotz ihrer Körperfülle schnell und leise. Sie führte Mähling an einem überladenen Schreibtisch vorbei, auf dem eine Schreibmaschine mit ein paar eingespannten Blättern stand, durch eine Schiebetür hindurch.

»Mein Reich!«

Mähling sah sich in dem muffigen kleinen Raum um, in dem außer für einen massiven Schreibtisch mit Drehstuhl und zwei Sesseln kaum noch Platz für einen Aktenschrank war.

»Kann ich Ihnen etwas anbieten? Ein Bier?«

»Ich muss noch fahren.«

»Vielleicht einen Kaffee?«

»Nein, wirklich nicht nötig. Ich brauche Ihren Rat.«

»Immer gern. Bitte, setzen Sie sich.«

Er sank in einen Sessel. Die Spiralfedern spürte er im Hintern. Die Nonnen lebten wirklich am Limit. Für sich selbst zweigten sie von den diversen Geldströmen anscheinend nichts ab. Sie waren, wie man so sagte, nicht käuflich. Auf ihre Art konsequent. Einmal arme Ordensschwester, immer arme Ordensschwester. Er bewunderte und verachtete dieses Verhalten zugleich.

Romana nahm ihm gegenüber Platz.

»Meine Tochter hat sich bei Ihnen für ein freiwilliges soziales Jahr beworben.«

»Das ist mir bekannt, ich habe das Bewerbungsgespräch mit ihr geführt.«

»Also haben Sie sie bereits kennengelernt!«

»Ein liebenswürdiges junges Mädchen, wenn ich das sagen darf.«

»Danke.« Das Lob brachte Mähling aus dem Konzept. Er fühlte sich nun noch nervöser als eben. Es fiel ihm schwer, um etwas zu bitten. Aber er musste es tun. »Ich habe ein Anliegen.«

»Ich höre?«

»Anja, meine Tochter, darf es nicht wissen.«

Schwester Romana verschränkte die Arme. »Sie können auf meine Diskretion vertrauen. Außer mir weiß es niemand. Das wird auch so bleiben.«

»Gut. Schön. Also. Ich verlasse mich auf Sie.«

»Natürlich können Sie das!« Die Nonne sah entrüstet drein.

Mähling spürte die Sprungfedern und wusste, dass er mit Romana rechnen konnte.

»Sie können sich sicher sein, es wird nicht Ihr Schaden sein.«

Sie winkte ab.

Irgendwo in dem alten Haus knackte etwas. Er fuhr zusammen. Verdammt, wenn er sich sogar vor Holz ängstigte, das sich ausdehnte oder zusammenzog …

»Das war der Anlass meines Besuches, Schwester.« Ihm brach der Schweiß aus. Dass Anja sich ausgerechnet hier bei den Nonnen bewerben musste! Ihm blieb wirklich nichts erspart. Mühsam stemmte er sich hoch.

»Ich hätte Ihnen gern etwas angeboten, Herr Mähling.«

»Nicht nötig. Ich muss wirklich zurück.« Wie albern, die weite Fahrt auf sich zu nehmen für ein paar Sätze.

»Sie arbeiten zu viel.« Schwester Romana stand ebenfalls auf. »Von Zeit zu Zeit sollten auch Sie sich etwas schonen.«

»Da haben Sie recht.« Er verachtete Ratschläge wie diese. Die Nonne hatte doch keine Ahnung, wie es war, ein Unternehmen zu führen.

»Ich bringe Sie raus.«

Er folgte ihr durch das stille Gebäude. In Zukunft würde er noch vorsichtiger sein müssen.

*

6.

Sich vorsehen.

Nichts dem Zufall überlassen. Lieber unter den Leuten bleiben. Sich nicht verkriechen.

All das habe ich gelernt. Nicht wahr?

Stell dich ans Fenster, damit sie von draußen sehen, dass du dazugehörst.

Die Geräusche im Haus sind heute Morgen verblasst. Alle sind draußen. Das herrliche Wetter!

Von hier oben habe ich immer gern die Zufahrt beobachtet. Wie viele Wagen heute den Weg heraufkommen. Die ganze Wiese ist zugeparkt. Was für ein schöner Tag! Wenn ich an den Winter denke. Wie die wenigen PKW sich hier heraufkämpfen!

Einer kam immer in der Nacht.

Heb den Kopf und zeig, was du willst. Sag klar, wohin es gehen soll.

Ich habe das alles hier aufrechterhalten. Selbst wenn es keiner mehr weiß, mehr wissen will, ich entsinne mich sehr gut. Ohne mich gäbe es heute kein Fest.

Andere werden sagen, dass es trotzdem nicht für die Ewigkeit war. Da kann ich nicht widersprechen. Nur Gott ist ewig.

Heiliger Geist,
Du Hauch des Lebens
Du Feuer vom Himmel
Du Beistand der Christen
Du Helfer im Gebet

Du Unterpfand der Erlösung
*– erbarme dich unser**

*

* Aus: Gotteslob. Katholisches Gebet- und Gesangbuch der Erzdiözese Bamberg 2013. Heilig-Geist-Litanei, S. 609f.

18.5.2018

7.

Katinka hatte die Blumenschale für Schwester Romana aus dem Kofferraum geholt und stellte sie gerade an einer windgeschützten Stelle am Hauseingang ab.

»Da sind Sie ja!« Anja stürzte auf Katinka zu, als hätte sie tagelang allein in einer Wüste ausgehalten.

»Martin Süderbeck ist angekommen. Mit Frau und Kindern.«

»Habe ich gesehen!«

Anja Riedeisen wirkte nun genauso unter Strom wie während der Fahrt in die Rhön. Die Entspannung, die sich vorhin auf ihre Züge gelegt hatte, schien es nie gegeben zu haben.

»Gehen Sie es an! Begrüßen Sie ihn! Er wird Ihnen ja wohl nicht den Kopf runterreißen.«

»Wir haben uns 30 Jahre nicht gesehen«, jammerte Anja, während sie in einer Aufwallung von Entschlossenheit ihre Handtasche unter den Arm klemmte. »Und er ist verheiratet! Meine Güte, wie viel Zeit vergangen ist.«

»Haben Sie nie versucht, Kontakt zu ihm aufzunehmen?«

»Nein, irgendwie ergab sich nie der richtige Moment. Anscheinend funktionierte unsere Beziehung nur hier oben. Nach dem Abitur leistete er seinen Zivildienst, nicht weit von hier, ich studierte in München, also …«

»Anja?«

Der Schlaks mit den Locken kam auf sie zu.

»Jetzt hat er das Rennen gemacht«, murmelte Katinka. »Geschwindigkeit ist alles.«

»Martin?«

»Verdammt, ist das lang her!« Martin Süderbecks Gesicht rötete sich, als er Anja linkisch umarmte und schließlich an den Schultern packte, um sie ein Stück von sich wegzuhalten. »Du hast dich überhaupt nicht verändert!«

»Das habe ich überhört.« Sie lachte.

Er wandte sich an seine Frau, die ihm nachkam. »Carola, das ist Anja, ich habe dir von ihr erzählt. Anja hatte das Abitur schon in der Tasche, als sie hier ihren Freiwilligendienst antrat.«

»Während du gepaukt hast, was du all die Jahre verpasst hattest«, vollendete seine Frau. »Faulpelz! Ich kenne die Geschichte.« Mit einem freundlichen Lächeln drückte sie Anja die Hand. Sie war sehr groß, fast so eine lange Latte wie ihr Mann. Ihre perfekten Beine steckten in weißen Jeans. Das Haar trug sie in einem schicken, kinnlangen Schnitt, den der Wind hartnäckig sabotierte. »Hi. Ich bin Carola.«

»Freut mich, freut mich.« Anja zeigte auf Katinka. »Das ist meine Freundin Katinka Palfy. Ich hatte keine Lust, alleine zu kommen.«

»Bist du verheiratet?«, fragte Martin Süderbeck rundheraus.

»Nicht mehr. Und die Kinder gehen längst eigene Wege.«

»Das können wir von unseren Wirbelwinden leider nicht sagen, was?« Martin Süderbeck legte seiner Frau den Arm um die Schultern. »Wir waren einfach spät dran.«

»*Du* warst spät dran«, betonte seine Frau. »Ich nicht.«

Katinka schüttelte den beiden die Hand. »Freut mich, Sie kennenzulernen.«

»Haben Sie zufällig auch Internatserfahrung?«, wollte Martin wissen.

»Nicht die Bohne«, antwortete Katinka.

»Sie Glückliche!«

»Tu nicht so!« Carola gab ihrem Mann einen Klaps auf den Po. »Dir hat es hier gefallen, das hast du mir selbst erzählt.«

Er zwinkerte. »Wer wird so kaltschnäuzig sein, seiner Frau zu widersprechen! Meine Mutter war jedenfalls erleichtert, als ich endlich das Abitur in der Tasche hatte. Da es keinen Vater gab, hing alles an ihr. Der kiffende Jungspund, der in der Gosse landet, wenn er die Schule schmeißt, das war ihr Schreckensszenario, wenn es um meine Zukunft ging. Inzwischen kann ich ihre Ängste verstehen.«

»Rundum geläutert«, lästerte Carola. »Ich besorge uns einen Sekt.« Sie machte sich von ihrem Mann los und ging davon.

»Bist du jemals wieder hier gewesen seit 1988?«, wandte Martin sich an Anja.

»Nein. Nie.«

»Was sich in der Zwischenzeit geändert hat! Man mag es kaum glauben. Ich habe noch auf dem Schirm, wie ich am ersten Tag als Schüler instruiert wurde, die Grenze zu meiden. Stimmt es, dass die Nonnen im Sommer ihre Zelte abbrechen?«

Anja nickte. »Soweit ich weiß.«

Ein unbehagliches Schweigen senkte sich herab.

»Ich glaube, ich helfe Ihrer Frau mal beim Servieren«, entschuldigte sich Katinka, Anjas panischen Blick ignorierend. Wofür fürchtete sich die Frau? Süderbeck würde ihr bestimmt nicht vor all den Leuten an die Wäsche gehen. Im Davonschlendern hörte sie, wie Martin sagte:

»Bist du wirklich Lehrerin geworden?«

»Bin ich. Deutsch und Geografie. Und du?«

»Architekt.«

»Wahnsinn.«

»Findest du?«

»Ich wusste nicht, dass du dafür ein Faible hattest.«

Katinka grinste. Die beiden würden sich zweifellos zusammenraufen. Carola kam ihr entgegen, zwischen ihren Fingern steckten vier Sektgläser.

»Befreien Sie mich?«, lachte sie.

»Das ist mein drittes heute. Allmählich steigt mir der Schampus zu Kopf.« Katinka nahm ihr zwei Gläser ab.

»Halb so wild. Manche gesellschaftlichen Anlässe kann man sowieso nur betrunken ertragen.« Sie schien es als Witz gemeint zu haben. Wie zur Bestätigung trank sie ein Glas in einem Zug zur Hälfte leer. »Schön hier.«

»Im Frühling …«, begann Katinka.

»… ist es überall schön. Trinken wir auf den Frühling!«

»Zum Wohl!« Katinka stieß mit ihr an. Carola war stark geschminkt, eine dicke Schicht Make-up verbarg erste Fältchen um die Augen.

»Martin war total aufgekratzt, als er die Einladung zu diesem Geburtstagsfest bekam. Er war wirklich seit 30 Jahren nicht mehr hier. Seine Mutter ist vor fünf Jahren gestorben. Sie lebte in Bad Königshofen, das ist nicht weit von hier. Wir haben sie oft besucht, aber Martin hatte nie Lust, bei der Gelegenheit ins Gebirge raufzufahren.«

»Anja konnte sich auch nie zu einem Besuch aufraffen.«

»Merkwürdig, nicht wahr?« Carola sah träumerisch in die Ferne. »Ich treffe mich jedes Jahr mit meinen alten Klassenkameraden.«

»Ihr Mann hat gar keinen Kontakt zu seinen früheren Mitschülern?«

»Er fühlte wohl keine starke Zugehörigkeit zu ihnen, weil er erst später in die Klasse kam.«

»Kann sein.« Katinka mochte keinen Small Talk, doch wenn sie schon sonst nichts zu tun hatte, schadete es nicht, in die Dynamiken hinter den Beziehungen einzusteigen.

»Wie halten Sie es mit Nonnen?« Carola kippte das zweite Glas.

»Was meinen Sie?«

»Hatten Sie jemals mit Nonnen zu tun?«

»Ich lebe in Bamberg, da gibt es ausreichend.«

»Wirklich?«

»Wo wohnen Sie denn?«

»Im Taunus. Als die Kinder kamen, sind wir aufs Land gezogen. Vorher lebten wir in Frankfurt. Ich bin von Haus aus ein Großstadtmensch. Und Martin arbeitet immer noch in dem Architekturbüro, wo er nach dem Studium angefangen hat. Jedenfalls: In Frankfurt sind Nonnen Fehlanzeige.«

Katinka lachte. »Bayern tickt da wohl anders.«

»Kann sein. Ich werde mal nach den Mädchen sehen.« Carola nickte Katinka zu und ging davon.

Einige der Gäste machten sich mittlerweile zu ihren Autos auf, um ihr Gepäck zu holen. Manche schienen bereits ihre Zimmer bezogen zu haben und gaben Hinweise, wer wo untergebracht war.

Katinka ging zu Anja und Martin zurück.

»Nach der Sache mit Kirsten war nichts mehr so, wie es vorher war«, sagte Anja gerade mit gesenkter Stimme.

»Ihr habt euch super verstanden, oder?«

»Sie war die beste Freundin, die ich je hatte. Ich hätte es nicht geschafft, noch einmal herzukommen. Nach allem, was war ...«

»Noch ein Gläschen?«, unterbrach Katinka, während sie Anja das zweite Sektglas hinhielt.

Anja unterbrach sich abrupt. »Gern.«

»Ich hole unser Gepäck und sehe mal, wo wir schlafen«, sagte Katinka leichthin.

»Gut, natürlich, das wäre … ja, gute Idee.«

»Dann bis gleich.«

Turteltauben! Katinka lief zu ihrem Italiener. Als sie mit den Reisetaschen zurück zum Haus ging, sah sie, wie Anja und Martin weiter angeregt miteinander sprachen. Die beiden hatten offenbar schnell wieder einen Draht zueinander gefunden.

»Suchen Sie Ihr Zimmer?« Ein beinahe zwei Meter großer, durchtrainierter Mann in schwarzer Motorradkluft stand hinter der Eingangstür und fuhr mit einem ölverschmierten Finger über eine Liste, die an der Wand hing.

»Zwei Zimmer, um genau zu sein«, erwiderte Katinka. »Katinka Palfy und Anja Riedeisen.«

»Ich habe meine Brille vergessen. Palfy, das könnte hier sein.« Er kniff die Augen zusammen.

Unheimlich blaue Augen. Und buschige Augenbrauen. Wie besonders haarige Raupen, dachte Katinka. Der Typ Mann, der sie ansprechen würde, hätte sie nicht Hardo. Wobei sie erleichtert war, heute einmal nicht seine düstere Laune aushalten zu müssen. Seit jemand in der Polizeidirektion Mist gebaut hatte und intern kein Stein auf dem anderen blieb, war er zu einem grantigen Verdrießling mutiert. Katinka konnte zwar verstehen, dass ihm der ganze Ärger an die Nieren ging. Das machte es für seine Mitmenschen jedoch nicht einfacher.

Sie stellte sich neben den Easy Rider. »Da haben wir es ja: Palfy 201 und Riedeisen 202«, sagte sie leichthin.

»Finden Sie auch den Namen Gebsen auf der Liste?«

»Gebsen, Tobias.« Katinka tippte mit dem Finger auf den Eintrag. »Dritter Stock, 301.«

»Danke.« Er lachte. »Ich dachte immer, es wäre peinlich, die Lesebrille aus der Westentasche zu ziehen. Mittlerweile habe ich den Eindruck, es ist viel peinlicher, wenn man sich ständig einen Vorleser suchen muss.«

»Da ist was dran. Sie waren Zivi hier, oder?«

»Sie sind gut informiert. Vor 30 Jahren. Und Sie?«

»Ich bin Begleitperson. Meine Freundin leistete hier ihr freiwilliges soziales Jahr ab. Sie heißt Anja Riedeisen, früher Mähling.«

»Anja ist gekommen? Wahnsinn! Das waren Zeiten!«

Katinka musterte den Mann neugierig. Der sprichwörtliche Hüne. Mit riesigen Füßen. Mindestens Schuhgröße 47. Richtige Elbkähne.

»Echt?«

»Klar! Die Rhön schweißt zusammen, müssen Sie wissen!« Er grinste. »Na, dann ziehe ich mal ein. Zum Glück nur für eine Nacht.« Er hievte einen Rucksack hoch. Katinka wünschte sich, er bliebe noch ein paar Minuten hier stehen.

»War es so schlimm damals?«

»Nein!« Er winkte ab. »Überhaupt nicht. Meistens jedenfalls nicht.«

*

27.9.1987

8.

Als hätte er nicht genug Sorgen. Kleine Kinder, kleine Sorgen. Große Kinder … Sei's drum. Eduard Mähling rieb sich die Hände. Wenigstens aus den andauernden Geldproblemen hatte er einen Ausweg gefunden. Zufälle gab es, die hätte sich niemand ausdenken können. Nun allerdings wurde der Boden unter seinen Füßen heiß. Er selbst war der Einzige, dem es auffiel. Horweg sah die Sache naturgemäß anders. Und van Cuun erst! Dieser Spinner mit seinem Mercedes in Goldmetallic.

Nein, es lag nicht an dem Wagen. Van Cuun hatte ihm oft genug erläutert, dass es in seiner Branche ein Vorteil war aufzufallen. Man müsste eben nur richtig auffallen, hatte van Cuun gesagt und sich über diesen vermeintlichen Witz kaputtgelacht.

Mähling fand weder den Wagen noch van Cuun noch den Witz lustig. Aber er hatte sich saniert. Durch Typen wie Horweg und van Cuun.

Mähling zog die Arbeitszimmertür zu. Seine Tochter war nicht mehr im Haus. Das große Kind ging eigene Wege. Und seine Frau hatte sich im Laufe der Ehe daran gewöhnt, dass ihr Mann nicht zu sprechen war, wenn er sich im Arbeitszimmer verschanzte. Störungen waren nicht zu erwarten.

Er goss sich einen Whiskey ein. Das ledrige Aroma stieg ihm angenehm in die Nase. Doch seltsamerweise beruhigte der Duft ihn heute nicht im Geringsten. Er steckte in Schwierigkeiten.

Alles hatte mit einem offiziellen Geschäft mit der DDR begonnen. Er belieferte das Wirtschaftsministerium in Ostberlin mit seinen Papierprodukten. Auf der Leipziger Messe hatte er das eingefädelt. Er wollte eigentlich vorfühlen, ob er in der DDR produzieren lassen könnte. Zu einem Bruchteil der Kosten, die er im Westen decken musste. Letztlich war alles anders gekommen. Er hatte gut verkauft. Vor allem Fotopapier. Hochwertiges. Wofür die da drüben so viel Fotopapier benötigten – Mähling war es gleichgültig. Hauptsache, er ging nicht in Insolvenz. Kurz darauf interessierte sich der Osten außerdem für seine Schreibmaschinen. Die gute alte Brother. Mit Korrekturband und Speicherfunktion, ganze drei Seiten konnte die im Gedächtnis behalten! Nicht alle wollten auf Computer umsteigen, obwohl immer mehr Leute das Maul aufrissen und taten, als wäre so ein Rechner das Ende aller Geheimnisse des Planeten. Mähling glaubte nicht an das neue Zeitalter. Die Handhabung war viel zu kompliziert, es würde lange dauern, bis Otto Normalverbraucher die Technik anwenden konnte. Insofern investierte er lieber in die Schreibmaschine, da lief alles ganz intuitiv. Wie man es kannte. So wollte die Masse der Kunden es haben.

Als Unterhändler hatte Horweg gute Arbeit geleistet. Der Ostberliner hatte Mähling seinerzeit sogar in Fulda besucht. Bei einem Drink in Mählings Arbeitszimmer war ihm die Kohlezeichnung von Degas aufgefallen.

Ich hätte nichts sagen sollen, dachte Mähling. Hätte Horweg doch denken sollen, es wäre wirklich ein Degas.

Stattdessen hatte Mähling aufgekracht. Hatte sich sicher

gefühlt, auch ein bisschen geschmeichelt. Horweg war jemand, der einem anderen Honig ums Maul schmieren konnte. Damals, 1985.

Die Zeichnung sehe aus wie ein Degas, hatte Mähling gesagt. In Wirklichkeit handelte es sich um eine außerordentlich gut gemachte Kopie.

Eine Fälschung? Wie Horweg ihn angesehen hatte. Seine spitze Nase, die schwarzen Augen! Richtig gelodert hatten die.

Wenn man so wolle, könnte man es eine Fälschung nennen, hatte Mähling geantwortet, und der folgende Schluck Whiskey hatte ein Brennen in seinem Magen ausgelöst.

Wie der Drink jetzt. Er stellte das Glas weg.

Horweg hatte ihm aus dem Stegreif eine Idee unterbreitet und um Stillschweigen gebeten, bis er sich nach oben abgesichert hätte. Für Mähling wäre mit Sicherheit ein guter Nebenverdienst drin. D-Mark, selbstverständlich. Dabei hatte Horweg Mähling freundlich zugenickt. Mit einem lauernden Ausdruck im Gesicht. Der ließ Mähling heute noch einen kalten Schauer über den Rücken laufen.

Zwei Monate später hatte Horweg erneut in Fulda Station gemacht. Seinen Wartburg parkte er selbstbewusst auf Mählings Auffahrt. Dem war so viel Offenheit unangenehm, er wollte nicht, dass die Nachbarn mitbekamen, dass er Besuch von drüben hatte. Später fragte ihn tatsächlich jemand danach. Mähling redete sich mit einem angeblichen Verwandten seiner Frau heraus.

Er müsse verstehen, erläuterte Horweg. Da gäbe es Leute in der Nomenklatura, die seien weit aufgestiegen, aber eben nicht bis ganz an die Spitze. Trotz Ehrgeiz und Talent. Trotz guter Kontakte. Irgendwie reichte es nicht. Diese Leute suchten sich anderweitig Bestätigung. Ob Mähling das nachvollziehen könne?

Mähling nickte und merkte, dass er in die Falle gegangen war. Er kannte sich mit Verhandlungsstrategien aus. Wer einmal Ja sagte, kam aus der Schleife nur schwer heraus. Zudem saß ihm der Schreck des Beinahe-Bankrotts noch im Nacken, den er allein durch die Extrageschäfte mit Ostberlin abgewendet hatte. Wer weiß, wie lange diese Beziehungen bestehen würden!

Ob Mähling Kontakt zu dem Fälscher herstellen könne?

Mähling reagierte geschickt. Der Künstler sei eine zarte Seele. Nicht fürs raue Geschäftsleben geschaffen.

Horweg verstand. Natürlich, so waren sie halt, diese Künstler. Joviales Lachen. Noch ein Drink.

Worum es Herrn Horweg denn ginge?

Sie kamen ins Geschäft. Fälschungen von Kunstwerken – keine ganz bekannten, aber auch keine No-Names. Solche Kohlezeichnungen wie dieser Degas, die wären etwas für die frustrierten Zwischengrößen drüben im Osten. Geld spiele keine Rolle, versicherte Horweg. Unzufriedene ruhig zu halten, das sei im Interesse von ganz oben.

Mähling trat ans Fenster. Es nieselte leicht. In der Kälte würde die Feuchtigkeit bald auf der Straße gefrieren. Ein früher Winter in diesem Jahr.

1985 – der Herbst mit Horweg lag nur zwei Jahre zurück, und doch schien ihm unendlich viel Zeit vergangen.

Anfangs, nachdem die Firma gerettet war, hatte er den Drang verspürt, seiner Frau eine Freude zu machen. Sie wäre gern weggezogen. Nach Frankfurt vielleicht, da fühlte sie sich wohl, Fulda war ihr zu klein, zu bischöflich, schlicht zu langweilig.

Aber ein Ortswechsel kam nicht in Frage. Die Nähe zur Grenze bedeutete einen Standortvorteil für ihn und Horweg. Er, Mähling, kümmerte sich um die Fälschungen. Maximal vier pro Jahr. So ein Gemälde oder eine Zeichnung war ja keine Massenware. Die Zwischengrößen drüben sollten sich gebauchpinselt fühlen. Es wäre kontraproduktiv, wenn zu viele von ihnen in kurzer Zeit mit Kunst abgespeist würden.

Mähling hatte die zusätzlichen Finanzen behutsam in die Papierfabrik umgeleitet und auch den Nonnen etwas davon abgegeben. Wenn er es recht bedachte, blieb ihm persönlich gar nicht so viel. Immerhin musste er noch van Cuun bezahlen. Er hoffte, in nicht allzu ferner Zukunft den Strom an neuen Bildern versickern lassen zu können. Eine Laune des Künstlers vorschützen – das ginge.

Die DDR 1987 war nicht mehr die von 1985. Die alten Tattergreise an der Regierung wurden immer seniler. Nur eine Frage der Zeit, wann Minister Rauchfuß ins Stolpern geriet. Die hatten drüben einen Minister für Materialwirtschaft nötig. Das musste man sich mal vorstellen! Mähling konnte darüber nur lächeln. Und nicht genug Papier im Land. Was für ein armseliger Staat!

Bei seinem letzten Besuch vor einigen Wochen hatte Horweg ihm zu verstehen gegeben, dass er es nicht für sinnvoll hielte, wenn Mähling ohne Not aus ihrem gemeinsamen Geschäft ausstiege. Mähling war klug genug zu erkennen, dass Horweg in der Klemme steckte. Horweg war jemand, der Probleme unkonventionell löste. Dabei mochte es Kollateralschäden geben.

Sei's drum, Mähling würde weitermachen. Für eine Weile. Er würde die Intervalle unmerklich verlängern. Nicht mehr vier Bilder im Jahr, höchstens drei. Eines vor Weihnachten und eins im Frühling.

Dann würde man sehen.

*

18.5.2018

9.

Die Schlüssel steckten von außen. Katinka stieß die Tür zu 201 auf. Ein Bett, ein Tisch, ein Stuhl. Ein Waschbecken. Der alte Parkettboden knarrte bei jedem Schritt.

Sie warf ihre Sachen auf das Bett. Öffnete das Fenster, gegen altmodische Stores kämpfend. Von hier blickte sie direkt auf die Zufahrtsstraße, über die sie und Anja vor zwei Stunden gekommen waren. Rechts lag der Wald, ungewohnt nah. Bis auf die vielen Autos auf der Wiese wirkte die Gegend tatsächlich völlig verlassen. Sie schoss ein Foto und schickte es an Hardo. »Bin in der tiefsten Pampa gelandet«, schrieb sie dazu. Vielleicht vermochte ein wenig Flapsigkeit ihm wenigstens ein Lächeln zu entlocken.

WC und Duschen lagen anscheinend auf dem Gang. Nicht der neueste Standard, aber für eine Übernachtung durchaus auszuhalten. Katinka schleppte Anjas Reisetasche zu Nr. 202. Von hier blickte man in den Innenhof. Sie lehnte sich aus dem Fenster und hielt nach Anja Ausschau. Die stand etwas abseits, hielt Martin am Arm und redete wie ein Wasserfall auf ihn ein. Ab und zu ließ sich Martin zu einem Schulterzucken oder einer hilflosen Geste hinreißen. Tobias Gebsen in seiner Motorradkluft trat auf den Hof, blickte sich suchend um. Offensichtlich suchte er nach Anja, denn als er sie gesehen hatte, ging er demonstrativ ein paar Schritte in die andere Richtung, behielt Anja aber im Blick. Wie viele Liebeleien mochten sich in einem solchen Internat voller Jungen und Mädchen und zusätzlich recht jungem Personal abgespielt haben? Umso mehr in den 80ern, als Hits wie Madonnas »Like a Virgin« viral gingen. Nichts Besonderes aus heutiger Sicht, vordem eine Provokation.

Unten umkreiste Gebsen Anja und Martin wie ein hungriger Hai. Katinka musste schmunzeln.

Carola Süderbeck kam auf ihren Mann zu, an jeder Hand ein Mädchen. Linda und Delia, dachte Katinka, klingt wie in einem Liebesroman. Martin entdeckte seine Familie und hob grüßend die Hand. Die Mädchen stürmten auf ihren Vater zu. Anja schien erst einmal abgeschrieben. Sie trat lächelnd beiseite, doch ihre Mimik konnte nicht verbergen, dass das Gespräch gestört worden war und Anja dies nicht gefiel. Martin offenbar auch nicht. Oje, dachte Katinka. Alte Liebe rostet nicht. Wenn das stimmt …

Tobias Gebsen vermutete, dass seine Chance gekommen war. Er nahm zwei Gläser vom Tisch und ging schnurstracks auf Anja zu, die neben den Süderbecks stand und nicht wusste, wohin mit sich.

Vom Haus näherte sich Schwester Gertrudis. Sie trug ein Tablett mit Knabbereien vor sich her, sehr vorsichtig. Gerade als Gebsen an einem Grüppchen Frauen vorbeinavigierte, kreuzte sie seinen Weg. Um ein Haar hätte er das Tablett aus den Armen der Nonne gefegt.

Katinka schloss das Fenster, verließ das Zimmer und sperrte von außen ab. Beide Schlüssel in den Jeanstaschen, lief sie die Treppe hinunter ins Freie. Sie wollte die Begrüßung zwischen Anja und Tobias Gebsen mitbekommen. Der ehemalige Zivi jedoch war noch ins Gespräch mit Schwester Gertrudis vertieft.

»Nein, ich habe keine Stunde bereut, die ich hier oben verbracht habe«, hörte sie ihn sagen.

Die Stimme der Nonne war zu leise, als dass Katinka sie verstehen konnte.

Tobias fühlte sich anscheinend bemüßigt, die Schwester zu beruhigen. »Nein, das wäre viel zu kurz gedacht ...«

Gertrudis unterbrach ihn. Er musste sich zu ihr hinunterbeugen, um sie zu verstehen. Katinka tänzelte um ein paar Grüppchen herum, kam näher heran.

»Dass du ausgerechnet in diesem traurigen Jahr bei uns sein musstest. Ich meine, wir wussten alle, was das Mädchen dir bedeutete«, unterbrach Gertrudis.

Schon wieder die Liebe, seufzte Katinka innerlich. Kein Wunder, diese Einöde verlangte geradezu nach Abwechslung. Und die Nonne schien wahrhaftig kein so schlechtes Gedächtnis zu haben, wenn sie die entscheidenden Daten im Kopf hatte.

»Schwester, das ist lange her. Lassen wir die Vergangenheit ruhen. Sie entschuldigen?« Geschickt wich Tobias Gertrudis aus, die ihm erneut den Weg verstellen wollte, sah sich kurz um und eilte dann mit Riesenschritten auf Anja zu.

»Es gibt gleich einen Imbiss«, rief Gertrudis ihm nach.

Anja lachte erstaunt auf, als Gebsen vor ihr stand und sie umarmte. Ebenso linkisch wie Martin Süderbeck zuvor.

Katinka bediente sich an den Knabbereien und ging auf Horchposten hinter drei Frauen, die sich angeregt unterhielten. Ein paar Angestellte trugen Tabletts mit Speisen in den Innenhof und richteten die Platten auf den Biertischen an.

»Dass du hergekommen bist!«, rief Tobias. »Wahnsinn!«

»Du bist ja auch hier!«

»Bei mir ist das was anderes. Ich wohne nicht weit. Und nach allem, was war …«

»Ja! Nach allem, was war.« Anjas Stimme klang scharf und ablehnend.

»Unterstellungen halten sich anscheinend ein halbes Leben lang«, ging Tobias auf Abwehr.

»Ich unterstelle nichts. Ich weiß nur, dass Kirsten todtraurig war wegen dir.«

»Verdammt, wir waren 19, Anja! Hast du geglaubt, dass wir heiraten würden? Mit dir und Martin war es wenig später auch aus.«

»Nach dieser Sache – das war so ein Schock! Ich wollte einfach mit niemandem aus dem Internat mehr etwas zu tun haben.«

»Martin war garantiert nicht verwickelt. Der war zur fraglichen Zeit in der Schule. Nur du bist irgendwo rumgestromert.«

»Ich war mit dem Rad unterwegs, von Mellrichstadt hierher!«

»Nichts für ungut, ich sollte nicht den Zyniker geben.« Tobias Gebsen hob die Arme. »Vergiss es, Anja. Ich habe mich gefreut, dass wir uns hier treffen würden. Verdirb mir das nicht. Wir hatten an und für sich eine gute Zeit, du, Kirsten und ich.«

»So kann man es nennen.« Es klang bitter. »Aber kurz darauf ging die Welt unter. Du willst doch nicht behaupten, dass du danach einfach so weitermachen konntest?«

»Ich habe meinen Zivildienst beendet und eine Ausbildung begonnen. Später habe ich meinen Meister gemacht und leite jetzt einen eigenen kleinen Betrieb. Zurzeit bilde ich sogar zwei Lehrlinge aus. Und du?«

»Ich bin Lehrerin.«

»Das wolltest du damals schon.«

»Und ich habe mich durchgesetzt. Mein Vater war gegen meine Berufswahl.«

»Du hattest in den Nonnen starke Fürsprecherinnen.«

Die drei Frauen, hinter denen Katinka unauffällig Posten bezogen hatte, wanderten geschlossen zur Sektbar. Katinka stand mit einem Mal für Anja und Tobias sichtbar da. Sie zog die Schlüssel aus der Hosentasche und ging auf Anja zu.

»Ich habe unsere Zimmer identifiziert. Mit Hilfe von Herrn Gebsen.«

»Ach?« Anja guckte erstaunt.

»Hier, Ihr Schlüssel. Zimmer 202.«

»Danke.« Anja nahm ihn. »Mir knurrt allmählich der Magen.«

»Das Büffet wird gerade aufgebaut, danach soll eine Hausführung stattfinden. Schließen wir uns an?«, fragte Katinka.

»Warum nicht, ich würde mitgehen, immerhin ist es lange her.« Anja sah versonnen an der Fassade hoch.

»Also«, nickte Tobias, »ich besorge mir einen Snack. Man sieht sich.«

»Oh Mann«, stöhnte Anja, als er außer Hörweite war.

»Was war mit Kirsten?«, erkundigte Katinka sich.

Alle Farbe wich aus Anjas Gesicht. »Kirsten?« Anja starrte auf den Schlüssel in ihrer Hand. »Welche Zimmernummer, sagten Sie?«

»202. Im zweiten Stock mit Blick auf den Hof.«

»Im zweiten Stock?« Jetzt sah Anja wirklich krank aus.

»Gibt es damit ein Problem?«

»Sagen Sie, liegen noch immer dieses Gemeinschaftsbad und die WCs am Ende des Ganges?«

»Besichtigt habe ich sie nicht. Im Zimmer war jedenfalls keine Nasszelle.«

»Mein Gott.« Anja wandte sich. »Ich glaube …«

»Frau Riedeisen«, sagte Katinka. »Wovor haben Sie Angst?«

»Lassen Sie uns was essen«, lenkte Anja ab.

*

10.

Schwester Romana lud zur Hausführung, als fordere sie Freiwillige auf, in einen Boxring zu treten. Resolut in die Hände klatschend rief sie: »Die Hausführung fängt in fünf Minuten an. Bitte sammelt euch am Eingang!« Ihre Stimme trug weit über den Hof.

Katinka stellte ihren Teller weg. Sie hatte sich eine Portion Reissalat genommen und trank rasch ein paar Schlucke Limonade hinterher. Mit Anja war nicht mehr zu reden. Sie hatte sich in eine Unterhaltung mit Gitta Krone geflüchtet und Katinka nicht einbezogen. Irgendein sehr spezielles Problem hat sie, dachte Katinka, während sie unweit der beiden Frauen stehen blieb und unaufmerksam den Ausführungen von Gitta Krone lauschte. Unter Pädagogik verstand die Erzieherin anscheinend, Menschen die korrekte, also ihre, Sicht auf das Leben und alles weitere beizubringen, und sie beschwerte sich bitterlich, dass ihre selbstlosen Bemühungen bis heute nicht anerkannt wurden.

»Es wird immer schlimmer, Anja, das können Sie mir glauben. Heutzutage bewältigen Sie den pädagogischen Alltag nicht ohne eine Nahkampfausbildung. Ich bin so froh, dass Manfred und ich endlich aus allem raus sind. Internatsarbeit ist eine Stressbelastung wie in einem Flughafentower.«

Katinka verdrehte die Augen, während sie ihre Klientin antippte. »Anja? Wir wäre es mit der Hausführung? Ich glaube, Herr Gebsen möchte sich auch anschließen.« Sie wies mit dem Kinn auf den Mann in seiner Motorradkluft, der sich bereits am Eingang aufgestellt hatte. Mit seinen fast zwei Metern überragte er alle anderen.

»Ich komme gleich.« Demonstrativ wandte Anja sich wieder Gitta Krone zu.

Katinka schloss sich den Leuten an der Eingangstür an. Eine Menschentraube wartete auf Schwester Romana, die die paar Stufen zum Haus hochstieg und alle aufforderte, nah beieinander zu bleiben. Freudiges Gelächter erklang.

»Ihnen müssen die Räumlichkeiten ja vertraut sein«, sagte Katinka zu Tobias Gebsen, an dessen Seite sie sich wie selbstverständlich eingefunden hatte.

»Das stimmt.« Er grinste Katinka an. »Warum siezen Sie eigentlich Ihre Freundin?«

»Wir kennen uns noch nicht so lang. Waren Sie denn früher mit Anja befreundet? Oder hatte man nur miteinander zu tun, weil man zufällig am selben Ort arbeitete?«

»Nein, wir unternahmen recht viel zu Beginn des Schuljahres. Abends mal flott nach Mellrichstadt runter, Disko. Ab November wurde das leider schwierig wegen des Wetters. Es schneit wie verrückt hier.«

Die Gruppe folgte Schwester Romana einen Gang hinunter.

»Unseren ehemaligen Schülern muss ich wohl nichts über die Musikübungsräume sagen, nicht wahr?«, dröhnte die

Schwester. Katinka lugte in eine Kammer, gerade groß genug für ein Klavier und zwei Hocker.

»Wenn die Anfänger Unterricht hatten, mied man die Ecke gern«, lachte Gebsen. »Manchmal hat einer geübt, ganz der brave Klavierschüler, und sein Kumpel konnte im selben Zimmer unbeobachtet den Moonwalk nach Michael Jackson üben. Der war anno dazumal total in.«

»Hat Sie das nicht gestört? An so einem entlegenen Ort festzusitzen?«

»Eigentlich nicht. Ich stamme aus der Gegend. Raues Wetter macht mir nichts aus. Zudem war der Hausmeister sehr nett zu mir und ein wahres Bastelgenie. Ich habe mich schon immer für Technik interessiert. Was ich bei ihm alles gelernt habe …«

»Also hat sich der Zivildienst gelohnt.«

Gebsen nickte. »Schauen Sie, Romana öffnet gerade die Tür zum Speisesaal. Lange Tische mit Stühlen, kein Bild an der Wand, drei tote Fliegen auf dem Fenstersims. So war das damals.«

Katinka lachte. Gebsens lockere Art tat ihr gut, vor allem nach Anjas Geheimnistuerei. »Konnte einem auf den Appetit schlagen, schätze ich.«

»Der Geräuschpegel hier drin war so hoch, dass Gehörschutz eine gute Investition gewesen wäre. Allerdings nur bis zu dem Moment, in dem das Essen auf den Tisch kam.«

Katinka ließ den Blick schweifen. Ein ganzes Schülerleben so zu verbringen, eingetaktet in die Abläufe eines Tages – man musste dafür geboren sein.

Aus Anlass der Geburtstagsfeier hatte man aus den langen Tafeln Sechsertische gemacht. Einige Frauen wirbelten durch den Saal, dekorierten, deckten die Tische. Die Atmosphäre knisterte, Vorfreude lag in der Luft.

»Anja meinte, es hätte sogar ein Schwimmbad gegeben.«

»Als ich hier Zivi war, ja. Später hat man das zugeschüttet. Zu pflegeintensiv, zu teuer.«

»Ich nehme an, Sie waren so etwas wie ein Kleeblatt?«

»Was?«

»Sie, Anja und Kirsten?«

»Wenn Sie so wollen … Wir haben uns gleich gut verstanden. Später hat sich Anja in Martin verguckt und ich mich in Kirsten.«

»Wirklich?«

»Ja, aber wir waren letztlich zu unterschiedlich. Ich kam aus einer Familie mit vier Geschwistern und den Großeltern, die bei uns lebten, war also an Umtrieb und Chaos gewöhnt. Kirsten hatte nur ihre Mutter und sehnte sich oft nach Ruhe. Die Mutter arbeitete an einem Theater. Kirsten kannte viele Schauspieler und andere kreative Leute. Ich war es gewohnt, mit praktisch denkenden Menschen zu tun zu haben. Am Anfang zogen wir einander an. Die viel beschworenen Gegensätze. Dann wurde es schnell schwierig. Die Erwartungen waren zu unterschiedlich. Zudem waren wir noch richtige Kinder.«

»Kirsten ist heute nicht da?«

Gebsen blieb ruckartig stehen, Katinka wäre beinahe gegen ihn geprallt.

»Hat Anja Ihnen das nicht erzählt?«

»Was denn?«

Die Gruppe war vorausgegangen und in der Küche verschwunden. Von fern drang Schwester Romanas Organ zu ihnen heraus.

»Kirsten ist tot.«

»Ach du Schreck.«

»Ja. Sie starb während ihres sozialen Jahres. Eine Tragödie war das. Echt. Ich hätte nie gedacht …« Sein Blick verlor sich in der Vergangenheit.

»Sie hätten nie gedacht?«

»Ach, sei's drum. Ist müßig.« Ein trauriges Lächeln spielte um seine Lippen. »Wollen Sie nicht die Küche bestaunen?« Damit eilte er auf seinen langen Beinen davon.

Katinka hatte Mühe, dass sie hinterherkam.

*

11.

Letztlich ist stets das Geld das Problem. Sogar im Kloster.

Der Unterhalt des Hauses war und ist zu kostspielig. Müssen wir unser Zuhause wirklich aufgeben? Das Leben erscheint mir so aussichtslos. Abgeschoben werden, in ein Altersheim für Nonnen. Darf das unser Ende sein?

Wir haben uns ins Zeug gelegt, mit den veränderten Bedingungen umzugehen, haben Häuser und Besitz verkauft, das Geld in Fonds angelegt, alles gemacht, was die Berater vorschlugen, ohne genau zu verstehen, was wir da taten. Ist es nicht besser, die Dinge auf sich beruhen zu lassen? Muss man jeden Dreck wieder unter dem Teppich hervorkehren? Ist es nicht barmherziger, wenn er sich dort festtritt? Alle haben zurück in ihr Leben gefunden. Warum es erneut auseinanderreißen?

Nichts hat uns sattelfest gemacht. Kein Gebet, keine Vernunftentscheidung, kein Zähneknirschen.

Ich habe geahnt, dass diese Feier keine gute Sache sein wird. Es wäre angemessener, wenn wir beteten für die, die wir vernichtet haben, ohne es zu wollen. Wie eigenartig das Leben mit uns Menschen spielt! Oder spielt Gott mit uns?

Heiliger Geist,
Geist der Weisheit und der Einsicht
Geist der Erkenntnis und der Frömmigkeit
Geist der Gottesfurcht
Geist des Glaubens und der Hoffnung
Geist der Liebe
*– erbarme dich unser**

*

* Aus: Gotteslob. Katholisches Gebet- und Gesangbuch der Erzdiözese Bamberg 2013. Heilig-Geist-Litanei, S. 609f.

10.2.1988

12.

Es schneite. Der Winter wollte kein Ende nehmen. Mähling hatte den Motor gehört und trat ans Esszimmerfenster. Schob die Gardine ein wenig zur Seite. Tatsache. Horweg. Unangemeldet. Er ließ den Store fallen, aber Horweg hatte ihn bereits erspäht und machte keinen Hehl daraus. Gönnerhaft winkte er Mähling zu. Vor ein paar Tagen hatte die Nachbarin gesagt: »Sie bekommen ganz schön oft Besuch von drüben! Dass die ihre Leute so oft rauslassen.«

Die alte Wagner, zum Henker! Die hatte vorne und hinten Augen. Natürlich war ihr aufgefallen, dass immer derselbe Wartburg auf der Auffahrt parkte. Mähling begann zu schwitzen. Seine Frau war bei ihrer Schwester. Wenigstens hatte er freie Bahn.

Er ging zur Tür und öffnete, ehe Horweg klingelte.

»Herr Horweg!« Er bemühte sich um einen fröhlichen Klang. Ein netter Überraschungsbesuch unter Freunden. Wer würde an diese Version glauben? Horweg bestimmt nicht.

»Es tut mir leid, dass ich so unangekündigt hereinschneie. Im wahrsten Sinne des Wortes. Was für ein Wetter! In der Rhön oben steckt man beinahe fest. Wenigstens waren die Schneepflugfahrer fleißig. Auf beiden Seiten.« Er grinste.

»Kommen Sie rein.« Mähling führte ihn ins Arbeitszimmer. »Darf's ein Drink sein?«

»Da sage ich nicht Nein.«

Mähling goss Bourbon in zwei schwere Tumbler.

»Zum Wohl!«

»Auf die Feindbilder!« Horwegs Augen blitzten. »Was wären wir ohne sie, nicht wahr, Eduard?«

Mähling hob sein Glas. »Was führt Sie zu mir?«

»Meine Kunden warten. Es geht um einen fähigen Beamten des Ministeriums für Staatssicherheit. Er musste bei einer Beförderung leider in die zweite Reihe treten. Tja, zu schade, dass es nur eine beschränkte Anzahl hoher Positionen gibt und zu viele Kandidaten mit herausragenden Talenten, die eine Beförderung verdienen.«

Horweg trug seine Worte so überzeugt vor, dass Mähling sich fragte, ob der Mann wirklich an diesen Mist glaubte.

»Sie haben Angst, dass der Übergangene Druck macht, wenn er nicht mit einem gleichwertigen Bonus beschwichtigt wird«, sagte er ruhig.

Horweg lehnte sich zurück. Sein Haar war zu lang für einen DDR-Kader. Er agiert in einer Grauzone, dachte Mähling. Ein zu smarter, zu cleverer Typ. Der sich in alle Richtungen absichert. Eine schillernde Schmeißfliege.

»Lassen Sie mich ehrlich sein, Eduard. Sie zögern nun schon recht lang.«

»Der Künstler braucht mehr Zeit.«

»Für eine simple Kohlezeichnung, die er streng genommen bloß abpausen musste?«

Mähling schwitzte noch mehr. Spaßend hob er den Zeigefinger: »Lassen Sie das um Gottes willen nicht den Künstler hören.«

Horweg beugte sich vor. Er wusste um die Macht des Schweigens. Nachdenklich drehte er den Tumbler in seinen feingliedrigen Fingern, während er angelegentlich den Perserteppich musterte. »Bei euch im Westen nagen die Künstler am Hungertuch. Der arme Poet. Der arme Maler.«

Mähling erwiderte nichts. Er ließ sich auf das Kräftemessen ein. Ihm blieb nichts anderes übrig. Dass Künstler Mimosen seien, diese Ausrede hatte er längst überstrapaziert. Er wollte aussteigen aus diesem Geschäft, aber er war zu ängstlich. Wenn das Ministerium für Materialbeschaffung in Ostberlin sein Fotopapier nicht mehr wollte, stünde er da. Zumal ihm in der Folge auch das Geld aus dem Business mit Horweg abginge. Ein Sechsjähriger könnte ausrechnen, dass er bis zum Sommer pleite wäre.

»Ich will damit sagen«, fuhr Horweg fort, als Mähling keine Anstalten machte, etwas zu erwidern, »ich kann mir nicht vorstellen, dass der Mann den guten Verdienst einfach so in den Wind schreibt.«

»Vermutlich arbeitet er darüber hinaus noch für andere. Ich kann ihn nicht drängen, das ist die Basis meiner Zusammenarbeit mit ihm. Ansonsten macht er dicht. Dann war es das.«

Horweg ließ die braune Flüssigkeit im Glas schwappen. »Eduard. Ich darf Sie doch Eduard nennen, nach allem, was wir in der Vergangenheit miteinander ausgehandelt haben? Männer wie wir können die Welt verändern, mein Freund.«

Verändere erst mal dein absurdes Land da drüben, dachte Mähling. Er hätte sich nie auf Horweg einlassen dürfen. Der Mann war mit allen Wassern gewaschen und würde nicht davor zurückscheuen, Opfer zu bringen. Man wusste genug über die Machenschaften der Stasi, über die »Zersetzung« unliebsamer Bürger, die man kaputtmachte, indem man ihre sozialen Beziehungen zerstörte, ihnen die wirtschaftliche Lebensgrundlage nahm, sie wegsperrte. Leute wie Horweg hatten diesen menschenverachtenden Irrsinn perfektioniert.

»Sie haben doch einen Sohn. Nicht?«

»Ich habe eine Tochter.« In Mählings Innerem wurde alles ganz leer und kalt.

»Eine Tochter, aber auch einen Sohn. Ihre Frau weiß nichts davon, wie?«

Die folgende Stille knallte gegen Mähling wie eine Druckwelle. Du dreckiges Arschloch, dachte Mähling. Er stand auf. Lauernd sah Horweg ihn von unten an. Die Wanduhr tickte, und Mähling fand den Gedanken, dass seine Zeit ablief, absurd und erschreckend real zugleich.

»Ich werde sehen, was ich tun kann.«

»In spätestens vier Wochen.« Horweg erhob sich ebenfalls. »Immer wieder eine Freude, mit Ihnen Geschäfte zu machen, mein Freund.«

*

18.5.2018

13.

Die Hausführung endete nach einem Marsch durch sämtliche Stockwerke in der Kapelle, einem hellen Raum mit blauem Deckengewölbe, der im Stil des naiven Bauernkatholizismus gehalten war. Katinka meinte sich zu erinnern, dass dieser Begriff von Schwester Romana mit einem spöttischen Lächeln ausgesprochen worden war. Das Geburtstagskind blühte sichtlich auf. Mit ihren 80 Jahren entfaltete die Schwester eine Energie, die Katinka im Augenblick völlig abging. Sie sehnte sich nach einer Pause von den vielen Eindrücken und nach einer Stunde Ruhe, in der sie über Anja und ihre wahren Beweggründe, eine Detektivin zu engagieren, nachdenken konnte. Die Gruppe löste sich auf, einige wollten einen Spaziergang unternehmen, andere ihre Zimmer beziehen.

»Nicht vergessen, um 16 Uhr ist die Andacht, danach Abendessen!«, rief Schwester Romana in die Runde.

Katinka stöhnte leise. Von einem Programmpunkt zum nächsten getrieben zu werden, war ihre Sache nicht. Während der Hausführung war sie weiter bei Tobias Gebsen geblieben, obwohl dieser auf ihre Frage nach der geheimnisvollen Kirsten hin nachgerade verstummt war. Jedes Wort musste sie ihm aus der Nase ziehen. Nun hastete er davon, ängstlich darauf bedacht, nicht wieder in ein Gespräch verwickelt zu werden. Anja wechselte ein paar Worte mit Gitta Krone und verließ ebenfalls die Kapelle.

Katinka ging ihr nach. Im zweiten Stock angekommen, zögerte Anja kurz, bevor sie den Schlüssel in die Zimmertür schob. Sie gab sich einen Ruck und sperrte auf. Als sie die Tür schließen wollte, drückte Katinka dagegen und trat mit Anja in das Zimmer.

»Frau Riedeisen, ich reise ab. Ich stelle Ihnen einen halben Tag und die Fahrtkosten in Rechnung. Das war es dann.«

»Wie bitte?« Anjas Gesichtsausdruck, eben noch schroff, geriet zu einer erschrockenen Grimasse.

Katinka schloss die Tür hinter sich und sank auf den Stuhl vor dem Schreibtisch. Schweigend sah sie zu, wie ihre Klientin nach Worten rang.

»Was ist denn los?«, brach es schließlich aus Anja heraus.

»Das wüsste ich auch gern. Warum haben Sie mich als Begleitperson verpflichtet? Worum geht es Ihnen wirklich? Ich kann so nicht arbeiten.«

»Ich wollte nur eine Begleitung.«

»Da hätten Sie wer weiß wen mitnehmen können. Einen Ihrer Söhne oder eine echte Freundin. Warum mich?«

»Ist das so wichtig? Sie passen bis morgen auf mich auf. Das ist alles, was ich will, und ich bezahle dafür.«

»Sind Sie in Gefahr? In dem Fall brauche ich Fakten. Ansonsten kann ich Sie nicht beschützen und setze meinen guten Namen aufs Spiel.« Katinkas Handy gab Laut. Sie zog es aus der Tasche. Eine Antwort von Hardo zu dem Foto, das sie vor Stunden geschickt hatte. »Sapperlot«, schrieb er. Sonst nichts. Katinka steckte das Smartphone weg.

»Ich verstehe nicht«, murmelte Anja.

»Wer kann Ihnen gefährlich werden, Frau Riedeisen? Und in welcher Weise?«

Anja rang die Hände. »Niemand, glaube ich. Aber … ich fühle mich unwohl hier.«

»Vorhin hatten Sie ein angeregtes Gespräch mit Gitta Krone. Da wirkte nichts feindselig. Auch nicht im Kontakt mit den Schwestern Romana und Gertrudis. Geschweige denn Ihr kleiner Flirt mit Süderbeck. Also, was ist der Punkt?«

Anja ging zum Fenster. Sie schlüpfte aus ihrem Blazer, warf ihn aufs Bett. »Sie haben sich doch einverstanden erklärt mit meinem Auftrag. Warum setzen Sie mich jetzt unter Druck?«

Katinka hatte einen Grundsatz. Sie ließ sich nicht auf Psychodiskussionen ein.

»Wer war Kirsten, Frau Riedeisen?«

Anja fuhr herum. Ihr Gesicht war käseweiß.

»Was …«

»Sie, Tobias Gebsen und Kirsten waren Freunde. Sie hatten alle ein Jahr oder etwas mehr im Internat zu verbringen, alles war neu für Sie drei. Zu Beginn des Schuljahres unternahmen Sie ab und zu etwas gemeinsam, fuhren nach Mellrichstadt, gingen in die Disko. Und hernach brach das ab. Gebsen sagte, es hätte am Wetter gelegen, in diesen Breiten ist es im Herbst oft umständlich, bei überfrierender Nässe oder Schnee am Abend kilometerweit über die Höhen zu fahren. Außerdem verliebten Sie sich in Martin. Ein netter Kerl übrigens.«

Anja schluckte. Sie starrte auf Katinkas Füße. Die fühlte das Bedürfnis, mit den Zehen zu wackeln.

»Also blieben Tobias und Kirsten allein übrig. Die beiden verliebten sich. Und? Wo war das Problem?«

»Es gab kein Problem«, erwiderte Anja heiser.

»Tobias und Kirsten verstanden sich später nicht mehr so gut. Die Abgeschiedenheit, der Umstand, dass für beide ein neuer Lebensabschnitt in einer fremden Umgebung begann, führte sie zu Beginn zusammen. Nach einer Weile trug das nicht mehr.«

»Kirsten war wie ich im pädagogischen Dienst. Sie wollte später vielleicht Theaterpädagogik studieren. Ihre Mutter war Dramaturgin am Theater in Würzburg.« Anjas stieß sich vom Fenster ab, setzte sich aufs Bett. Nachdenklich strich sie über die Decke. »Fühlt sich genauso an wie damals. Dicke Federbetten. Die haben mich anfangs erdrückt. In den kalten Winternächten war ich doch sehr dankbar darum. Die Heizung funktionierte zwar gut, aber sie wurde ab zehn Uhr abends ausgestellt und sprang erst morgens um fünf wieder an.«

Katinka wartete. Waren Menschen erst einmal ins Reden gekommen, hörten sie so schnell nicht mehr auf.

»Kirsten verguckte sich ziemlich schnell in Tobias. Zuvor hatte sie eine harte Trennung von ihrem vorherigen Freund vollzogen. Dann knallte es schnell wieder.«

»Sie verstanden sich gut, Sie beide?«

»Total. Wie Seelenverwandte. Ich musste nur ein Thema antippen, sofort stimmte Kirsten ein. Wir empfanden die Welt beide gleich. Wollten etwas besser machen. Raus aus der Enge des Elternhauses. Bei mir war es der dominante Vater, der zu viel verbot. Für Kirsten war es anders: Ihre Mutter war antiautoritär eingestellt. Sie feierte viele Erfolge in ihrer Theaterwelt, hatte unzählige Freunde und Bewunderer, war stets von kreativen Typen umgeben. Kirsten verspürte den inneren Zwang nachzuziehen, sich beweisen zu müssen. Dass sie auch etwas schaffte. Auf einem anderen Gebiet als die Mutter.«

Katinka dachte, dass junge Menschen um die 20 sich alle endgültig von ihrem Elternhaus lösen, ihren eigenen Weg finden mussten. Der Erfolg bestand ja gerade darin, es ohne Hilfe zu schaffen. Vom Innenhof drang Stimmengewirr herauf. Eine Wolke verschleierte kurz die Sonne.

»Kirsten hatte das Zimmer, in dem Sie jetzt wohnen. Ich dieses. Wir beide lebten allein auf diesem Stock, die anderen Zimmer waren schon nicht mehr bewohnt. Ich fürchtete mich oft, wenn ich bei Kirsten im Zimmer saß und spät nachts zu mir rüber wollte. Bloß über den Gang zu gehen, war unheimlich.«

»Das Ehepaar Krone, wo wohnten die?«

»Im anderen Haus, bei den älteren Schülern. Sie hatten eine eigene große Wohnung. Luden die Kollegen ab und zu ein, zu Bier und Brotzeit. Ab der Oberstufe gab es keine Schlafsäle mehr, die Schüler wohnten in Zweibettzimmern, hatten sogar eine kleine Teeküche zur Verfügung.«

»Und hier im Haus?«

»Im ersten Stock befanden sich das Direktorat mit Vorzimmer, außerdem die Schwesternzimmer. Da hat sich bis heute nichts verändert. Allerdings gab es noch einen Mädchenschlafsaal auf der ersten Etage. Die Jungen der Unter- und Mittelstufe verteilten sich über den dritten Stock. Sechs Kinder pro Schlafsaal. Kirsten und ich waren morgens für das Wecken zuständig. Wenn wir die Nacht durchdiskutiert hatten, über Gott und die Welt, schleppten wir uns halb tot um 6.15 Uhr nach oben. Oder nach unten.« Sie lachte auf. Allmählich nahm ihr Gesicht wieder Farbe an.

»Es muss doch noch andere Angestellte gegeben haben.«

»Die wohnten nicht hier. Nur Gitta und Manfred Krone und wir Freiwilligen. Die Küchenangestellten kamen alle aus der Umgebung. Eine Frühschicht war für das Frühstück zuständig, die traten ihren Dienst um fünf Uhr morgens an. Mittags wurde warm gekocht. Wenn Schüler später aus der Schule kamen, wärmten sie sich meistens selbst etwas auf, das waren ohnehin die Älteren, die machten das selbstständig. Die letzte Küchenhilfe verließ das Internat gegen 16 Uhr, zu der Zeit war das Abendbrot bereits auf den Servierwagen gerichtet. Die Pädagogen kamen gegen zwölf. Sie betreuten die Hausaufgaben, machten Freizeitangebote. Deren Spätschicht endete gegen 22 Uhr.«

»Wo war Gebsen untergebracht?«

»Drüben, im anderen Haus. Da ist auch die Hausmeisterwohnung.« Anja hatte sich durch die umständlichen Ausführungen ein wenig beruhigt. Katinka wartete eine Weile. Schließlich fragte sie:

»Und Kirsten? Warum starb sie?«

Anja hob den Blick. Tränen standen in ihren Augen, als sie Katinka ansah und entgegnete:

»Das weiß ich nicht. Niemand weiß das. Wirklich nicht.«

*

23.3.1988

14.

Anja war nach dem Frühstück in den Schülerbus gestiegen und mit nach Mellrichstadt gefahren. Martin hatte die ersten beiden Stunden frei. Geschenkte Zeit für sie beide von acht bis halb zehn. Sie hatten sich in einem Stehcafé beim Bäcker in der Nähe des Bahnhofs verkrochen. Zweites Frühstück. Cappuccino und Quarkschnecke. Ein paar Küsse. Eilig, peinlich berührt, wenn jemand das winzige Café betrat. Geflüsterte Gespräche, damit die Bäckerin nichts mithörte.

Sie waren beide volljährig, aber vor allem Anja hatte keine Lust auf Gerede. Im Internat konnten sie sich höchstens in ihrem Zimmer treffen, natürlich hinter dem Rücken der Nonnen. Zum Glück mussten sie die Heimlichkeiten nur noch für kurze Zeit durchhalten. Ende Mai würde Martin das Abi in der Tasche haben, Anja Ende Juli ihr FSJ beenden. Danach hätten sie ausreichend Zeit füreinander.

Dennoch fühlte Anja sich niedergeschlagen, als sie kurz vor halb zehn durch die leeren Straßen zum Bahnhof hinüberging. Irgendwie bedrückte sie zu vieles in letzter Zeit. Die böse Einsamkeit schlich feixend heran. Mellrichstadt gab nicht viel her. Grenzland eben. Man war abgehängt hier oben. Der Frühling ließ auf sich warten. Der Wind trieb ein paar Schneeflocken vor sich her. Dabei stand Ostern vor der Tür. Ob das Wetter sich endlich drehte? Sie hatte keine große Lust, zu ihren Eltern zu fahren. Das stete Schweigen zwischen den beiden, das stille Leiden der Mutter, die unterdrückte Wut des Vaters, worauf auch immer, konnte sie kaum aushalten.

Am Bahnhof zerrte sie das Rad, mit dem Martin gestern zur Schule gefahren und das er für sie hier abgestellt hatte, aus einem Pulk anderer Drahtesel. Sie stülpte die Kapuze über den Kopf und schlüpfte in ihre Handschuhe. In einer Stunde wäre sie im Internat. Sie fröstelte. Ein warmes Bad könnte sie dann gebrauchen. Bestimmt hätte sie Zeit dafür, bis die ersten Schüler gegen eins zurückkamen. Dummerweise hatte sie heute Nachmittag Sportaufsicht. Kirsten war krank, und auch Anja spürte ein leichtes Kratzen im Hals. Sie schwang sich auf den eiskalten Sattel. Verdammt! Dieser Winter musste endlich aufhören, der stets wolkenverhangene Himmel aufbrechen. Sie sehnte sich nach Sonnenschein. Wo sie nächstes Jahr um diese Zeit wohl sein würde? Sie hatte sich bereits nach Studienplätzen umgesehen. Deutsch für Lehramt wollte sie studieren, was das zweite Fach betraf, hatte sie bislang keine Entscheidung getroffen. Geschichte würde sie interessieren, Politikwissenschaft oder Geografie. Das Problem, dachte sie, während sie langsam aus der Stadt hinausradelte, sich gegen den Wind lehnend, besteht darin, dass man sich gegen so viele spannende Dinge entscheiden muss.

Aber der Beruf Lehrerin, der sollte es sein. Ihr Vater würde toben. Insofern tat ihr der Abstand zu daheim und besonders zu ihrem Vater gut. Im Internat ließ man sie spüren, dass Eduard Mähling ein angesehener und geschätzter Mann war. Er galt als Spendenkönig. Wie er zu den Beträgen kam, die er in schöner Regelmäßigkeit den Nonnen überschrieb, verstand Anja nicht ganz, obwohl seine Generosität ihr im Alltag zum Vorteil bei den Nonnen gereichte. Im Familienkreis klagte ihr Vater seit Jahren über das Geschäft, dass der Umsatz einbrach und mit Papier und Kartonagen nicht mehr das Geld zu verdienen war, das einst Gewinne garantiert hatte. Lächerlich: Er glaubte tatsächlich, sein Gejammer würde das Unternehmen für seine Tochter attraktiver machen. Dabei hatte sie ihm längst reinen Wein eingeschenkt. Sie würde die Firma nicht übernehmen.

Außerhalb des Städtchens musste Anja sich mit aller Kraft gegen den Wind stemmen. Bald taten ihr die Oberschenkel weh. Sie wünschte, sie hätte ihren Walkman mitgenommen. Erst gestern hatte sie mit Kirsten Songs aus dem Radio aufgenommen, kichernd hatten sie versucht, den Moment abzupassen, in dem die Musik startete, und sich jedes Mal geärgert, wenn die Stimme des Moderators über die ersten Takte quatschte. Mit Kirsten war alles unbeschwert. Sie hatte keine Angst, Fehler zu machen. Anders, wenn sie sich mit Martin traf. Sie fürchtete oft, sie könnte ihn abstoßen mit ganz unerwarteten Dingen, er könnte Eigenheiten an ihr entdecken, die er nicht mochte. Irgendwie hatte sie sich das Verliebtsein einfacher vorgestellt.

Die Straße wurde steiler. Die Schaltung des alten Rads ließ sich nur noch in den zweiten und dritten Gang bewegen. Anja stellte sich auf die Pedale und trat kräftig. Vielleicht wäre sie schneller, wenn sie zu Fuß ginge und das Rad schob? Wenigstens schneite es nicht. Am Straßenrand türmten sich schmutzige Schneereste, vermischt mit Split, und auf den Wiesen lag der verharschte Schnee wie ein Panzer. Der Schweiß lief ihr in den Nacken, sie hätte am liebsten die Kapuze heruntergerissen, wollte jedoch einer Erkältung keinen Vorschub leisten. Hoffentlich hatte Kirsten sie nicht angesteckt! Schade, wenn ihr soziales Jahr vorbei wäre, würde sie Kirsten wahrscheinlich aus den Augen verlieren. Selten hatte Anja sich auf Anhieb so gut mit jemandem verstanden. Ob die Freundschaft Bestand hätte, wenn sie an verschiedenen Orten studierten? Kirsten hatte neulich davon gesprochen, nach Berlin zu gehen. Und Martin? Er wollte Zivildienst leisten, hatte bereits eine Stelle in Bad Königshofen in Aussicht, wo seine Mutter lebte. Leider gab es dort keine Uni …

Ein Wagen schoss an ihr vorbei. Anja schreckte aus ihren Gedanken. Sie musste husten. Bitte keine Erkältung, jetzt kamen doch die Ferien!

Endlich wurde die Straße wieder flacher. Sie konnte im Sattel sitzend trampeln. Als die Internatsgebäude in Sicht kamen, atmete sie erleichtert auf. Schweißnass stellte sie das Rad im Geräteschuppen neben der Turnhalle ab und huschte in den zweiten Stock hinauf. Im Sekretariat in der ersten Etage brannte Licht. Sie hörte die Stimme der Sekretärin, die hektisch versuchte, jemanden am Telefon abzuwimmeln. Ansonsten war es still im Haus, wie jeden Vormittag. Unvorstellbar der Radau, der in spätestens zwei Stunden das alte Gebäude erfüllen würde. Auf der Treppe fielen ihr Wassertropfen auf. Wahrscheinlich hatte eine der Schwestern die Blumenstöcke auf den Fenstersimsen gegossen.

In ihrem Zimmer warf sie den Anorak auf das Bett und sah auf die Uhr. Sie hatte länger als eine Stunde von Mellrichstadt nach Hause gebraucht. Kein Wunder, bei dem Gegenwind. Entschlossen griff sie nach Handtuch und Shampoo. Sie würde ein Bad nehmen, sicher wäre das die beste Chance, die heranziehende Erkältung abzuwehren.

Das Badezimmer lag am Ende des Flurs. Ein hässliches altes Ding, grau gekachelt bis zur Decke, mit einer Reihe

Waschbecken an der Wand und dahinter einer altmodischen Badewanne. Anja freute sich auf die Dusche zu Hause. Einer der wenigen Vorteile eines Heimatbesuchs in den Ferien.

Als sie den Korridor entlangging, stieg ihr der Geruch von Fichtennadeln in die Nase. Sie sollte nach Kirsten schauen! Wahrscheinlich war sie auch auf die Idee mit dem Bad gekommen und hatte sich nun ins Bett verkrochen. Sie kehrte um, ging die paar Schritte zu Kirstens Zimmertür. Hob die Hand, um zu klopfen. Nein. Besser, sie weckte ihre Freundin nicht. Kirsten hatte heute Morgen wirklich elend ausgesehen, wenn sie schlief, würde sie sich wenigstens erholen.

Anja ging zum Bad und öffnete die Tür. In grauem Dämmerlicht lag die Waschbeckenstraße da. Der Geruch nach Fichtennadeln wallte ihr entgegen. Fenster und Spiegel waren beschlagen. Am Rand eines Waschbeckens lagen Anziehsachen. Anja erkannte Kirstens Pulli und die geflickten Jogginghosen. Langsam machte sie ein paar Schritte. Die abgestandene, warme Luft war ihr plötzlich unangenehm. Als bekäme sie kaum Atem.

Sie glaubte, draußen auf dem Gang ein Geräusch zu hören. Drehte sich kurz zum. Die Tür war nur angelehnt. Da war niemand.

Anja spürte, wie heftig ihr Herz pochte, und schob es auf die anstrengende Fahrradtour. Ihr war, als befinde sich jemand im Raum. »Hallo?«, rief sie halblaut. Sie guckte hinter die Trennwand.

Kirsten lag in der Wanne. Unter Wasser. Ihr braunes Haar trieb darin wie die Tentakeln eines großen Tieres.

*

18.5.2018

15.

Anja hatte die ganze Zeit auf dem Bett gesessen, nun stand sie auf und streckte die steifen Glieder. »Damals bin ich über eine Stunde durch die Rhön geradelt. Und heute überlege ich mir, ob ich aus meiner Wohnung im dritten Stock ausziehe, weil ich keinen Lift habe.«

»Die Ansprüche verändern sich.«

»Muss wohl so sein.«

»Was war passiert, Frau Riedeisen? Woran ist Kirsten gestorben?«

»Ich dachte zuerst, sie wäre ertrunken. Ihr Kopf war unter Wasser. Glaube ich. Wahrscheinlich werden Sie mir das nicht abkaufen: Ich habe keine klare Erinnerung an die Momente, als mir bewusst wurde, was ich da vor mir sah.« Anja trat ans Fenster, starrte auf den Innenhof hinunter. »Alles verschwamm vor meinen Augen. Ich glaube, ich habe das Wasser abgelassen. Habe den Stöpsel rausgezogen. Ich dachte wohl, ich könnte ihr noch helfen. Doch sie war tot. Das Wasser war schon kalt.«

Katinka verkniff sich die Bemerkung, dass Anja mit dem Ablassen des Badewassers ein wichtiges Beweismittel vernichtet hatte.

»Danach war nichts mehr wie vorher. Ich wollte das Internat verlassen. Es schien mir unerträglich, allein auf diesem Stockwerk zu sitzen, mit dem Gedanken an Kirsten.«

»Glauben Sie, dass Kirsten sich umbringen wollte?«

»Ganz sicher nicht. Sie war eine durch und durch lebensfrohe junge Frau mit Plänen.«

»Und verliebt.«

»Nicht mehr so ganz«, seufzte Anja.

»Was heißt das?«

»Tobias hatte ihr den Laufpass gegeben. Ein paar Tage vor ihrem Tod. Sie besuchte ihn sogar zu Hause, wollte sich aussprechen. Er kommt aus Völkershausen, das ist nicht allzu weit von hier, und verbrachte jedes Wochenende bei seiner Familie. Sie fuhr zu ihm, mit dem Rad. Wollte ihn zurückgewinnen. Ich hatte ihr gesagt, sie sollte das lassen, er müsste auf sie zukommen, dann wüsste sie, was sie ihm wert war. Aber sie wollte sofort Klarheit. Als sie zurückkam, war sie total durch den Wind. Tobias hatte tatsächlich Schluss gemacht.«

»Das Ende einer Liebe kann einen Menschen auf ganzer Linie erledigen. Sogar eine lebensfrohe Person könnte in so einer Situation an Suizid denken.«

»Nein, nicht Kirsten! Sie bekam kurz darauf Fieber. Die Nonnen meinten, kein Wunder, wenn sie in dem miesen Winterwetter mit dem Rad herumfuhr. Ich für mein Teil glaube, ihr Immunsystem war wegen des Liebeskummers angegriffen.«

»Wäre nur zu verständlich.« Katinka stand auf und stellte sich neben Anja ans Fenster. Unten spielten ein paar Kinder, die Süderbeck-Zwillinge waren mit von der Partie. Carola Süderbeck lehnte an der Hauswand und plauderte mit einer Frau, die Katinka nicht kannte. »Also kein Suizid?«

»Es muss ein Unfall gewesen sein. Sie hatte Tabletten genommen. Ein Grippemittel, das sie von Romana bekommen hatte, und eines von Gertrudis. Beide hatten ihr wohl unabhängig voneinander Medikamente angeboten, die irgendwelche Nebenwirkungen auslösten.«

»Man hätte einen Arzt holen können.«

»Ich sage Ihnen, Arztbesuche waren hier oben ein Problem. Die Schüler hatten oft Sportunfälle, sogar in unserer Turnhalle, ich habe etliche von ihnen in die Klinik gefahren. Meniskusriss, Bänderdehnung, alles Mögliche. Ein Arzt kam so gut wie nie zu uns herauf.«

»Es muss doch eine polizeiliche Untersuchung gegeben haben.«

Anja nickte. »Hat es. Alles lief auf die Medikamente hinaus. Es hieß, Kirsten sei an einem Herzstillstand gestorben. Wie gesagt, danach war nichts mehr wie vorher. Ich hielt es auf dem Stock nicht lange allein aus. Nach den Osterferien bot mir Gitta Krone ihr Gästezimmer an, und den Rest meiner Dienstzeit im Internat habe ich dort gewohnt.«

Katinka klimperte mit den Fingern auf dem Fensterbrett herum. Herzstillstand?

»Sind Sie sicher, dass Kirstens Kopf unter der Wasserlinie lag?«

»Ich habe das so zu Protokoll gegeben. In Wirklichkeit ist mir alles nur wie ein verwischter Film im Gedächtnis. Leider.« Anja rang die Hände. »Weil ich das Wasser abgelassen hatte, konnte ich es nicht belegen. Nur hätte ich den Stöpsel ja nicht rausgezogen, wenn ihr Kopf über Wasser gewesen wäre.«

»Sicher hätte jeder so gehandelt. Sie standen unter Schock«, beschwichtigte Katinka.

»Am Gründonnerstag fand die Beerdigung statt. Ich fuhr mit dem Zug nach Würzburg. Dort bin ich zusammengebrochen. Schwester Romana hat mich heimgefahren.«

»Die Nonnen waren auch dort?«

»Selbstverständlich.«

»Und Tobias?«

»Das weiß ich nicht mehr.«

»Lebt Kirstens Mutter noch?«

»Ich habe nichts Gegenteiliges gehört, aber das heißt nichts. Ich hatte sie nie kennengelernt, deshalb gab es keinen Kontakt zu halten.« Anja umschlang ihren Oberkörper mit den Armen, als sei ihr kalt. »Ich habe diese Zimmertür vor über 30 Jahren das letzte Mal hinter mir geschlossen. Und jetzt stehe ich wieder zwischen denselben Wänden.«

»Es hilft Ihnen wahrscheinlich nicht, wenn ich Ihnen mein Zimmer anbiete?«

Sie lachte traurig auf. »Nicht wirklich, nein. Trotzdem danke.«

»Warum sind Sie hergekommen, Frau Riedeisen?«

Anja starrte vor sich hin, als habe sie Katinkas Frage gar nicht gehört. Endlich fasste sie sich ein Herz. »Ich mochte Schwester Romana sehr. Sie hat mich stabilisiert, hat abendelang mit mir gesprochen. Ich musste wegkommen von dem Gedanken, dass ich Kirsten im Stich gelassen hatte. Durfte mir nicht länger die Schuld an ihrem Tod geben. Wäre ich mit Martin nicht nach Mellrichstadt gefahren, hätte ich mitbekommen, dass sie ein Bad nimmt, hätte ich vielleicht eingreifen können. Wäre ich aufmerksamer ihrem Liebeskummer gegenüber gewesen, hätte sie nicht so gelitten! Hätte, könnte, sollte. Und so weiter. Ich machte mir endlose Selbstvorwürfe, drehte mich wochenlang im Kreis. Ohne Romanas Hilfe wäre ich reif für die Klapsmühle gewesen.«

Katinka fuhr mit dem Zeigefinger am Fensterrahmen entlang. Das Holz war ganz rau, ein frischer Anstrich täte not. Sie hatte Mitgefühl mit Anja und dachte dennoch: Wie oft machen Jugendliche Schluss mit einer Liebe, springen zur nächsten, abermals passiert das Gleiche und die Welt geht unter? Eigentlich nichts Besonderes, würde man annehmen. Wenn man selbst nicht drinsteckte, im Alter von 19, 20, wenn einem noch kein dickes Fell gewachsen war.

»Wenn Tobias Kirsten verlassen hat: Wäre er nicht derjenige, der sich Vorwürfe hätte machen müssen?«, fragte sie gedankenverloren.

»Ihm ging es ziemlich mies. Nichtsdestotrotz riss er sich zusammen. Kann sein, dass er Verantwortung spürte, schuldig fühlte er sich sicher nicht. Ich jedenfalls wollte meinen Dienst hinschmeißen. Schwester Romana hat mich überzeugt zu bleiben. Ihr an ihrem Geburtstag eine Freude zu machen, ist mir die Konfrontation mit den alten Geschichten wert, Frau Palfy.«

»Lief das Internatsleben nach den Osterferien wieder so an wie gewohnt?«

»Die letzten Tage vor den Ferien waren die Hölle. Die Schüler standen unter Schock. Wir überlegten, die Unterstufe früher heimzuschicken. Romana meinte jedoch, das würde die außergewöhnliche Situation nur betonen. Die Schüler sollten so bald wie möglich in den gewohnten Rhythmus zurückfinden. Den Jugendlichen gelang das nach den Ferien recht schnell. Mir nicht. Die Beziehung zu Martin verkrampfte irgendwie. Ich war außerstande, mit ihm über meine Schuldgefühle zu reden. Ich versuchte es, machte dann Rückzieher und fing an, ihm aus dem Weg zu gehen. Martin wiederum steckte nach den Osterferien im Abistress.«

»Ihre Beziehung ist quasi versandet?« Katinka sah auf die Uhr. Kurz nach drei. Der Hof unten war nun beinahe leer bis auf ein paar Angestellte, die die Tische abräumten. Schwester Romana wuselte zwischen ihnen umher und klammerte die Tischdecken fest, die der Wind immer wieder aufbauschte. Von irgendwo klangen ein paar Takte eines Musikstücks herüber. Anscheinend erprobte sich jemand in einem der Übungsräume am Klavier.

»Er pumpte seine Zeit in die Vorbereitungen auf das Abitur. Aus heutiger Sicht finde ich das vernünftig. Als junges Mädchen war ich enttäuscht. Ich sehnte mich danach, dass er meine Verschlossenheit knacken, sich um mich bemühen würde. Nach dem Abi, das er übrigens mit einem sehr guten Schnitt abschloss, verließ er das Internat und kam nie zurück.«

Katinka versenkte die Hände in den Taschen. Ein tragischer Tod. Das traurige Ende einer Beziehung. Solche Dinge geschahen. Irgendwie hatte niemand Schuld.

Ein Detail verhedderte sich in ihrem Kopf, als sie Anja zunickte und das Zimmer verließ. Nur eine Kleinigkeit, die sie nicht greifen konnte.

*

16.

Katinka legte sich auf ihr Bett. Hundemüde schloss sie die Augen. Jählings geriet sie in etwas viel Komplizierteres, als sie es hätte ahnen können. Eine Tasse starken Kaffees würde ihr vielleicht auf die Sprünge helfen. Aber woher nehmen und nicht stehlen?

Schläfrig griff sie nach ihrem Handy. Wählte Hardos Nummer.

»Na, Frau Detektivin?«, meldete er sich.

»Wie geht's?« Katinka setzte sich auf.

»Geht so. Das Haus ist still wie ein Sarg. Unser quirliger Dachgeschossmieter muss auf Achse sein.«

Katinka grinste. In dem Haus, das sie vor ein paar Jahren mitten in Bambergs Innenstadt gekauft hatte, lebte sie selbst und – in einer eigenen Wohnung – ihr Lebenspartner, der Bamberger Hauptkommissar Harduin Uttenreuther. Die Erdgeschosswohnung war an Studenten vermietet, im Obergeschoss residierte Dante Wischnewski, seines Zeichens Reporter der Bamberger Tageszeitung, der ihr ab und zu bei Recherchearbeiten zur Hand ging.

»Dann sei froh, wenn du deine Ruhe hast und durch nichts gestört wirst«, entgegnete sie leichthin. »Haben sich die dienstlichen Wogen geglättet?«

»Schön wär's.« Er klang gereizt und resigniert zugleich.

Also nicht, dachte Katinka. »Ich hätte da eine Frage. Es geht um den Tod durch Ertrinken.«

»Bitte sag mir nicht, dass du rundweg in etwas reingeraten bist.«

Katinka bedauerte, ihn überhaupt angerufen zu haben. Sie war nicht in der Verfassung, seine Genervtheit durch gute Laune zu überspielen.

»Nicht in dem Sinn. Der Fall, von dem ich spreche, ist 30 Jahre her.« Sie schilderte knapp, was sie soeben von Anja erfahren hatte.

Hardos Stimme klang ernst. »Hat sie dich angeheuert, damit du einem Todesfall nachspürst, der sich anno Tunichtgut ereignet hat?«

»Mit der Frage konfrontiere ich sie noch. Sag mir nur: Ist es realistisch, dass jemand an einem Herzschlag stirbt und daraufhin, tot, in der Badewanne unter die Wasserlinie rutscht?«

»Es mag Konstellationen geben, in denen das möglich ist. Etwa weil die Muskeln erschlaffen. Umgekehrt würde auch ein Schuh draus: Die Person erleidet eine Herzattacke, rutscht vor Schreck und Schmerz unter die Wasserlinie, kann sich in der Folge nicht mehr aufrichten. Sie ertrinkt oder stirbt vorher an einem Herzstillstand. Ich nehme allerdings an, dass die Tote obduziert wurde.«

»Könntest du ausfindig machen, wer den Fall bearbeitet hat?«

Im Zimmer über ihr trappelten Füße hin und her. Eine Männerstimme war zu hören. Tobias Gebsen schien ebenfalls zu telefonieren und dabei die Beine nicht stillhalten zu können.

»Katinka, ich bitte dich. Was solltest du herausfinden, das nicht schon in den Papieren steht? Nach so langer Zeit!«

»Ich glaube nicht, dass ich etwas aufklären muss, aber es ist nie falsch, gerüstet zu sein.« Laut knarrte der Boden im Zimmer über ihr.

Er lachte trocken. »Auf dich trifft das auf alle Fälle zu. Ich sehe, was ich tun kann.«

»Danke.« Katinka legte auf, bevor er sein übliches »Sei vorsichtig« nachschieben konnte.

Tobias hatte nach ein paar Monaten heißer Liebe Schluss gemacht. Hatte Kirsten das nicht akzeptieren wollen? Hatte er nachhelfen müssen? Sie schüttelte den Kopf über sich selbst. Fantasie war eine Sache, das echte Leben eine andere. Wieder das Fußgetrappel über ihr. Nun fiel ihr auf, dass es nicht Gebsens lange Beine sein konnten, dafür waren die Schritte zu kurz und zu schnell.

Katinka schwang sich aus dem Bett, steckte ihr Handy ein, ging aus dem Zimmer und lief eine Treppe höher.

Schwester Romanas laute Stimme drang durch Gebsens Tür.

»Und so war das einfach. Was hätte ich tun sollen?«

Tobias Gebsen antwortete etwas, das Katinka nicht verstand. Auf Zehenspitzen ging sie näher und legte das Ohr an die Tür, hoffend, dass niemand von den Gästen, die im dritten Stock untergebracht waren, ausgerechnet jetzt kam oder ging.

»Wir waren auf das Geld angewiesen. Ich war gerade Gertrudis' Stellvertreterin geworden. Der Konvent wurde immer kleiner, Nachwuchs gab es kaum noch. Wir wollten natürlich keine Aufmerksamkeit auf uns lenken, denn die staatlichen Gelder sollten weiter fließen. Negative Presse ist nie hilfreich.«

Erneut eine Entgegnung. Unverständlich.

»Wir haben an allen Ecken und Enden gespart! So viele Spenden konnten wir gar nicht einwerben.« Es folgte Gemurmel, dann lauter: »Du hast uns wirklich viel geholfen, Tobias, dafür danke ich dir sehr herzlich. Vergelt's Gott. Wahrscheinlich sehen wir uns nach diesem Wochenende nicht mehr, also nimm meine Worte mit: Was du getan hast, war richtig. Goldrichtig.«

Ein Stuhl wurde geruckt. Tobias' Stimme klang nun recht deutlich zu Katinka hinaus: »Keine Ursache, Schwester, und selbst wenn manches nicht so lief, wie Sie sich das erhofft haben, können Sie mit der Bilanz im Großen und Ganzen zufrieden sein.«

Schwester Romanas Stimme erscholl direkt hinter der Tür, Katinka sprang zur Seite und drückte sich gegen die Wand.

»Dein Wort in Gottes Ohr. Ich hoffe, du genießt die letzten zwei Tage in diesem alternden Gebäude, bevor uns alle die Sintflut mit sich reißt.« Sie lachte schnaubend, als sie die Tür aufstieß und, ohne Katinka zu bemerken, zur Treppe hastete und hinunterging.

Katinka wartete eine Weile ab. Schließlich klopfte sie an Tobias' Tür. Er riss auf. »War noch was, Schwester?« Anscheinend erwartete er Romana.

»Hi. Ich wohne unter Ihnen. Machen Sie Turnübungen?«

Angesichts der Muskeln, die sein enges T-Shirt preisgab, lag das durchaus im Bereich des Möglichen.

Tobias Gebsen starrte sie verdutzt an. »Wie kommen Sie darauf?«

»Ich hatte eigentlich vor, mir eine Mütze voll Schlaf zu holen. Da knarrte es über mir wie im Aerobicunterricht.« Sie lachte ihn an. »Entschuldigen Sie. Ich war neugierig, warum Sie die Beine nicht stillhalten können. Darf ich bei Ihnen mal aus dem Fenster schauen? Unten ist der Ausblick phänomenal, hier wahrscheinlich noch besser.«

Unauffällig sah sie sich um. Das Bett war zerwühlt, offensichtlich hatte er sich in Morpheus' Armen gewiegt, bis Schwester Romana ihn aufgescheucht hatte. Die Lederjacke hing über dem Schreibtischstuhl. Der Rucksack stand auf dem Schreibtisch, ausgepackt hatte er nichts.

»Wahnsinn. Als Stadtmensch kann ich nur sagen: Die Rhön hat was.«

Er trat neben sie. Sie spürte ein Kribbeln zwischen den Schulterblättern. »Da haben Sie recht. Jetzt ist es leider sehr diesig geworden. An klaren Tagen sieht man von hier bis zur Wasserkuppe.«

Sie roch sein Aftershave. Ein bisschen zu süßlich für seinen Typ.

»War es nicht schwer für Sie, hierher zurückzukehren? Im Wissen, dass Ihre Freundin in diesem Haus gestorben ist?«

Er drehte sich zur Seite und sah Katinka direkt an. »Warum stellen Sie diese Fragen?«

»Ich würde Anja gern trösten. Ich weiß nur nicht, wie.«

»Das ist keine Antwort auf meine Frage.« Seine Augen funkelten spöttisch.

»Was würde Sie trösten?«

»Ich brauche keinen Trost. Kirsten ist vor 30 Jahren gestorben. Dass es in der Badewanne geschah, war ein extremes Detail. Sie hätte genauso in ihrem Bett sterben oder irgendwo anders zusammenbrechen können.«

»Aber es passierte nun mal in der Badewanne.«

»Wie gesagt: ein extremes Detail. Ich habe es nicht verschuldet und habe es ihr auch nicht gewünscht.«

»Sie war Ihre Freundin.«

»Da schon nicht mehr. Wir hatten ungefähr eine Woche vorher Schluss gemacht.«

»*Sie* haben Schluss gemacht, Herr Gebsen.«

»Wird das ein Verhör?« Sein Blick verdunkelte sich. Die buschigen Augenbrauen zogen sich über seinen unverschämt blauen Augen zusammen. Wie buckelnde Katzen. »Ich sage Ihnen, dass immer zwei dazugehören. Obwohl es Sie nichts angeht. Und jetzt möchte ich mich gern aufs Ohr hauen. Der Abend wird anstrengend.«

*

30.3.1988

17.

Anja war mit dem Zug nach Würzburg gefahren. Es schneite leicht, wobei die Flocken in Wasser übergingen, kaum hatten sie sich andächtig auf Dächer und Straßen gelegt. Kurz vor Beginn der Aussegnung schlüpfte sie in die von Trauergästen überfüllte Halle auf dem Lengfelder Friedhof. Kirstens Sarg befand sich vorne in der Mitte, ein prächtiges gelbes Blumengebinde bildete den Hintergrund zu dem schwarz-weißen Foto, auf dem Kirsten am Tag ihrer Abiturfeier abgebildet war, stolz und selbstbewusst in die Kamera lachend. Anja war außerstande, sich ihre tote Freundin in dem Kasten aus hellem Holz vorzustellen. Vor ihren Augen trieben Kirstens braune Haare im Badewasser umher, langsam und bedächtig, als hätten sie alle Zeit der Welt.

Sie wischte die Tränen weg, die sich aus ihren Augen stahlen. Blickte sich nach bekannten Gesichtern um. Im Dämmerlicht der Aussegnungshalle und von hinten konnte sie das Ehepaar Krone und die Nonnen erkennen. Sie waren alle gekommen: Schwester Gertrudis, die Direktorin, ihre Stellvertreterin Schwester Romana, Schwester Ursula, die als Erzieherin arbeitete, und sogar Schwester Richhilde, die Küchenschwester.

Die Orgel setzte ein. Anja erwartete ein schwermütiges Kirchenlied, doch sie hatte den Eindruck, dass ein Schlager gespielt wurde, den sie aus dem Radio kannte, irgendein Hit der letzten Jahre, ein wenig verfremdet und schwerfällig. Manche Trauergäste warfen einander Blicke zu. Jemand schluchzte auf.

Der Pfarrer sprach von Schuld und Vergebung. Die Worte glitten an Anja vorbei, sie kamen ihr glitschig vor und nicht passend für Kirsten, aber was konnte schon passend sein für eine 19-Jährige, die in der Badewanne ertrunken war. Er fügte einige allgemeine Gedanken zum Thema Krankheit an.

Kirsten war nicht krank, dachte Anja. Eine simple Erkältung konnte man kaum eine Krankheit nennen! Der Ärger auf den Pfarrer mischte sich in ihre Trauer, das salbungsvolle Getue ging ihr auf die Nerven. Da war nicht einmal mehr Platz für Tränen, so wütend wurde sie. Die Predigt klang, als wolle der Pfarrer Kirstens Tod als Pech verkaufen, als irgendein Missgeschick, das sie auch noch selbst hervorgerufen hatte. Wodurch bloß?

Die Tür zur Aussegnungshalle ging auf. Ein dünner Mann mit einem schmalen Oberlippenbart, gehüllt in einen nach Zigaretten stinkenden Wintermantel, stellte sich neben sie. Der Kommissar hatte sie mit seinen Fragen geradezu gelöchert! Sie nickte ihm zu. Er erwiderte den Gruß, nicht unfreundlich, nur irgendwie gleichgültig. Einer wie er wurde von toten Mädchen in der Badewanne nicht aus dem Gleichgewicht gebracht. Er war ein Polizist, der zahlreiche solcher Fälle gesehen hatte. Der Kirsten nicht kannte, nie mit ihr gelacht, geträumt oder Pläne geschmiedet hatte. Nie mit ihr auf dem Bett gesessen hatte, mit einer Flasche Sambuco, um am darauffolgenden Morgen mit hämmerndem Kopf die Unterstufe zu wecken.

Der Organist stimmte ein neues Stück an. In die Gemeinde kam Bewegung. Sechs Männer hievten den Sarg auf einen Katafalk. Anja umklammerte ihren Blumenstrauß, Osterglocken, Boten des Frühlings, auf den Kirsten sich so gefreut hatte und der nicht kam. Ihre Hände waren schweißnass.

Langsam wurde der Sarg durch die Aussegnungshalle gerollt, die Gäste schlossen sich an. Eine Frau mit hochgestecktem Haar und einem roten Kleid unter dem schwarzen Mantel stützte sich auf einen Mann, der ihr sehr ähnlich sah. Sie musste Kirstens Mutter sein, Anja hatte sie nie kennengelernt. Es folgten andere, ebenso eigenwillig gekleidete Leute, bis sich schließlich die Schwestern und die Krones einreihten. Schwester Romanas Blicke schossen durch die Kapelle, sie nickte hierhin und dorthin, als kennte sie die halbe Gästeschar. Als sie Anja entdeckte, lächelte sie kurz. Anja nickte ihr zu. Zum Lächeln war ihr zu kalt.

Sie traten ins Freie, sie und der Polizist, dessen Namen sie vergessen hatte, ganz am Ende der Menschenschlange, die nun durch den Friedhof schritt. Eine Gruppe Musiker begleitete den Tross und spielte ein Stück, auch das kannte Anja, ohne sagen zu können, was es war. Es schneite nun heftiger. Wässrige Flocken bedeckten die Wege und Hecken.

Anja zitterte in der feuchten Kälte. Im Wirbel der Schneeflocken kam es ihr vor, als kapsele sie sich ab von allen anderen Trauergästen, als besteige sie allein eine Raumsonde, irgendein Fahrzeug, das sie von den Menschen auf dem Friedhof entfernte. Kirstens Gesicht stand vor ihr, ihr Lachen und ihr fragender Blick, die Tränen der letzten Tage, in denen sie an Tobias' schroffer Ablehnung gelitten hatte. Anja schluchzte. Jemand stubste sie von der Seite an. Der Polizist, dessen Namen sie vergessen hatte, reichte ihr ein Tempo. Sie griff zu, ohne sich zu bedanken.

Die Gemeinde blieb vor dem offenen Grab stehen. Anjas Blick fiel auf Kirstens Mutter und den Mann, der sie stützte. Schwester Romana hielt einen Regenschirm über die beiden, während die Schneeflocken sich auf ihren Schleier legten wie eine zusätzliche Haube. Die anderen Nonnen drängten sich ebenfalls unter Schirmen zusammen. Der Pfarrer hatte ein Mikrofon umgehängt, jemand in einem liturgischen Gewand hielt einen Lautsprecher, aus dem nun blechern Worte klangen.

All die Tage seit Kirstens Tod hatte es Anja danach verlangt zu weinen. Doch die Tränen waren allzu selten hervorgebrochen, und wenn, dann zornig, wie ein kleiner Sturm, der sich rasch verzog. Nun, endlich, rannen die Tränen über ihre Wangen. Der Polizist steckte ihr das Päckchen Tempos zu.

»Behalten Sie es.«

Natürlich hatte sie sich den Kopf zerbrochen, ob jemand Kirsten ermordet hatte. Man hatte sie sogar gefragt, wo sie am frühen Vormittag gewesen war. Mit dem Rad auf der Straße, lautete die simple Antwort. Der Hausmeister hatte sie gesehen, als sie die Zufahrtsstraße herankam und das Rad aufräumte. Sie hatte ihn nicht bemerkt. Damit war sie aus dem Schneider, denn auch in dem Bäckereicafé in Mellrichstadt hatte man sich nach ihr und Martin erkundigt. Die Verkäuferin hatte bestätigt, dass sie dort Kaffee getrunken hatten.

Martin.

Sie hob den Blick. Er war nicht hier.

Und Tobias?

Sie hob den Kopf, tupfte die Tränen weg. Sie sah einen Mann, groß, unter einer Mütze quoll blondes Haar hervor. War das Tobias? Ihre Augen waren geschwollen und schmerzten vom Weinen. Was ging es sie an, ob er kam oder nicht!

Die Bläser setzten wieder ein, Anja war froh, die schnarrende Stimme des Pfarrers nicht mehr hören zu müssen. Der Schnee fiel nun dicht wie ein Vorhang. Die Sargträger traten vor. Zwei Seile liefen unter dem Sarg durch, die Träger hoben sie hoch. Auf Kommando zog einer die beiden Holzstützen darunter weg. Langsam senkten die Männer den Sarg in die Erde.

Es spielte letztlich keine Rolle, ob Tobias hier war oder nicht. Er hatte Kirsten das Herz gebrochen, aber er hatte sie nicht umgebracht. Das bestätigten mindestens vier weitere Zeugen, der Hausmeister und die Handwerker, denen Tobias geholfen hatte, die herabfallende Deckenverkleidung in der Turnhalle zu befestigen.

Die Schüler waren alle außer Haus gewesen, die Krones in Bischofsheim, eine Reise buchen. Schwester Ursula in der Mellrichstadter Realschule zur Sprechstunde eines Lehrers. Nur die Nonnen, die Sekretärin und das Küchenteam hatten sich im Haus aufgehalten. Schwester Gertrudis mit der Sekretärin im Büro, Schwester Romana in der Kapelle beim Herrichten für die Kartage, Schwester Richhilde in der Küche, zusammen mit den Angestellten.

In die Trauergäste kam Bewegung. Einer nach dem anderen warf ein Häufchen Erde ins Grab. Anja hatte Angst vor dem Moment, wo sie dort stehen, in die Grube sehen würde.

Kirsten war so verletzt gewesen. So verwirrt. Es war unmöglich gewesen, sie zu trösten. Schwester Romanas Worte klangen Anja noch im Ohr. »Jetzt ist sie am Boden zerstört. Auf lange Sicht wird sie begreifen, dass die Welt nicht untergegangen ist, Anja. Lass ihr ein wenig Zeit.«

Die Zeit hatte nicht gereicht, Kirsten war tot.

Nur noch wenige Trauergäste warteten vor Anja, standen am Grab, manche murmelten ein paar Worte, ein Gebet, einen Abschiedsgruß. Die meisten hatten sich bereits in Richtung Aussegnungshalle zurückgezogen, suchten Schutz vor dem Schnee und der Kälte. Kirstens Mutter und ihr Begleiter harrten zusammen mit den Nonnen aus. Hinter Anja kam als Letzter der Polizist.

Sie trat vor. Jetzt war es an ihr, sich zu verabschieden, sie griff nach der Schaufel, die sich erstaunlich leicht anfühlte.

»Es tut mir leid, Kirsten«, murmelte sie. »Dass ich nichts tun konnte. Dass alles so gekommen ist.« Sie stieß die Schaufel in den Erdhaufen. Ihre Kräfte ließen nach, sie wollte das nicht tun, wollte Kirsten nicht unter einer Schicht Erde begraben. Vielleicht lebte sie noch, sie war immer so lebendig gewesen, so fröhlich, voller Energie, alles hatte ihr zu Füßen gelegen, die Zukunft ein einziger großer Plan mit vielen Nebenwegen und neuen Verzweigungen, Tausend und Abertausend Möglichkeiten …

Die Schaufel rutschte Anja aus der Hand und knallte mit einem schrecklichen Laut auf den Sarg. Sie erschrak nicht einmal. Die Geräusche zogen sich vor ihr zurück, dafür kam der Erdhaufen näher. Sie zuckte zusammen, als vier Arme sie packten, stützten und behutsam vom Grab wegführten. Der Gestank nach Zigarettenrauch ließ sie aufkeuchen.

»Ist nicht schlimm, Anja, kann passieren«, hörte sie Schwester Romanas Stimme nahe an ihrem Ohr. Danach versank alles in Dunkelheit.

*

18.5.2018

18.

Anja klopfte bei Katinka, um sie zur Andacht abzuholen. Katinka hätte den spirituellen Teil des Programms gern weggelassen. Doch boten die 45 Minuten eine gute Gelegenheit, sich ihren Gedanken zu widmen.

»Haben Sie mich deshalb angeheuert?«, fragte sie halblaut, als sie die Treppen hinuntergingen. »Um mich zu bitten, nach 30 Jahren Kirstens Tod zu klären?«

»Nein. Das war nie meine Absicht. Nicht, als ich zu Ihnen in Ihr Büro kam. Aber nun … da sehne ich mich mehr als je zuvor nach Klarheit, verstehen Sie?«

Katinka verstand es. Und es ärgerte sie, dass ihr Jagdtrieb erwacht war. Hardo lag richtig, selbst wenn sie es ungern zugab: Was sollte sie nach 30 Jahren noch herausfinden?

»Haben Sie Angst, weil Sie meinen, dass es doch kein natürlicher Tod war?«

Anja zuckte die Achseln. Sie waren im Gang vor der Hauskapelle angekommen. Drinnen erklang bereits das Vorspiel der Orgel, kurz darauf stimmte die Gemeinde ein, ziemlich verhalten. Ein paar Frauenstimmen stachen deutlich hervor. Die Schwestern vermutlich.

»Seien Sie wenigstens *einmal* ehrlich, Frau Riedeisen!«

Anja drehte sich zu Katinka um. »Glauben Sie es oder

nicht: Ich spürte, seit ich die Einladung bekommen hatte, eine gewisse Beklemmung wegen dieses Wochenendes. Warum, das kann ich mir selbst nicht erklären. Ich dachte, wenn ich jemanden mitnehme, der an meiner Seite ist, neutral und professionell, ist das alles nicht so dramatisch. Was kann letztlich passieren? Um Schwester Romana einen Gefallen zu tun, wollte ich nicht kneifen, und ich will auch jetzt nicht weglaufen, obwohl ich es am befreiendsten fände, einfach abzuhauen.«

»Gut.« Katinka nickte. »Verstehe. Danke für Ihre Offenheit.« Sie öffnete die Tür zur Kapelle. Der kleine Raum war gesteckt voll. Lächelnde und überraschte Blicke prallten an ihr und Anja ab. Die Orgel verstummte in dem Augenblick, als sie sich in die letzte Bank setzten. Die Liturgie glitt an Katinka vorbei. Sie beobachtete, wie Schwester Romana, die das Eröffnungsgebet sprach, vor Energie nur so sprühte. Es gab einen Moment der Unruhe, als Schwester Gertrudis aufstand und nach vorne ging, zu einem Zeitpunkt, an dem dies offensichtlich nicht geplant war. Romana sprang sofort hinterher und führte sie an ihren Platz zurück. Einige Andachtsteilnehmer flüsterten miteinander.

Nach der Andacht drängten alle aus der Kapelle und zum Speisesaal. Bunte Tischdecken, Blumensträuße und Kerzen schmückten die Tische. Es duftete nach Kräutern, aus der Küche klang lautes Lachen und Rufen. Unter dem gedimmten Licht wirkte der Raum festlich. Als sei es immer so gewesen. Als könnte es gar nicht anders sein.

Eine korpulente Schwester, die sich mühsam mithilfe einer Krücke vorwärtsbewegte, stellte Namenskärtchen auf. Der Lärmpegel schwoll an.

»Schauen Sie, wir sitzen zusammen!«, rief Anja.

Katinka fand sich an einem Tisch mit Anja und den Süderbecks. Na, passt ja, dachte sie nur.

Sie blieb an ihrem Platz stehen und musterte die anderen Gäste, die sich nun lachend und plaudernd an den Tischen verteilten. Tobias Gebsen war an einem Tisch am anderen Ende des Raums platziert, wo er sofort ein angeregtes Gespräch begann. Schwester Romana schritt durch den Raum wie ein Feldherr, der eine neue Angriffstaktik ausprobierte, tauschte ein paar Worte mit diesem und jenem. Die Nonne mit der Krücke blieb neben Katinka stehen.

»Grüß Gott«, sagte sie. »Ich glaube, wir haben einander noch nicht vorgestellt.«

Katinka blickte in ein von feinen Fältchen durchzogenes Gesicht mit auffällig geschwollenen Augenringen.

»Katinka Palfy. Eine Freundin von Anja Riedeisen. Früher Mähling.«

»Schwester Richhilde.«

»Sie sind die Küchenschwester?«

Sie lehnte die Krücke gegen den Tisch. »Leider bin ich nicht mehr arbeitsfähig. Wenn ich daran denke, was ich früher den lieben langen Tag weggeschafft habe …« Sie seufzte. »So ist das Leben. Wir müssen Ja sagen zu einem langen Abschied, nicht wahr?«

Katinka wusste darauf nichts Rechtes zu erwidern.

»Sagen Sie, Palfy, habe ich diesen Namen schon einmal gehört?«

»Das weiß ich nicht. Ich stamme ursprünglich aus Wien.«

»Sie sind also aus Wien angereist?« Die Nonne sah sie unverwandt an, als habe sie sich diese Frage bereits den ganzen Tag gestellt und erwartete nun endlich eine Antwort.

»Nein, ich bin vor etlichen Jahren aus Österreich weggezogen. Jetzt lebe ich in Bamberg.«

Etwas blitzte in den Augen der Frau auf. So etwas wie ein Triumph, den Katinka sich nicht erklären konnte.

»Sie sind eine Freundin von Anja Mähling?«

»Ja. Sie lud mich ein, mit ihr zu Schwester Romanas Geburtstagsfeier zu kommen.«

Als hätte die Jubilarin Katinka gehört, klatschte sie einige Male in die Hände. »Meine Lieben!«, rief sie über den Lärm hinweg, der sich erstaunlich rasch legte. »Es war ein langer und ereignisreicher Tag, aber ich verspreche euch, ihr werdet mehr erleben! Ich freue mich unendlich über jeden Einzelnen, der heute gekommen ist!«

Die Süderbecks eilten an den Tisch, die Kinder im Schlepptau.

»Na, dann mal ran an den Speck!« Martin zwinkerte Anja zu.

Schwester Richhilde nickte ihm kurz zu, bevor sie ihre Krücke griff und davonhinkte.

»Ich bin gespannt«, lachte Anja. »Weißt du noch, die Pommes frites, die sie früher gemacht haben? Ich habe nie mehr so gute gegessen.«

»Ich auch nicht. Übrigens, da ist dein Vater.« Martin wies zur hinteren Tür des Speisesaals. Ein Mann kam gerade herein. Ein älterer Herr mit silberweißem Haar, Goldrandbrille und Trenchcoat.

Anja fuhr herum. »Ach du Schreck.«

»Wusstest du nicht, dass er zugesagt hat?«, fragte Martin neugierig.

»Natürlich nicht.« Sie sah unglücklich drein.

»Er hat dem Internat viel Geld gespendet.«

Anja seufzte nur. Sie ließ die Schultern hängen, als sei sie in dem Moment, in dem ihr Vater den Speisesaal betreten hatte, um ein paar Jahre gealtert. Die Fältchen um ihre Lippen schienen schärfer, ihr Gesicht müde.

»Komm schon, das muss dir doch klar gewesen sein, dass

Romana ihn einlädt. Freu dich, immerhin hat er etwas Gutes getan mit seinem Reichtum. He, Delia, lass die Kerze in Ruhe. Wir können keinen Zimmerbrand gebrauchen, klar?«

Das Mädchen verdrehte die Augen.

»Das Eigenartige ist nur, dass er weder Mutter noch mir je das Gefühl vermittelt hat, wir wären wohlhabend«, seufzte Anja.

*

19.

Meine Ahnungen haben mich selten getrogen. Der Mensch ist mit vielen Fähigkeiten gesegnet, und es ist seine Pflicht vor dem Herrn, diese Talente zu pflegen und ihnen Vertrauen zu schenken. Zugegebenermaßen fällt das nicht leicht. Ich war etwa nie der Meinung, dass es gut war, Tobias Gebsen über all die Jahre im Haus zu haben, wenn etwas zu tun war. Angeblich lag es am Geld. Stets das Geld. Tobias arbeitete für Gotteslohn. Aus Verbundenheit zum Haus. Das konnte sinnvoll sein oder schädlich.

Alt werden ist schön, das sagte meine Großmutter immer, aber alt sein ist nicht schön. Aus heutiger Sicht gebe ich ihr recht. Allerdings schätze ich eine Frucht des Alters: die Erfahrung. Man kann die Dinge besser einordnen, das Mosaik setzt sich wie von selbst zusammen. Es erfordert nicht einmal besonders viel Anstrengung, die Steine zusammenzufügen. Ganz von allein gleiten sie in ihre Positionen. Mähling hat nie eine gute Rolle gespielt für das Internat. Wenngleich er Geld brachte. Viel Geld. Zu viel Geld, als dass es ehrliches Geld gewesen sein konnte. Was hätte es ausgemacht, wenn unsere Schule vor 30 Jahren aufgelöst worden wäre? Es wäre wenigstens ein ehrliches Ende gewesen. Wir Schwestern wären noch nicht zu alt gewesen für eine neue Aufgabe. Doch ich gebe zu, dass ich das damals anders gesehen habe.

In diesen späten Jahren wartet nichts mehr auf uns. Ergeben müssen wir nun annehmen, was man für uns übrig hat. Das ganze Klosterleben hindurch wurde der Demut, der Bescheidenheit ein hoher Stellenwert eingeräumt. Ich brauchte eine Weile, bis ich verstand, dass »demütig« oft falsch als »kriecherisch« verstanden wird. Für die eigenen Überzeugungen einzustehen, ist ebenso ein Wert wie die Anerkenntnis, dass ein anderer besser ist. Wann gilt es, die Ereignisse wie zu interpretieren? Das ist das Geheimnis des Lebens – die passende Perspektive einzunehmen. Aus Mählings Sicht ist dieser Abend Stress. Für seine Tochter wird es ähnlich sein. Und sogar für Romana, wobei sie es aber nie zugeben würde.

Ich habe nichts getan. Ich habe versucht zu helfen, habe das auch nicht verschleiert. Letztlich hat sich alles geklärt. Kirsten war krank. Solche Dinge geschehen. Aus Sicht der nahestehenden Menschen sind es Katastrophen; im unendlichen Plan Gottes hat alles seinen Platz.

Heiliger Geist,
Du lebendiger Quell in der Wüste
Du verborgene Kraft in den Schwachen
Du stille Macht in den Geduldigen

Du Freude der Kinder Gottes
Du Gast der Freunde Jesu
*– erbarme dich unser**

*

20.

»Frau Palfy, das ist mein Vater. Eduard Mähling.«

Katinka reichte dem Mann widerstrebend die Hand. Blaue Augen musterten sie kurz, bevor er sich wieder Schwester Romana zuwandte. Als seien weder seine Tochter noch Katinka anwesend.

»Herr Mähling, ich freue mich wirklich sehr. Ganz wie in alten Zeiten, nicht wahr?«, jubelte Schwester Romana. »Dass ich das noch erleben darf!«

Er schien von ihrem Überschwang genervt.

»Kommen Sie, ich habe Ihnen bei uns alten Nonnen einen Platz bereitgehalten.« Romana komplimentierte Mähling zu ihrem Tisch.

»Puh«, machte Katinka.

»Eindrucksvolles Schauspiel, wie?« Anja zuckte die Achseln. »Gehen wir zurück an den Tisch. Mir knurrt der Magen.«

»Ihr Vater frustriert Sie.«

---

* Aus: Gotteslob. Katholisches Gebet- und Gesangbuch der Erzdiözese Bamberg 2013. Heilig-Geist-Litanei, S. 609f.

»Wenn Sie meine Psychologin wären …«

»Sie haben Angst vor ihm.«

Anja blieb stehen. »Ich bin einigermaßen sprachlos«, presste sie heraus. Ihr Frust darüber, dass ihr Vater ihr die Laune verdorben hatte, entlud sich gegen Katinka.

»Ist das Ganze ein Vater-Tochter-Problem?«

»Was – das Ganze?«

»Ihre Angst vor diesem Wochenende.«

Eine Frau manövrierte einen Servierwagen an Katinka vorbei. Katinka identifizierte den Duft von röschen Rosmarinkartoffeln. Ihr Magen knurrte.

»Ich glaube, das tut nichts zur Sache.«

»Welche Verbindung hat Ihr Vater zu diesem Internat?«

»Er spendete.«

»Ich weiß, das habe ich mitbekommen. Aber wieso spendete er ausgerechnet diesem Internat große Summen? Und wie groß sind die überhaupt?«

»Ehrlich, das weiß ich nicht.«

»Anlässe gibt es viele. Etliche Leute tun gute Sachen und hätten Spenden verdient.«

»Er hat den Nonnen vertraut. Bildung und Erziehung sind ihm von jeher wichtig.«

»Und obwohl er so fleißig spendete, muss das Internat aufgeben?« Katinka strebte ihrem Tisch zu. Sie verstand selbst nicht, warum sie mit einem Mal unbändige Lust hatte, Anja zu provozieren. »Bestimmt ärgert er sich, dass er sein Geld in den Sand gesetzt hatte.«

»Er hat es nicht in den Sand gesetzt! Viele Schülergenerationen sind in den Genuss gekommen!«

Den letzten Satz hatte Martin gehört. Eine Scheibe Braten aufspießend, sah er Anja verdutzt an. »In den Genuss wovon?«, fragte er.

»Herrn Mählings Geld«, antwortete Katinka an Anjas Stelle. »Ich fragte Anja gerade, warum ihr Vater ausgerechnet diesem Internat so viele Spenden zukommen ließ. Was verbindet ihn mit dem Haus?«

Martin schnitt an seinem Fleisch herum. »Na, konservativ und katholisch. So einer spendet nicht den Grünen, verstehen Sie?«

»Wer konservativ und katholisch ist, findet im superkatholischen Fulda ganz bestimmt andere Adressaten.«

»Warum hacken Sie denn darauf herum!« Anja setzte sich.

Carola Süderbeck musterte sie erstaunt.

»Ist Ihr Vater auch Schüler in einem Internat gewesen, Anja?«

»Nein. Ist er nicht.«

»Er hat jahrelang gespendet? Regelmäßig?« Katinka häufte sich Braten und Gemüse auf ihren Teller.

»Ich denke schon.«

»Gab es andere Mäzene außer ihm?«

»Was bezwecken Sie eigentlich mit diesen Fragen?«

Einem der Mädchen fiel ein Stück Kartoffel auf den Schoß. Sie fing an zu weinen.

»Nicht so schlimm, Linda!«, sagte Carola und widmete sich rasch dem Fleck, als sei sie froh, sich an der Diskussion nicht beteiligen zu müssen.

»Verzeihung, wahrscheinlich erscheine ich zu neugierig«, ruderte Katinka zurück. »Sie sagten, dass Ihr Vater nicht glücklich mit Ihrer Entscheidung war, ein freiwilliges soziales Jahr zu absolvieren. Wobei Sie das ausgerechnet in dem Haus taten, das er bereits unterstützte. Hätte ihn das nicht freuen sollen?«

»Hören Sie«, begann Martin.

Anja rückte an ihrem Teller. »Nein, es hat ihn nicht gefreut, weil er der Meinung war, dass ich in die Firma einsteigen sollte. Hätte ich ein Praktikum in einem Betrieb gemacht, um anschließend BWL zu studieren – das wäre ihm runtergegangen wie Butter.«

Katinka nickte. »Das kann ich gut nachvollziehen.« Grüblerisch aß sie ihren Teller leer. Sie war übers Ziel hinausgeschossen, hatte Martin und seine Frau verunsichert und Anja vor diesen Leuten bloßgestellt. Andererseits – sie war beauftragt worden, Anja zu beschützen, und dass das unerwartete Auftauchen ihres Vaters sie schockiert hatte, war ein weiterer Hinweis, dass es etwas Unklares rund um diesen Auftrag gab. Anja hatte nicht allgemein Angst vor dem Wiedersehen mit alten Bekannten und schon gar nicht mit ihrer Jugendliebe Martin Süderbeck. Ihr Vater spielte eine Rolle. Katinka war sich sicher. Sie musste nur herausfinden, welche.

Aus den Augenwinkeln sah sie, wie Tobias Gebsen aus dem Speisesaal schlüpfte.

Sie schob ihren Stuhl zurück. »Entschuldigen Sie mich einen Moment.«

Rasch ging sie ihm nach.

*

21.

»Was dagegen, wenn ich eine Zigarette schnorre?« Katinka trat neben Tobias. Der stand mit Blick in den Hof an die dicke Sandsteinmauer gelehnt und genoss seine Rauchpause.

»Ich dachte glatt, Sie rauchen nicht.«

»Ich bin eine soziale Raucherin.« Es stimmte bedingt.

Er hielt ihr die Schachtel hin. »So eine Feier zieht sich in die Länge, was?«

»Vor allem, wenn man kaum jemanden kennt. Sie haben einen Vorteil.«

»Die Nonnen kenne ich seit 30 Jahren. Eine echt lange Zeit. Aber sonst kaum jemanden.«

»Wie kam es, dass Sie den Kontakt gehalten haben?«

Er gab ihr Feuer. »Schwester Romana hat mich immer angerufen, wenn was mit der Elektrik nicht stimmte. Ich kam her und reparierte das. Habe ich gern gemacht.«

»Unentgeltlich?«

»Warum nicht?«

Katinka paffte schweigend. Der Zigarettenrauch übertünchte Tobias' Rasierwasser. Sie war ganz froh darum. Was fand sie an diesem Mann, den sie nur noch morgen und dann nie wiedersehen würde? Allein ihr unterschwelliger Ärger auf Hardo und seine miese Laune schien dafür zu sorgen, dass sie diese sonderbare Anziehungskraft wahrnahm.

Tobias unterbrach ihren Gedankenstrom.

»Sie mögen das verrückt finden, doch warum sollte ich den Nonnen eine Rechnung stellen? Ich lebe allein, und an den Wochenenden fällt mir sowieso manchmal die Decke auf den Kopf.«

»Arbeiten an der Elektrik werden sicher nicht der größte Posten in der Ausgabenliste eines Internats sein, oder?«

Er richtete seine blauen Augen auf Katinka. »Worauf wollen Sie raus? Die Nonnen sind eben geschäftstüchtig. Und Kleinvieh macht auch Mist.«

»Wissen Sie eigentlich, wie viel Mähling pro Jahr spendete?«

Tobias räusperte sich. »Mähling hat eine besondere Beziehung zu diesem Haus. Schon, als ich Zivi war, kam er öfter vorbei. Meistens spät am Abend oder nachts.«

»Ach.«

»Er fuhr zum Seiteneingang auf der anderen Seite des Gebäudes.« Mit dem Daumen zeigte Tobias hinter sich, als wollte er Katinka auf direktem Weg durch das Mauerwerk lotsen.

»Woher wissen Sie das?«

»Ich bin kein Stubenhocker. Wenn ich frei hatte, nutzte ich meine Zeit für Sport. Mit dem Mountainbike durch den Wald, im Winter mit den Langlaufskiern. Das war toll.«

»So spät abends, dass Sie Mähling sehen konnten?«

»Im Sommer sind die Nächte lang hell, und im Winter hatte ich eine Stirnlampe dabei. Oft habe ich Tiere gesehen. Damwild und Wildschweine. Ich mag die Natur. Tja, und ein Auto hier oben nach 22 Uhr fällt auf.«

Katinka nickte. Das ungewohnte Nikotin machte sie schwindelig, obwohl sie versuchte, nicht tief zu inhalieren.

»In den letzten Jahren, wenn im Internat etwas zu tun war, kam ich meist am Abend. Ein-, zweimal bekam ich mit, wie Mähling anreiste. Immer im Dunkeln. Er parkte beim Hintereingang, wo es in die Küche geht. Eine der Nonnen machte ihm auf. Einmal funktionierte das Kellerlicht nicht. Ich war am Weggehen, als Schwester Gertrudis hinter mir herkam. Ob ich kurz zurückkäme und das richten könnte.«

»Das Kellerlicht?«

Tobias stippte seine Kippe in einen Taschenaschenbecher. »Ja.«

»Mähling, der Spendenkönig, wird von den Nonnen in den Keller geführt?«

»Finden Sie das so seltsam? Vielleicht hat er etwas zwischengelagert. Mähling versorgte das Internat auch mit Kopierpapier und Büromaterial.«

Katinka starrte auf die glimmende Zigarette in ihrer Hand. Davon hatte Anja nichts berichtet.

»Also hat er was angeliefert?«

»Das habe ich nie beobachtet. Nein, er kam meistens nur mit seiner Aktenmappe.« Er grinste. »Sie fragen wie eine Polizistin. Sind Sie Kriminalbeamtin?«

»Zum Glück nicht.« Was sollte man in einer Aktenmappe anliefern, dachte Katinka.

Er reichte ihr den Miniaschenbecher. »Ein einziges Mal habe ich auf diesem heiligen Boden eine Kippe fallen lassen. Schweigau hätte mich fast gevierteilt.«

»Schweigau?«

»Jochen Schweigau, der damalige Hausmeister.«

»Ah.«

»Der mochte Mähling nicht. Nannte ihn den Spenden-August. Schwester Romana hat ihn deshalb einmal ziemlich angepflaumt. Ob ihm klar wäre, wer seinen Lohn bezahlte. Da hat Schweigau klein beigegeben. Vor ein paar Jahren ist er gestorben. Kehlkopfkrebs. Armer Teufel.«

Katinka drückte die Kippe aus. »War Kirsten auch Outdoorfreak?«

Irritiert vom Themawechsel starrte Tobias sie an. »Kirsten? Nicht die Bohne! Im Gegenteil, sie war die typische Couchkartoffel.«

»Sie passten also nicht besonders gut zusammen?«

»Wenn Anja Sie infiltriert hat – sie hatte schon recht. Sie warf mir vor, ich hätte Kirsten zu brutal den Laufpass gegeben. Gebe ich zu. Aber es war total nervig mit ihr.«

»Was war nervig?«

»Sie lassen nicht locker, was?«

»Nein.«

Er lachte trocken. »Das hat Charme, muss ich zugeben. Nein, wissen Sie, an dem Wochenende, etwa zehn Tage vor Kirstens Tod … also, da schneite es wie verrückt und stürmte, und der Schneepflug kam nicht mehr nach mit Räumen. Die meisten Schüler blieben übers Wochenende im Internat. Nur ein paar, deren Eltern in der Nähe wohnten, wurden direkt aus Mellrichstadt abgeholt. Von der Schule. Ich konnte auch nicht heimfahren. Obwohl ich immer gern hier rauskam. So ein Internat ist eine künstliche Welt. Ich vermisste meine Familie oft und hatte es nicht weit nach Hause. An dem Tag gab es in der Turnhalle Probleme mit der Deckenverkleidung. Teile davon hatten sich gelockert. Schweigau bat mich, noch zu helfen, denn Sportgruppen von außerhalb buchten die Halle zusätzlich, vorwiegend am Wochenende, die brachten dem Internat gutes Geld ein. Es wurde spät, war stockdunkel, schneite ohne Unterlass. Kein Schneepflug kam mehr durch. Also blieb ich.«

»Hm«, machte Katinka.

»Kirsten verbrachte häufig die Wochenenden hier, genau wie Anja übrigens. Kirsten freute sich, dass ich blieb. Sie wollte ausschlafen, lud mich für den späteren Vormittag zum Frühstück auf ihr Zimmer ein. Da gab es Nutella satt und literweise Kaffee. Ihr Plan war: quatschen, bis es nachmittags dunkel wurde. Dazu hatte ich keinen Bock. Der Schnee reizte mich, ich wollte raus.« Er zog wieder die Zigarettenschachtel hervor.

»Sie haben sich gestritten«, stellte Katinka ruhig fest.

»Ein Wort hat das andere ergeben. Am Ende hat Kirsten geheult. Heute sehe ich das anders, aber damals kam mir ihr Verhalten extrem kindisch vor. Weinen aus Trotz, um Einlenken zu erpressen. Meine kleine Schwester machte das. Im Kindergartenalter. Haben Sie Geschwister?«

»Eine Schwester.« Katinkas Gedanken schweiften kurz zu Melissa, die in Wien lebte und erstaunlicherweise nach wie vor mit ihrem Basketballer liiert war. Bereits vor zwei Jahren hatte Katinka das baldige Ende dieser Beziehung vorausgesehen. War ein Fehler, dachte sie. »Mit einer ähnlichen Überlebensstrategie wie Ihre.«

»Am Wochenende danach fuhr ich am Freitag nach Hause. Nach Völkershausen. Direkt an der Grenze übrigens, wir konnten die Wachtürme jeden Tag sehen. Jedenfalls hatten Kirsten und ich die ganze Woche nicht miteinander gesprochen. Waren uns aus dem Weg gegangen. Gar nicht so leicht in diesem Mikrokosmos.« Endlich steckte er sich die Zigarette an. »Wollen Sie auch noch?«

»Nein. Danke.«

»Zuvor war es mir immer vorgekommen, als sähen wir uns viel zu wenig. Nun musste ich feststellen, dass wir einander ständig über den Weg liefen. Aber es herrschte Funkstille. Anja war auch sauer auf mich.«

»Das ist so bei Freundinnen.«

»Mag sein. Am darauffolgenden Sonntag radelte Kirsten zu mir ins Dorf. Das war eine ganz schön lange Strecke.«

»Insbesondere für eine Couchkartoffel!«

»Machen Sie sich über mich lustig?«

»Überhaupt nicht.« Unerklärlicherweise machte Katinka es Spaß, sich ein wenig mit dem Mann zu kabbeln.

»Der Schnee war weggetaut, aber nach zwei Tagen mit Temperaturen über null war es erneut bitterkalt geworden. Der 20. März, kurz vor Frühlingsanfang. Ein eisiger Wind ließ einem die Ohren abfrieren.«

»Haben Sie sich versöhnt?«

»Ich habe Kirsten sofort reinen Wein eingeschenkt. Dass es nichts wird mit uns, weil wir zu unterschiedlich sind. Ich wollte keine Freundin, die bloß gepflegt auf dem Sofa liegt. Es hat mir selbst wehgetan, sie so abzuservieren. Ich war immer noch in sie verliebt, doch eine innere Stimme sagte mir, es ist aus, schick sie weg.«

»Worüber sie sicher nicht erfreut war.«

»Nein. Zudem stürmte ständig meine kleine Schwester ins Zimmer. Kirsten war ein Einzelkind, daran gewöhnt, die erste Geige zu spielen. Sie dachte, ich will sie ärgern. Du liebe Güte, Theresa war fünf, ein Kindergartenkind, die war schlicht darauf aus, ihren großen Bruder zu tratzen.«

Katinka sah die Szene vor sich. Kirsten beleidigt, Tobias genervt, die kleine Schwester in Hochform.

»Sie hat mir vorgeworfen, ich würde sie mit Absicht provozieren. Völliger Quatsch. Wir stritten. Sie schwang sich aufs Rad. Drei Tage später war sie tot.«

Es war so still im Hof, dass Katinka das Knistern der Zigarettenglut hörte, als Tobias tief inhalierte. Unerklärlicherweise ging ihr die Geschichte nahe.

»Haben Sie sich Vorwürfe gemacht?«

»Ich war furchtbar verunsichert. Schließlich hatte ich noch nie einen Sterbefall in meiner Familie miterlebt. Alle waren wohlauf, auch die Alten. Unversehens stand ich bei Kirstens Trauerfeier auf dem Lengfelder Friedhof in der Kapelle, guckte auf den Sarg. Das hat mich fast umgeworfen. Unvorstellbar, dass Kirsten da drin lag!«

»Sie waren auf der Beerdigung?«

»Anja hat wahrscheinlich behauptet, ich hätte mich nicht blicken lassen, was? Von wegen, ich war da, mein Bruder brachte mich mit dem Motorrad hin. Anja drehte total am Rad. Am Grab brach sie zusammen. Manni und ich machten, dass wir wegkamen.« Er blies Rauch in die Luft. Es wurde empfindlich kühl. Katinka wünschte, sie hätte ihre Jacke dabei. »Soll ich Ihnen ein Geheimnis verraten?«

»Ich höre.«

»Heute gibt es als Dessert Crème brûlée. Früher hat immer Schwester Richhilde das süße Zeug zubereitet, zu besonderen Anlässen. Martinstag, erster Advent, letzter Tag vor den Ferien und so weiter. Sie hat ein Händchen dafür. Enorm lecker.«

»Klingt gut. Und?«

»Zu dem Geheimnis gehört, dass Sie, wenn Sie durch die Hintertür reingehen, von der Rückseite zur Küche kommen. Bei guten Beziehungen bekommt man manchmal eine von den Portionen, die übrig bleiben.«

»Meinen Sie, ich wäre eine gute Kandidatin für milde Gaben?«

Er erwiderte ihren Blick ein paar Sekunden zu lang. »Probieren geht über Studieren.« Er drückte seine Kippe aus und verschwand im Haus.

*

22.

Katinka spazierte um das Gebäude herum und fand die Hintertür. Direkt davor parkte ein schwarzer BMW mit Fuldaer Kennzeichen. Mähling. Seine alten Parkgewohnheiten, wenn man Tobias glauben durfte. Die Eingangstür war unverschlossen. Geradeaus führte ein enger Gang zu einer Tür, auf der »Küche« stand. Schmale Stufen einer steinernen Wendeltreppe gingen nach oben weg. Anscheinend eine Möglichkeit, abseits vom Haupttreppenhaus in die oberen Stockwerke zu kommen. In Katinkas Kopf spielten sich nächtliche Internatsszenen ab, in denen Schüler ausbüxten, um heimlichen Liebschaften nachzugehen oder den rauen Höhenzügen der Rhön andere Vergnügungen abzutrotzen.

Links war eine Tür angelehnt. Ein Schlüssel steckte, allerdings brannte kein Licht. Neugierig spähte Katinka in die Tiefe. Eine steile Treppe führte in den Keller. Nichts zu hören. Wahrscheinlich hatte in der ganzen Aufregung des heutigen Tages jemand vergessen, seinen Schlüssel abzuziehen. Es roch muffig dort unten. Sie schloss die Tür. Aus der Küche drang das Klappern von Geschirr, sonst war alles still. Ob sie wirklich anklopfen und nach einem Dessert fragen sollte? Warum hatte Tobias ihr diesen Floh ins Ohr gesetzt?

Plötzlich näherten sich Schritte aus der Küche. Die Klinke wurde heruntergedrückt. Katinka erschrak so heftig, dass sie fast über ihre eigenen Füße gestolpert wäre. Schnell besann sie sich und lief ein paar Stufen hoch. Wahrscheinlich würde sie in den ersten Stock kommen und könnte von dort über die Haupttreppe wieder hinunter zum Speisesaal gehen. Jemand öffnete anscheinend die Tür zur Küche, denn die Hintergrundgeräusche wurden lauter. Sie hörte ein Seufzen, tief und inbrünstig. Dann neuerliche Schritte. Und ein Klicken.

Nun schien sich jemand von außen der Hintertür zu nähern.

Die Tür wurde aufgestoßen.

Katinka eilte zwei Stufen weiter nach oben. Sie drückte

sich in die Rundung der Wendeltreppe. Sehen würde man sie nicht, es sei denn, jemand wollte nach oben.

»Herr Mähling, ich wusste, dass Sie kommen würden. Ein extra Dessert für Sie?«

»Da sage ich nicht Nein.«

Mählings Stimme, ganz klar. Vergebens zermarterte Katinka sich das Gehirn, wem die weibliche Stimme gehörte. Sie hatte sie heute schon gehört, nur fiel es ihr schwer, bei all den neuen Gesichtern den Überblick zu behalten.

»Sie mochten meine Crème brûlée schon immer, und es hat sich doch eine nette kleine Tradition herausgebildet, nicht wahr? Dass Sie eine Zusatzportion bekommen, meine ich.«

»Nun, Schwester Richhilde, sobald etwas dreimal passiert, nennt es sich Tradition, oder?«, entgegnete Mähling spöttisch.

Schwester Richhilde, die ehemalige Küchenschwester! Die mit der Arthrose! Katinka schlug sich an die Stirn. Logisch. Sie versorgte Mähling mit einer Extraportion Nachtisch. Manche Frauen fanden solche Dienste anscheinend angebracht. Nonnen bildeten da keine Ausnahme.

»Ich habe eine Kaffeebohne dazugelegt. Passt eigentlich nicht, aber für Sie …«

Er lachte. »Danke.«

Man hörte, wie ein Löffel über Porzellan schrappte.

»Kennen Sie eigentlich die Freundin Ihrer Tochter?«

Katinka brach in ihrem Versteck der Schweiß aus.

»Nein. Nie von ihr gehört.«

»Das erstaunt mich nicht. Sie ist nämlich gar nicht Anjas Freundin, Herr Mähling.«

»Ach so?«

»Sie ist eine Detektivin.« Schwester Richhildes Stimme wurde leiser. Katinka drückte die Hände gegen den kühlen Stein. »Der Name kam mir gleich bekannt vor, als ich die

Gästeliste sah. Ich bin nicht mehr viel im Haus unterwegs, daher gehe ich eben im Internet spazieren. Seit einiger Zeit laufen unsere Computer sogar spürbar schneller als zuvor. Tja, da habe ich den Namen einfach gegoogelt und herausgefunden, dass die Frau eine Privatermittlerin ist. Mit eigener Detektei. Man möchte es nicht glauben.«

»Anja hat eine Detektivin mitgebracht?«

Mähling klang völlig verdattert.

»Was könnte dahinterstecken, was meinen Sie, Herr Mähling?«

»Ich habe keine Ahnung!«

»Ich denke, ich weiß, worum es Ihrer Tochter geht. Sie konnte sich nie mit dem Tod der kleinen Kirsten Ballauf abfinden. Die Mädchen steckten ja immerzu die Köpfe zusammen.«

»Schwester Richhilde, das ist 30 Jahre her.«

»Kein Grund lockerzulassen. Romana machte seinerzeit ein gluckenhaftes Getue um Ihre Tochter. Ich verstand natürlich, dass Anja unter Schock stand, wissen Sie. Trotzdem: eine junge Frau dermaßen bemuttern zu müssen …« Es klickte ein paarmal, und Schwester Richhildes Stimme klang nun viel näher. »Romana ist dabei zur Höchstform aufgelaufen. Warum, das ging mir nie in den Kopf.«

»Es war ein tragischer Unfall.«

Katinka mochte sich täuschen, doch in Mählings soeben noch kräftige Stimme stahl sich ein Zaudern.

»Wir standen alle unter Druck, damals.« Schwester Richhilde schien seine Unsicherheit auch zu spüren. Als wollte sie alles Zögern und Schwanken beiseitewischen, sagte sie: »Ich habe niemanden in Kenntnis gesetzt. Aber einen Grund muss diese spezielle Begleitperson ja haben.«

»Danke für die Extraportion, Schwester Richhilde.«

»Wollen Sie schon gehen? Romana hat eine Musikkapelle bestellt. Die Herrschaften müssen jede Minute eintreffen.«

»So gern ich bleiben würde …«

»Tun Sie Romana doch den Gefallen!«

Mähling schien mit sich zu kämpfen.

»Wir werden uns so bald nicht wiedersehen, Herr Mähling.« Richhilde senkte die Stimme. In der Küche schepperte etwas und übertönte beinahe die Stimme der Küchenschwester: »Wahrscheinlich nie mehr.«

»Na gut. Ein Stündchen kann ich wohl erübrigen.«

»Wunderbar! Was für einen Eindruck haben Sie eigentlich von unserer Schwester Gertrudis?«

»Romana sagte mir, sie würde allmählich dement. An meinen Namen konnte sie sich zuerst nicht mehr erinnern, als ich sie begrüßte, aber ich hatte den Eindruck, sie wüsste, wer ich bin.«

»Meines Erachtens ist ihr Langzeitgedächtnis recht gut. Sie erinnert sich außerordentlich scharf an Dinge, die mir selbst überhaupt nicht mehr präsent sind. Manchmal redet sie die Angestellten mit den Namen von Schülerinnen und Schülern an, die vor Jahrzehnten bei uns waren.«

»Das kommt vor, Schwester.«

»Neulich sprach sie die Postbotin mit ›Kirsten‹ an.«

Die Stimmung begann zu knistern.

»Wirklich?«

»Wenn ich es Ihnen sage, Herr Mähling.« Schwester Richhilde senkte die Stimme. »Dieser Tod hat uns alle aus dem Gleichgewicht gebracht. Da helfen, muss ich zugeben, selbst Gebete nicht viel.«

»Es war ein schreckliches Unglück. Aber man muss darüber hinwegkommen.« Der Mann klang, als bedaure er bereits, zum Preis einer Crème brûlée in die Fänge der Nonne geraten zu sein.

»Herr Mähling, ganz im Vertrauen: Anja hat diese Detektivin mitgebracht, um Kirstens Tod neu aufzurollen.«

»Was für ein Unsinn!« Mähling klang nun wirklich ungehalten. »Seinerzeit ist alles aufgeklärt worden. Es war ein Unfall!«

»Wir Schwestern wollen jedenfalls nicht, dass in unseren letzten Wochen hier ein Wirbel um nichts veranstaltet wird. Sie verstehen?«

»Sprechen Sie Klartext, Schwester!«

»Manches sollte besser unter Verschluss bleiben.«

»Haben nicht Sie Kirsten dieses Grippemittel gegeben?«

»Ich bitte Sie! Eine Naturarznei. Damit kann man nichts falsch machen.«

»Na, dann ist es ja gut.« Der Satz aus Mählings Mund hörte sich eher wie der Versuch an, die Schwester abzuwürgen, als wie das Signal seines Einverständnisses, nach dem sie offenbar lechzte. Katinka vernahm Schritte, Sekunden später schlug die Außentür zu. Mähling war gegangen, und Schwester Richhilde schleppte sich mühsam und mit klickender Krücke zurück in die Küche.

Katinka wartete noch eine Weile, ehe sie leise die Treppen hinauf und in ihr Zimmer schlich.

*

23.

Als ich geboren wurde, war die Welt noch in Ordnung. Zumindest für meine Mutter. Wir waren ein Frauenhaushalt, der Vater im Krieg, der Großvater umnachtet. Er war verwirrt, sehr verwirrt, obwohl er mit Mitte 50 keinesfalls alt war. Körperlich war er sehr kräftig. Nicht einfach, ihn unter Kontrolle zu haben, wenn er ausrastete. Wenn sein Körper zu zittern anfing und ihn Bilder heimsuchten, die er nicht unter Verschluss halten konnte.

Ich hatte eine ältere Schwester, und als ich vier Jahre alt war, kam noch eine kleine Schwester. Drei Mädchen, die Mutter, die Großmutter, der verwirrte Großvater. Vom Vater hatten wir nichts mehr gehört. Es hieß, seine Kompanie sei in Polen unter Beschuss geraten.

Ich habe das damals nicht verstanden und kann es mir auch heute nicht vorstellen. Es gibt ein Foto: Mein Vater, den ich nie kannte, in Wehrmachtsuniform, ein freches Lachen im Gesicht, Schalk in den Augen. Mutter sagte oft, er hätte nicht viel von seinem Leben gehabt. Sie nahm es wie einen Schicksalsschlag. Stellte keine Fragen. Interessierte sich nicht für Politik.

Wir flohen, als es beinahe zu spät war, mit meiner neugeborenen Schwester, die Mutter unter ihrem Pelzmantel trug. Sie starb trotzdem in der eisigen Kälte, und Mutter schleppte den Körper noch einen Tag mit sich herum, bis Großmutter ihr das Kind abnahm und an den Straßenrand legte. So war das in jenen fernen Tagen. Uns rutschte der Boden unter den Füßen weg. Der gefrorene Boden, den niemand aufzugraben imstande war, um einen toten Säugling zu bestatten. Immer bereitwilliger ließen wir zurück, was uns wichtig war, und wenn es die eigenen Kinder und Geschwister waren. Dinge besaßen längst keine Bedeutung mehr. Von dem Gepäck, das wir uns zu Hause aufgeladen hatten, blieb kaum etwas.

Zu Hause. Das Bild unseres Hauses mit dem kleinen Garten, den Großmutter jedes Frühjahr mit den schönsten Blumen schmückte, ist in mein Gedächtnis eingebrannt. Wie eine nostalgische Fotografie mit Gelbstich. Dabei haben wir keine Fotos retten können. Alle Bilder waren nur in unseren Köpfen unter Verschluss. Heute liest man vielfach, dass Menschen ihre Erinnerungen konstruieren, aus eigenen Anschauungen, Erzählungen von anderen und so weiter, dass Erinnerungen also nichts anderes als Fiktionen sind. Aber das Haus habe ich im Kopf, wie ich es kannte, jede Einzelheit. Besonders das Zimmer, in dem wir Mädchen schliefen. Das Bild mit dem Schutzengel, der seine betenden Hände über drei schlummernde Kinder hielt.

Die Flucht haben nur Mutter, meine ältere Schwester Grete und ich überlebt. Die Großmutter starb an Entkräftung, als wir in Thüringen waren. Daraufhin brach Mutter zusammen, eine Bauernfamilie nahm uns auf. Wir entschieden zu bleiben. Mir war ganz egal, wo ich lebte. Ich war nirgends mehr zu Hause, da konnte es ebenso gut Thüringen wie Bayern sein, das unser eigentliches Ziel gewesen war. Wir schliefen zunächst bei den Bauersleuten in der Scheune, unerwartet starb der Bauer, ich weiß nicht mehr, woran, und die Bäuerin ließ uns ins Haus. Mutter, Grete und ich machten uns nützlich. Ich weiß, dass ich viel weinte und jammerte. Ich wollte nach Hause. Sehnte mich danach, dass alles wieder so wurde wie vorher. Dass die kleine Schwester da war und die Großmutter. Was mit dem Großvater passiert ist, das weiß ich nicht mehr. Haben wir ihn in Ostpreußen gelassen? Irrte er dort wochenlang umher, unfähig, zu begreifen, was vor sich ging?

Eine Zeit lang tyrannisierte ich alle mit meinem Kummer, bis Mutter mich furchtbar anschrie und mein Gesicht mit ihren Ohrfeigen dermaßen traktierte, dass es tagelang geschwollen war. Ich sollte mich nicht so haben. Andere hätten auch alles verloren. »Unser Zuhause ist kaputt, verstehst du das nicht? Wir können nie mehr zurück! Finde dich damit ab!«

Heute verstehe ich, dass sie ihre eigenen Gefühle, Zwiespalt und Entsetzen, an mir abarbeitete. Als Kind war ich zutiefst verletzt und verunsichert. Ich war fünf. Ich hätte Schutz gebraucht.

Ich dachte an den Schutzengel und begann zu beten. Ich dachte, wenn ich ganz brav bin und bete, bringt mich der Engel wieder heim und alles wird wie früher. Großmutter wird da sein und Großvater und das kleine Schwesterchen.

Ich weinte bloß noch im Stillen.

Die Bäuerin war eine kleine tüchtige Frau mit einem großen Busen, die mich manchmal an sich drückte und tröstete. Ihre Kinder waren schon groß, zwei kräftige Jungs, 16 und 18, die ordentlich mit anpackten. Sie genoss es, ein kleines Kind um sich zu haben. Ihren weichen, warmen Körper spüre ich noch heute, wenn ich die Augen schließe.

Es gab Gerüchte, dass Thüringen an die Russen gehen würde. Meine Mutter bekam furchtbare Angst. Nachts hörte ich sie und Grete reden, mit der Bäuerin, mit deren Söhnen. Mutter wollte weg. Grete wollte bleiben. Ich wurde nicht gefragt. Was hätte ich auch zu sagen gehabt! Ich lag im Bett und betete zum Schutzengel. Vielleicht würden wir jetzt nach Hause können. So etwas wie eine Weltlage verstand ich nicht.

Mutter versuchte, die Bäuerin zu überreden, mitzukommen. Weiter nach Westen. Nach Bayern. Da waren die Amerikaner. Die Bäuerin weigerte sich. Kam nicht in Frage. Sie hatten den Hof, sie hatten ein Auskommen.

Die Russen nehmen dir den Hof weg, sagte Mutter. Die Bäuerin wies das von der Hand. Warum sollten sie? Wollten die Russen nicht essen? Benötigten die keinen Weizen, keine Milch, keine Butter? Der Kommunismus, flüsterte Mutter. Die Bäuerin winkte ab.

Im Spätsommer, der alte Birnbaum vor dem Haus trug schwer an seinen Früchten, packte Mutter mich auf ein altes Fahrrad. Grete blieb. Ich sehe sie heute noch da stehen, neben den Bauernsöhnen und der Bäuerin. Groß und breitschultrig trug sie die Arbeitshosen und Hemden des verstorbenen Bauern auf.

Mutter trat in die Pedale.

Ich weinte nicht. Machte überhaupt keinen Mucks. Auf geheimnisvollen Wegen war zu mir durchgedrungen, dass es ein Abschied für immer würde. Doch ich konnte keine Trauer mehr empfinden und hätte sowieso nicht mehr den Mumm besessen, meine Gefühle zu zeigen.

Grete heiratete den älteren Bauernsohn und bekam ein Jahr nach unserer neuerlichen Flucht ein Kind. In meiner Vorstellung sah ich die Bäuerin ein anderes Kind als mich an ihre weiche Brust drücken. Fortan verbot ich mir jeden Gedanken an Thüringen.

In der Schule war ich gut. Die Lehrerin wollte mich aufs Gymnasium schicken, aber Mutter hatte nur noch mich. Ich sollte schnellstens mitverdienen. Ich kam ihrem Wunsch wie selbstverständlich nach. Mutter starb, als ich 17 war. Ich arbeitete in der Küche eines Kinderheims, das von Nonnen getragen wurde, und bat kurzerhand um Aufnahme in den Orden. Weil ich fleißig war und, wie man sagte, mit beiden Beinen auf dem Boden stand, zögerte die Ordensleitung nicht lange. Ich trat in das Noviziat ein. Als zwei Jahre später das Albertus-Magnus-Internat von meinem Orden übernommen wurde, schickte man mich hin.

Ich liebte die Landschaft vom ersten Augenblick an. Etwas ließ mich hier Frieden finden.

Geist, der die Herzen wandelt
Geist, der uns sehend macht
Geist, der die Ohren öffnet
Geist, der die Zungen löst
Geist, in dem wir gesalbt sind
Geist, in dem wir gesandt sind
*– erbarme dich unser**

*

24.

Eine Weile stand Katinka in ihrem Zimmer am Fenster und blickte auf die bewaldeten Höhenzüge. Der Wind trieb Regenwolken über den Horizont, die, von den letzten Strahlen der Abendsonne beschienen, rot und violett leuchteten. Hoch oben zog ein Raubvogel seine Kreise. Schließlich setzte sie sich aufs Bett, nahm ihr Handy und gab »Eduard Mähling« in die Suchleiste ein.

* Aus: Gotteslob. Katholisches Gebet- und Gesangbuch der Erzdiözese Bamberg 2013. Heilig-Geist-Litanei, S. 609f.

Sie fand einen Link zu seiner Firma »Mähling Papier GmbH & Co KG«. Im Impressum war Mähling als Geschäftsführer eingetragen. Die Webseiten wirkten recht verstaubt, ein paar Landschaftsaufnahmen begleiteten Kurztexte, in denen der wie zu erwarten als »hervorragend« bezeichnete ökologische Fußabdruck der Papierherstellung betont wurde. Es gab eine Mitarbeiterliste, allerdings ohne Fotos, sowie Links zu den E-Mail-Adressen einzelner Abteilungen. Die Produkte der Firma wurden knapp und für Katinka völlig unverständlich beschrieben.

Ein Bericht im »Mainecho« war interessanter: Mähling wohnte einer Vernissage zur Ausstellung von moderner Kunst in einem Schweinfurter Museum bei. Ein anderer Artikel zeigte ihn bei der Übergabe eines Spendenschecks an das Theater Meiningen.

»Kunstsinnig scheint er zu sein«, murmelte sie.

Eher zufällig fiel ihr Blick auf den Link zu einem Kunstblog mit dem Titel »Die Grafik«. Der Post war ellenlang, Katinka tippte »Mähling« in die Dokumentensuche und entdeckte den Namen in der Bildunterschrift.

Eine Vernissage in einem Museum in Nischny Nowgorod, Russland, wurde dokumentiert. »Grafiken aus Degas' Spätphase werden der Dauerausstellung übergeben. Bürgermeister und Museumsleitung danken der guten Kooperation mit dem Auktionshaus Bärberich-Fantner sowie ›Mähling Papier GmbH, Deutschland‹«, lautete der kurze Text.

Mähling machte in Kunst?

Katinka betrachtete das Gruppenfoto. Mähling stand ganz am Rand neben drei anderen, seine rechte Schulter war abgeschnitten. In der Mitte grinste ein breitschultriger Mann in die Kamera, laut Bildunterschrift der Museumsleiter. Die anderen Männer setzten verkniffene Mienen auf.

Katinka suchte im Netz gezielt nach der genannten Ausstellung. Ein Kritiker bezeichnete die präsentierten Grafiken als bis dato noch weitgehend unbekannte Werke einer späten Phase Edgar Degas', in der er wegen eines zunehmenden Verlustes seiner Sehkraft auf größere Formate ausgewichen war und zudem auf die räumliche Illusion des Dargestellten verzichtet hatte. Katinka kehrte zu dem Foto aus Russland zurück, doch die Auflösung war zu schlecht, um irgendetwas auf der in die Linse gehaltenen Grafik zu erkennen.

Die Spende an das Meininger Theater könnte ein rein altruistisches Unterfangen sein. Oder Mähling erhielt eine nicht in Zahlen zu bemessende Gegenleistung. Auch denkbar, dass er sich irgendjemandem gegenüber erkenntlich zeigte. Oder schlicht ein paar Groschen von der Steuer absetzen wollte.

Aber der Aufenthalt in Russland? Sie quälte sich durch den langen Artikel, ohne einen Hinweis zu finden, welche Rolle Mähling persönlich beim Zustandekommen der Ausstellung gespielt hatte. Von einer Spende war nicht die Rede.

Sie rief Dante an.

»Frau Palfy, Wahnsinn, kaum sind Sie weg, tanzen die Mäuse auf den Tischen.«

»Was meinen Sie?«

»Die Studenten feiern ein Fest im Innenhof. Die Musikauswahl ist nicht mein Geschmack. Anscheinend will das junge Gemüse sämtliche Nachbarn ausschließlich durch die Lautstärke von der künstlerischen Qualität überzeugen.«

Katinka bereute, in letzter Zeit in ihrer Funktion als Vermieterin die Zügel schleifen gelassen zu haben. Bisweilen hatte sie selbst keinen Überblick mehr, wer in der Studentenwohnung wie lang vor Anker ging.

»Vielleicht hilft Ihnen ein wenig Ablenkung«, erwiderte

Katinka. Mit Entsetzen stellte sie sich Hardo vor. Wie er auf die Lärmbelästigung reagieren würde? Selbst in ausgeglichenem Gemütszustand mochte er keine laute Musik.

»Heißt so viel wie?«

»Kennen Sie sich mit Kunst aus?«

»Sie meinen, die Kunst, die keinen Lärm macht?«

»Bildende Kunst. Warum zum Beispiel wird jemand Mäzen?«

»Weil er zu viel Geld hat.«

Katinka schilderte, was sie über Mähling recherchiert hatte. »Zugegeben, das ist nicht viel, aber meine Klientin, Mählings Tochter, sagte vorhin, dass ihr Vater ihr und ihrer Mutter immer das Gefühl gegeben hatte, sie seien nicht wohlhabend.«

»Das kann eine Erziehungsmethode gewesen sein.«

»Ist Kunst ein Steuersparmodell?«

»Nicht unbedingt. Mit Kunst wird Geld verdient. Wenn man es schlau anstellt.«

»Mähling scheint mitgeholfen zu haben, eine Ausstellung in Nischny Nowgorod auf die Beine zu stellen. Fällt da etwas für ihn ab?«

»In ... wo?«

»Nischny Nowgorod. Russland.«

»Aha!«

Katinka hörte, wie ein Fenster geöffnet wurde. Lautes Kreischen drang ins Handy, wie ein etwas verzerrter Mitschnitt aus einem metallverarbeitenden Werk.

»Was meinen Sie mit ›aha‹?«, fragte Katinka.

»Russland ist ein eigenes Pflaster. Der Kunstmarkt dort ist durchsetzt von Fälschungen.«

»Ist nicht wahr.«

»Doch! Diebstahl bringt nicht mehr viel. Die wirklich wichtigen Werke werden kaum mehr in Ausstellungen gezeigt. Keine Versicherung spielt da mit. Zudem wird Museumsdiebstahl zunehmend unergiebig durch die immer feinsinnigere Technik, mit der man Bilder schützen kann. Deshalb setzen manche Oligarchen, die ihresgleichen mit einer Sammlung beeindrucken wollen, auf Fälschungen. Andere haben der Kunstwelt längst den Rücken gekehrt. Sie stellen sich lieber einen Privatzoo in den Garten.«

»So ein Pressetamtam für eine Fälschung?«

»Falls diese Grafik von Degas in Nischny Nowgorod wirklich eine Fälschung ist. Gerade unbekannte Grafiken bekannter Künstler tauchen von Zeit zu Zeit aus der Versenkung auf. Manchmal als Skizze verkauft, als Werkzeichnung oder als ein Werk aus einer bisher unbekannten Phase des Künstlers. Degas zum Beispiel hat unheimlich viele Grafiken produziert, wenn mich nicht alles täuscht. Ist nicht allzu schwer, ihm weitere unterzuschieben, die in Wirklichkeit nicht von ihm stammen.«

»Ich habe mich kurz in Wikipedia schlaugemacht. Er verwendete alle erdenklichen Techniken und Materialien.«

»Das ist doch ganz prima. Der Fälscher produziert eine eigene Serie.«

»Kann man das nicht feststellen? Dass es eine Fälschung ist?«

»Möglich, aber warum sollte man? Alle sind doch zufrieden damit.«

Katinka staunte. In der Leitung piepte es mehrmals. Jemand anders versuchte, sie zu erreichen.

»Ich muss Schluss machen, Wischnewski. Den Link schicke ich Ihnen. Recherchieren Sie ein bisschen für mich?«

»An Schlaf ist ohnehin nicht zu denken.«

»Wollten Sie schon ins Bett kriechen?«

»Ich bin seit fünf auf den Beinen. Bis später!«

Katinka nahm den zweiten Anruf an. Hardo.

»Bist du zu Hause?«, fragte sie unschuldig.

»Nicht mehr. Sitze mit Michael Rath auf dem Wilde-Rose-Keller.«

»Ich beneide euch ein klein wenig.« Katinka stellte sich vor, wie Hardo mit dem Antiquar über Erstausgaben diskutierte. Der bibliophile Kommissar und sein büchernärrischer Freund.

»Der Kollege, der den Fall in deinem Internat seinerzeit bearbeitet hat, heißt Dieter Gerlach«, berichtete Hardo.

»Kennst du ihn?«

»Wir hatten ein einziges Mal miteinander zu tun, ist Jahre her. Der Mann hatte ein phänomenales Gedächtnis, in seinem Kopf gab es separate Schubladen für alle noch so kleinen Details. Mittlerweile ist er in Pension. Seit Jahren war er gesundheitlich angeschlagen. Er raucht wahrscheinlich immer noch wie ein Schlot. Ich simse dir seine Nummer.«

»Tausend Dank.«

»Alles in Ordnung?«

Seine permanente Sorge.

»Alles in Ordnung. Nur leider ist meine Tarnung aufgeflogen.« Sie lachte und hörte selbst, dass sie angespannt klang.

»Wie bitte?«

»Eine der Nonnen hat meinen Namen gegoogelt.«

»Das ist echt ausgefuchst.«

»Tja, wenn ich Müller oder Meier hieße …«

»Katinka, dir muss doch selbst klar sein, dass es einen Anlass gegeben haben muss, dass die Nonne nachforscht.«

Es war ihr unterbewusst natürlich längst klar. Doch erst, als Hardo es ihr sagte, wurde der Gedanke plötzlich prall und bedrohlich. Sie warf einen Blick hinaus. Die Bäume bogen sich nun im Wind. Graue Wolken trieben dicht an dicht über den Himmel. Der Frühlingsabend endete in Düsternis. Jede Minute würde es regnen.

»Hier sind irgendwelche seltsamen Dynamiken am Werk«, sagte sie so leichthin wie möglich. »Der Tod des Mädchens vor 30 Jahren hat anscheinend eine Menge Wunden geschlagen, die immer noch schwären.«

»Katinka, wenn das Mord war oder fahrlässige Tötung oder irgendwas Krummes, dann sind ausgerechnet jetzt dieselben Leute an Ort und Stelle, die damals auch dort waren.«

»Nicht ausschließlich.«

»Sei vorsichtig.«

»Wahrscheinlich war es ein Unfall. Nur psychologisch haben es die Leute noch nicht verkraftet.«

»Wenn du mit Gerlach sprichst, sag viele Grüße.«

»Gleiches an den Herrn Antiquar.«

Hardo lachte leise. »Wenn die Studenten ihren Radau um 23 Uhr nicht beendet haben, werde ich dienstlich.«

*

21.3.1988

25.

Die Nacht war von einer Schwärze, wie er sie zu Frühlingsbeginn nicht erwartet hätte. Er fuhr langsam, obwohl um diese Zeit hier oben so gut wie kein Verkehr herrschte. Zum Glück würde sich die Schwester nicht wundern, wenn er nachts aufkreuzte. Es war dringend geboten, dass er ansonsten unerkannt blieb. Der Schreck von gestern steckte ihm noch in den Gliedern. Er hätte sich viel früher zurückziehen müssen. Natürlich war längst deutlich geworden, dass er zu lange alles seinen Gang hatte gehen lassen. Das war unachtsam gewesen, dumm, jetzt war es eindeutig zu spät, um zu lamentieren.

Er bog auf die Zufahrtsstraße zum Internat ab. Alles dunkel. Die Schüler beugten sich allerhöchstens unter der Bettdecke über die Pornohefte, er selbst hatte das so gemacht, meine Güte, dachte er. Die Schwestern lagen längst im Tiefschlaf, deren Wecker klingelte in drei Stunden, um fünf, das wusste er. Ihr Tag begann sehr früh: Morgenlob, individuelle Meditation, Messe, das waren Programmpunkte, mit denen er nichts anfangen konnte. Er ging nicht in die Kirche, nur an Weihnachten legte er Wert darauf, mit der Familie in die Christmette zu gehen. Das gehörte sich so. Darüber diskutierte er nicht.

Er blendete ab, selbst im Finstern fand er den Weg, und er wollte nicht, dass eine von den schlaflosen alten Nonnen ausgerechnet jetzt aus dem Fenster sah.

Als er ausstieg, fröstelte er im schneidenden Wind. In letzter Sekunde bekam er Muffensausen. Drückte die Klinke des Seiteneingangs. Nicht verschlossen, Gott sei Dank! Seine Ängste waren wirklich gänzlich unnötig, in ein paar Minuten wäre er weg. Er nahm die Papierrolle aus dem Kofferraum. Betrat das alte Gebäude. Der Geruch nach Schule, nach zu vielen Jugendlichen, nach ungelüftet, nach langem Winter umfing ihn.

Die Rolle war nicht schwer, nicht einmal besonders groß. Er hatte stets darauf geachtet, nur solche Produkte anzubieten, die leicht zu transportieren waren. Mit dem Ellenbogen schob er die Tür hinter sich ins Schloss. Ihm gegenüber lehnte jemand an der Wand. Er ahnte die Gestalt mehr, als dass er sie sah.

»Schwester?« Seine Stimme ein heiseres Flüstern.

»Da sind Sie ja.«

»Ja.« Kurz stutzte er. Schließlich räusperte er sich, um die Sicherheit vorzuschützen, die ihm abging. Es war garantiert das letzte, das allerletzte Mal.

»Wie immer?«, fragte sie.

»Wie immer.« Nicht ganz wie immer. Aber er würde sich nicht korrigieren und nicht dazu verleiten lassen, mit seinen wahren Absichten herauszurücken.

Eine Taschenlampe blitzte auf. Der Lichtstrahl fiel auf den Rocksaum der Nonne. Sein Blick wanderte langsam zu ihrem Gesicht. Sie trug einen dicken Anorak über ihrer Ordenstracht. Hatte sich jung gehalten. Wie die das schafften, diese vertrockneten Schwestern? Er selbst hatte einen Fitnessraum im Keller, den er selten nutzte. Eigentlich nie.

Sie nahm ihm die Rolle ab.

»Es hat einen Unfall gegeben«, sagte sie. Sie sprach leise, man konnte nie wissen, an welcher alten Mauer ein unerwünschtes Ohr klebte. »Sicher haben Sie davon gehört?«

»Einen Unfall?« Er antwortete zu schnell, zu hektisch. Sein Herz begann zu rasen. Gerade eben hatte er sich notdürftig eingekriegt, jetzt ging das schon wieder los. Dass einen die Panik so dermaßen zerrütten konnte.

»Richtung Grenze.« Sie ging vor ihm her, die Rolle in den Armen haltend wie etwas außerordentlich Kostbares, was es in gewisser Weise auch war. »In ein paar Tagen sind endlich Osterferien, wir sehnen uns alle nach einer Verschnaufpause.«

Er folgte ihr in den Keller. Abgestandener Geruch schlug ihm entgegen. Stets versuchte er, sich den Verlauf der Gänge, Durchgangsräume und Abteile einzuprägen, stets misslang es. Der abrupte Themenwechsel kam ihm wie gerufen. Seinen Blick auf den Lichtkegel der Taschenlampe gerichtet, stellte er sich auf Small Talk ein. Die Schwester stieg über eine besonders unebene Bodenplatte. An manchen Stellen bestand der Boden des Kellers aus festgetrampelter Erde. Er stolperte.

»Schneit es eigentlich?«, fragte die Schwester, als sie einen Schlüssel aus der Rocktasche nahm und in ein schweres Vorhängeschloss steckte.

»Schneien? Nein, tut es nicht. Heute ist Frühlingsanfang.«

»Heißt nichts. Die Rhön ist hinterhältig. Lausig kalt noch im Mai.«

»Sie sind nicht gern hier? Auswärtige tun sich schwer mit dem Klima.«

»Im Gegenteil. Ich liebe es.« Sie ließ den Lichtschein über einen Stapel Kartons gleiten.

Fotopapier.

Nichts als Fotopapier.

Umsichtig stellte sie seine Rolle dazu.

»Das hätten wir.«

»Ja.«

»Ich hoffe, Sie kommen gut nach Hause.«

»Danke.« Aufatmend verließ er den engen Raum, wusste nicht, ob er sich nach links oder rechts wenden sollte, in diesem Verlies verlor er die Orientierung. Die Kälte kroch unter seinen Mantel.

»Der Unfall muss etwas mit der Grenze zu tun haben. Eventuell war es ein Wagen von drüben.«

Das Thema schien sie zu beunruhigen. Er beeilte sich, dem zuzustimmen. Ja, bestimmt war es einer von »denen«.

»Sonst hätten sie den doch längst. Einen Mann von der Straße zu schleudern!« Die Schwester schnalzte missbilligend mit der Zunge. »Und anschließend Fahrerflucht zu begehen. Wenn er wenigstens gehalten hätte, um zu sehen, wie es dem Verletzten geht! Vielleicht hätte man ihm noch helfen können.«

Er bezweifelte das, bejahte aber wieder.

Die Schwester schritt energisch an ihm vorbei und lotste ihn den Weg zurück, den sie gekommen waren. Sie stiegen die Treppen hinauf. Oben lag ein eigenartiges Glimmen in der Luft.

»Das kann nicht so weitergehen in der Ostzone. Die Leute dort sind stinksauer. Die machen das nicht mehr lange mit.«

»Sie haben Familie drüben?«

»Eine Schwester. Leibliche Schwester.« Sie schaltete die Taschenlampe aus.

Jetzt sah er, dass die Tür des Seiteneingangs halb offen stand. Sie bewegte sich im Wind leicht hin und her. Er zuckte zusammen. War sich sicher, sie ins Schloss geschoben zu haben. Wie auch immer, bei den alten Schlössern wusste man nie! In diesem Internat klemmte so einiges, das hörte er immer wieder. Interessanterweise von verschiedenen Seiten.

Er spürte ihren durchdringenden Blick auf sich gerichtet.

»Sie merken ja, dass wir im Sommer dringend die Renovierung angehen müssen. Sobald die großen Ferien anfangen!«

»Selbstverständlich.«

»Wir sind Ihnen für Ihre großzügigen Spenden immer sehr dankbar.«

Er nannte eine Summe, die er sich nicht leisten konnte, ruderte jedoch geistesgegenwärtig insofern zurück, als er ankündigte, den Betrag zu splitten. Er war einfach so erleichtert, dass alles bald vorbei wäre.

»Ich danke Ihnen sehr. Im Namen des Ordens und im Namen unserer Schüler. Anja macht sich übrigens sehr gut.«

»Das freut mich.« Er streckte die Hand aus, hatte es eilig wegzukommen, schüttelte ihre. Sie war kalt und knochig, beinahe wäre er zurückgeschreckt. »Auf Wiedersehen.«

Schon war er draußen, trat in eine weiße, weiche Schicht aus frisch gefallenem Schnee.

»Auf Wiedersehen, Herr Mähling. Fahren Sie vorsichtig. Ich habe doch geahnt, dass es heute Nacht noch schneit.«

*

18.5.2018

26.

Katinka zerrte ihre grüne Regenjacke aus ihrer Reisetasche und schlüpfte hinein. Sie brauchte einen Rundgang an der frischen Luft. Zuvor wählte sie Gerlachs Nummer. Es meldete sich die Mailbox. Sie hinterließ eine Nachricht mit ihrem Namen und ihrem derzeitigen Aufenthaltsort, schilderte kurz, worum es ging, grüßte von Hardo und bat um Rückruf.

Als sie anschließend die breite Haupttreppe hinunterstieg, hörte sie fröhliches Stimmengewirr. Das Abendessen war vorbei, manche verzogen sich in den Hof, um zu rauchen, andere wollten sich die Beine vertreten.

»Frau Palfy, wo stecken Sie denn?« Anja stürmte auf sie zu. »Ich habe mir schon wer weiß was ausgemalt.«

»Dass eine Nonne mir einen Dolch zwischen die Schulterblätter stößt?«

Anja sah wütend aus. »Quatsch. Ich habe Sie engagiert, damit Sie auf mich aufpassen.«

»Ich bin ja hier. Habe nur meine Jacke geholt und ein wenig recherchiert. Können wir reden?« Katinka hatte keine Lust, sich zu erklären.

»Nicht hier drin. Die Wände haben überall Ohren.«

Sie vermischt die Gegenwart mit der Vergangenheit, dachte Katinka. Ganz klar. Entweder löst die Begegnung mit den alten Bekannten dieses Durcheinander in ihrem Kopf aus, oder sie ist nicht mit allem rausgerückt.

»Gehen wir ein Stück spazieren.«

»Ich hole schnell was zum Überziehen.« Anja flitzte die Treppe hinauf. Katinka lugte in den Speisesaal. Einige Gäste saßen noch an den Tischen, unterhielten sich. Tobias Gebsen war in ein Gespräch mit Schwester Gertrudis vertieft. Die Süderbecks waren nirgends zu sehen. Mähling hockte allein an einem Tisch und starrte finster vor sich hin, während Schwester Romana die Angestellten herumscheuchte. Die ersten Tische wurden bereits abgeräumt.

»Ich bin so weit.« Anja stand plötzlich hinter Katinka.

Sie gingen auf den Hof und von dort den Zufahrtsweg entlang.

»Es muss doch hier eine ganze Menge Wanderwege geben, oder?«

»Ich glaube schon. Martin hat vorhin erzählt, dass die Rhön als Wandergebiet mittlerweile gut erschlossen sei. Jetzt kommt man problemlos nach Thüringen rüber. Damals musste man bei einem Waldspaziergang Angst haben, unvermittelt vor der Grenze zu stehen.«

»Unheimlich.«

»Allerdings.«

»Sagen Sie, Ihr Vater ist sehr kunstinteressiert.«

»Ist er das?«

»Er nimmt manchmal an Vernissagen teil.«

Anja blieb stehen. »Woher wissen Sie das?«

»Internet.«

»Sie haben meinen Vater …«

»Frau Riedeisen, was immer hier gerade los ist, ich weiß nur eins: Sie sagen mir nicht die Wahrheit. Entweder ist Ihnen das selbst nicht bewusst, dann sollten sie den fehlenden Kram schleunigst in ihr Bewusstsein holen. Oder Sie sind sich durchaus im Klaren, was die wahre Absicht hinter Ihrer Idee ist, mich zu engagieren, dann würde ich das gern wissen.«

»Ich habe es Ihnen doch erklärt!« Anja lief weiter, eilig jetzt. »Erst, als wir hier waren, habe ich wieder an Kirsten gedacht. An ihren Tod. Wie sie in der Badewanne lag. Das müssen Sie mir glauben. Ich wusste natürlich noch, dass es passiert war, aber ich hätte nie gedacht, dass sich diese alten Erlebnisse, kaum war ich hier, so in den Vordergrund drängen würden.«

»Was soll ich also tun? Auf Sie aufpassen? Wohl kaum, damit Sie Ihrer damaligen Liebe Martin nicht nackt um den Hals springen.«

»Mein Gott!« Anja rang die Hände. »Das ist völlig bizarr.«

»So bizarr, wie sich Ihr Auftrag mir darstellt. Sie haben vor etwas anderem Angst. Davor, dass der Mörder wieder aus der Dunkelheit kriecht?« Katinka wies auf die schwarzen Wälder ringsum. Der Wind pfiff kalt über die Höhen. Sie konnte sich kaum vorstellen, dass in Bamberg die Leute zur Stunde einen warmen Frühlingsabend im Freien genossen.

Sie erreichten die Fahrstraße. Anja wies auf einen Flurbereinigungsweg, der auf der gegenüberliegenden Straßenseite durch die Felder führte. »Gehen wir da entlang.«

Autos fuhren um diese Zeit keine mehr. Katinka sah zum Internat zurück. Das linke Gebäude war hell erleuchtet. Das andere, in dem die Fremdsprachenschule untergebracht war, lag im Dunkeln.

Sie wandte sich ihrer Klientin zu. »Frau Riedeisen: Denken Sie, dass Kirstens Tod kein natürlicher Tod war?« Ein Windstoß traf sie von der Seite. Schnell schloss sie den Reißverschluss ihrer Jacke bis oben. »Frau Riedeisen?«

»Ich … hatte den Verdacht. Ja.«

»Was hat Sie dazu gebracht?«

»Kirsten … also, sie war am Sonntag zuvor bei Tobias gewesen. Der hatte mit ihr Schluss gemacht. Sie war total von der Rolle, als sie wieder ins Internat kam, was ich verstand. Es ist nie schön, wenn man zurückgewiesen wird. Abgesehen davon hatte ich den Eindruck, dass sie noch von etwas anderem tief erschüttert war.«

»Wovon?«

Es begann zu tröpfeln. Katinka stülpte sich die Kapuze über. Ein Hase flitzte über die Wiese, nichts als ein Schatten, der sich im hohen Gras verlor.

»Ich weiß es nicht. Sie war nicht nur traurig und verletzt. Sie hatte Angst. Richtig Angst!«

»Wie hat sich das gezeigt?«

»Da war so ein Blick in ihren Augen. Schwer zu beschreiben. Gehetzt. Als müsste sie davonlaufen und sich verstecken. Wir hockten den ganzen Abend in meinem Zimmer, jede mit einem Becher Tee in der Hand, und sie guckte ständig zur Tür.«

»Haben Sie sie darauf angesprochen?«

»Natürlich, wir haben geredet. In erster Linie fühlte ich mich verpflichtet, sie wegen Tobias zu trösten, und … nun, dieser andere Eindruck, der war eher unterschwellig.«

»Können Sie sich an irgendetwas im Wortlaut erinnern?«

Anja schnaubte. »Nach 30 Jahren?«

»Versuchen Sie's.«

Der Regen wurde stärker. Auch Anja zog sich ihre Kapuze in die Stirn. In der braunen Walkjacke verschwamm sie fast vollständig mit dem düsteren Wald. In Kürze wäre es dunkel. Katinka tastete in der Jackentasche nach ihrer Taschenlampe.

»Ich glaube, sie sagte ein paar Mal: ›Das darf doch nicht wahr sein.‹« Anja schüttelte den Kopf. »Könnte auf alles Mögliche passen. Ich hatte den Eindruck, dass Kirsten etwas gesehen hatte, was sie in Panik versetzte.«

Wer den Laufpass seines Partners bekam, geriet nicht in Panik. Alle erdenklichen Gefühle wie Schmerz und Zorn mochten sich zu einem Cocktail mischen, aber Panik?

»Frau Riedeisen, ist damals, oder ein paar Tage oder Wochen zuvor, etwas Ungewöhnliches im Internat vorgefallen? Beispielsweise eine Sache, über die viel geredet wurde, wenngleich hinter vorgehaltener Hand? Oder hat Kirsten selbst einmal etwas zur Sprache gebracht?«

Anja schien den Regen überhaupt nicht zu bemerken, versetzte sich in Gedanken 30 Jahre zurück.

»Es wurde geredet. Über Manfred Krone.«

»Tatsache?«

»Er soll etwas mit einer Schülerin gehabt haben. Einer aus dem Abiturjahrgang. Martins Jahrgang.«

»Wie hieß das Mädchen?«

»Astrid. Astrid Kaiser.«

»War was dran an der Geschichte?«

Anja zuckte die Achseln. »Ich weiß es nicht. Die Nonnen wollten die Sache unter dem Deckel halten. Sie waren sowieso ständig unter Strom, was die Reputation des Internats betraf. Und vor 30 Jahren ließen sich diese Dinge effektiver vertuschen als heute. Wie sie das Gerücht genau unter den Teppich kehrten, entzieht sich meiner Kenntnis. Ein paar Wochen vor Weihnachten wurde getratscht, daraufhin war das Thema meines Wissens durch. Astrid hat Abitur gemacht und ist nie mehr aufgetaucht.«

»Ist sie heute hier?«

»Ich habe keine Astrid auf der Gästeliste gesehen.«

Katinka grinste in sich hinein. Anscheinend hatte nicht nur die leidende Schwester Richhilde diese Liste ausgiebig studiert.

»Astrid war volljährig«, fuhr Anja fort. »Der Skandal lag in den Augen der Schwestern wohl eher darin begründet, dass Krone verheiratet war. Ich habe ja später bei den Krones gewohnt, die Atmosphäre dort war ziemlich ungezwungen, nichts sah nach Ehekrise aus. Dabei muss Gitta das Gerede mitgekriegt haben. Egal: Vielleicht war nichts dran an dem Gerücht.«

»Krone wirkt auf mich recht spießig. War er so fesch, dass ein junges Mädchen sich in ihn verliebt hätte?«

»Die Mädchen mochten ihn. Ehrlich, ich fand ihn auch ganz anziehend. Er war locker drauf, nie um einen Witz verlegen, drückte beide Augen zu, wenn nötig. Anders als die Schwestern, denen ging es immer ums Prinzip. Vor allem Schwester Gertrudis. Sie war die hauptverantwortliche Pädagogin.«

»Wenn man Krone heute sieht, scheint das schwer vorstellbar.«

Der Regen ließ nach. Katinka fröstelte dennoch. Der Weg machte eine Biegung und führte nun direkt am Waldrand entlang.

»Damals gab es zwei erzieherische Strömungen im Internat. Schwester Gertrudis vertrat die Auffassung, dass Regeln dazu da seien, eingehalten zu werden. Wir hatten zum Beispiel im Sekretariat einen kleinen Laden, wo die Schüler Hefte, Tintenpatronen und so was kaufen konnten. Dort gab es auch Süßigkeiten. Die waren in der Fastenzeit natürlich tabu. Wenn ein Schüler danach fragte, konnte er sicher sein, einen Vortrag über Fasten und Verzicht gehalten zu bekommen. Was war wohl die Folge?«

»Dass dieser Schüler die Fastenzeit, die Nonnen und Kirche generell doof fand und sich woanders mit Süßigkeiten eindeckte.«

»Exakt. So sah das Manfred Krone. Er versuchte in einer Sitzung, Schwester Gertrudis genau dies zu erläutern. Sie wehrte alles ab.«

»Hm.« Katinka konnte den Mann in Lodenjanker und Cordhose trotzdem nicht sympathischer finden. »War Kirsten denn wegen dieser Flirtgeschichte besorgt?«

»Nein, das hätte nicht zu ihr gepasst. Sie kam aus einem sehr freizügigen Elternhaus. Ihr Vater war unsichtbar, die Eltern seit Langem getrennt. Sie erzählte öfter, dass ihre Mutter wechselnde Partner hatte, und im Theater, wo Frau Ballauf arbeitete, niemand etwas anbrennen ließ. Sie fand Laissez-faire eher normal.«

Katinka streifte die Kapuze ab. Der Wald hockte verdrießlich neben dem Weg. Ein Vogel rief aus der Dunkelheit. Irgendwo knackten Zweige. Gleich darauf war alles wieder still. »Wenn Kirsten in Panik war, dann also nicht deswegen.«

Unversehens blieb Anja stehen.

»Jetzt fällt mir etwas ein!«

»Ja?«

»Am Abend, bevor sie starb, bin ich zu Kirsten ins Zimmer, um zu sehen, wie es ihr ging. Sie hatte Fieber, lag im Bett. Ich weiß nicht mehr … plötzlich ließ sie vom Stapel, dass mein Vater in der Nacht zuvor im Internat gewesen wäre. Sehr spät. Ob ich das wüsste. Ich hatte keine Ahnung.«

»In der Nacht soll er im Internat gewesen sein?«

»Das behauptete sie.«

Anja hob sich kaum mehr vom Wald ab. Katinka rann ein kalter Schauer über den Rücken.

»Zu guter Letzt fügte sie hinzu: ›Er kommt ja öfter mal spät nachts.‹«

»Kann das stimmen, Frau Riedeisen?«

»Ich weiß nicht, wie Ihr Vater tickte, als Sie jugendlich waren. Meiner gehörte nicht zu den Männern, die spätnachts irgendwo anders waren als zu Hause.«

»Oder in der Kneipe.«

Anja lachte auf. »Wissen Sie, Kirsten war keine Klatschtante. Sie machte sich nicht wichtig mit Halbwahrheiten, die sie irgendwo aufgeschnappt haben wollte.«

»Also könnte es durchaus der Wahrheit entsprechen: Ihr Vater hielt sich ab und zu spätnachts im Internat auf. Kirsten hat es Ihnen, weil sie nicht gern tratschte, nie erzählt. Bis zu einem Abend, an dem sie sehr unter Druck stand. Wegen der zerronnenen Liebe zu Tobias oder wegen etwas anderem.«

»Es musste wegen etwas anderem sein, Frau Palfy. Normalerweise ist man, wenn eine Beziehung zerbricht, völlig absorbiert vom eigenen Leid und kann an nichts anderes denken!«

»Woher wusste Kirsten, dass Ihr Vater im Haus war? Hat sie ihn gesehen? Und was hat er hier getan? Haben Sie sie gefragt?«

Anja presste die Finger an die Schläfen. Der Regen setzte wieder ein. Der Wald bog sich in den Windböen.

»Ich weiß es nicht mehr«, gab Anja zu. »Leider.«

*

27.

Katinka und Anja kamen durchnässt im Internat an, wo Schwester Romana in der Tür stand, als wollte sie nach Vermissten Ausschau halten. Dem Geräuschpegel nach schienen sich die meisten Gäste wieder im Speisesaal versammelt zu haben.

»Habt ihr einen Wagen mit Meininger Kennzeichen gesehen? Ich warte auf die Musiker!«

»Nein, leider nicht, Schwester«, antwortete Anja.

»Entschuldigt mich kurz«, bat Katinka und eilte an beiden vorbei in ihr Zimmer hinauf. Was für ein Wetter! Sie schloss von innen ab, hängte die Jacke auf. Ihr Shirt war trocken, das Multifunktionstextil hielt, was es versprach. Doch ihre Jeans klebte ihr an den Beinen. Zum Glück hatte sie an eine zweite gedacht. Sie rief Dante an.

»Na, lassen die Studenten noch Glas zerspringen?«, begrüßte sie den Reporter.

»Es hat angefangen zu regnen. Dank an den Wettergott, sie sind alle nach drinnen geflüchtet. An der Sache Mähling bin ich dran.«

»Ich hätte eine Bitte. Sie kommen doch in alle möglichen Zeitungsarchive rein. Könnten Sie mal checken, ob es zwischen dem 19. und 22. März 1988 in der fränkischen Rhön irgendein spektakuläres Vorkommnis gab?«

»Was meinen Sie? Ein Verbrechen?«

»Vielleicht. Muss nicht unbedingt ein Mord sein. Ich tappe im Dunkeln herum.« Sie warf einen Blick aus dem Fenster. Alles war pechschwarz draußen. Der Wind peitschte den Regen an das Fenster. Katinka legte die Hand auf den Heizkörper. Eiskalt.

Dante brummelte etwas.

»Wischnewski, die Rhön ist dünn besiedelt und war vor 30 Jahren noch einsamer als heute.« Sie schilderte kurz ihr Gespräch mit Anja.

»Sie sitzen ganz schön seltsamen Kunden auf«, beschwerte der sich, als sie geendet hatte.

»Nennen Sie es, wie Sie wollen, aber ich hänge hier fest, das Internet ist nicht das Schnellste, und zudem sollte ich lieber meine unmittelbare Umgebung beobachten. Sind Sie im Boot?«

»In Ihrem Rettungsboot, Frau Palfy. Glauben Sie wirklich, dass Sie nach 30 Jahren herausfinden, ob Kirstens Tod ein Mord war?«

»Tötung durch Unterlassung käme genauso in Frage.«

»Wäre interessant nachzuforschen, ob Anja nicht Grund hätte, ihre beste Freundin umzubringen. Oder sterben zu lassen.«

»Wischnewski, Sie machen mir Angst.«

»Ich melde mich.«

»Danke!« Sie legte auf. Konnte Dante recht haben? War Anja am Ende schuld an Kirstens Tod? Hatte sie sie nicht tot in der Badewanne gefunden, sondern gesehen, wie sie ertrank, ohne ihr zu helfen, die Tat später verdrängt?

Katinka ging zur Tür. Auf dem Boden unter ihrer Jacke hatte sich eine Wasserlache gebildet. Verdammtes Wetter! Bevor sie hinunterging, versuchte sie es erneut bei Gerlach. Mailbox.

*

28.

Am Fuß der Treppe hatte sich Schwester Romana postiert und scheuchte eine Gruppe tropfnasser Männer herum, die Verstärker, Mikrofonständer und Gitarrenkoffer ins Haus schleppten.

»Habt ihr nicht bald alles reingebracht? Schwester Richhilde weiß Bescheid, in der Küche wärmen sie euch etwas zu essen auf.«

»Nicht nötig, Schwester, wir haben schon Abendbrot gemacht«, protestierte ein Mann mit thüringischem Zungenschlag, während er eine anscheinend schwergewichtige Kiste abstellte.

»Unsinn. So eine lange Anfahrt bei dem schrecklichen Wetter! Stärkt euch erst einmal, der Abend wird lang.« Sie wandte sich Katinka zu. »Diese jungen Leute. Geben sich bescheiden. Ich kann doch keine Kapelle bestellen und denen nichts zu essen geben!«

Die Männer wechselten Blicke, bevor sie wieder hinausgingen.

»Genießen Sie Ihren Geburtstag?«

»In vollen Zügen.« Schwester Romana strahlte. »Es ist ganz wie in alten Zeiten, als wir das Internat voll hatten.«

»Haben sich die Schülerzahlen tatsächlich so drastisch reduziert?«

»Wir beherbergen heute höchstens ein Viertel von denen, die wir früher großzogen. Stellen Sie sich vor, zwei Häuser, und wir hatten Platzmangel! Inzwischen gehen wir in einem einzigen Haus verloren, so wenige Menschen wohnen hier. Internatserziehung mag nicht für jeden geeignet sein, aber ich würde sagen, dass die meisten unserer Schüler von ihrer Ausbildung bei uns profitiert haben.«

»Anja jedenfalls hat sich sehr wohlgefühlt.«

»Natürlich! Eine tüchtige junge Frau war sie, sehr offen, lernbegierig.«

»Zu schlimm, das mit Kirsten.«

Romana sah Katinka scharf an. »Allerdings. Das hätte nicht passieren dürfen.«

»Hätte man den Unfall denn verhindern können?«

»Ich sage Ihnen eins: Man macht sich immer Vorwürfe, wenn ein Unglück geschieht. Fühlt sich in der Pflicht, sucht Entschuldigungen dafür, die Fürsorge unterlassen zu haben. Wir dachten eben, Kirsten hat eine Grippe, der März war kalt und klamm, da erkältet man sich leicht.«

»Lagen noch andere mit Grippe im Bett?«

»Niemand. Warum fragen Sie?«

»Anja spricht über nichts anderes, wenn wir ein paar Minuten für uns haben. Sie ist total aufgewühlt.«

Die Nonne sah Katinka wachsam an. »Ist sie das? Ich hatte gehofft, sie wäre drüber weg.«

»Wahrscheinlich macht sie sich nach wie vor heimliche Vorwürfe«, entgegnete Katinka mit einem breiten Lächeln. Draußen wurde eine Autotür zugeworfen. Die Bandmitglieder schleppten die restliche Ausrüstung ins Haus, streckten das Kreuz.

»Ab in die Küche mit euch. Ihr könnt eure Sachen später aufbauen!«, befahl Romana. An Katinka gewandt, fügte sie hinzu: »Es passt zu Anja. Sie neigt dazu, sich zu viel Verantwortung zuzumuten. Selbst für Dinge, die sie beim besten Willen nicht selbst in der Hand hat.«

»Tatsächlich? Ich kenne sie noch nicht so lange.«

»Sie hat sehr unter ihrem dominanten Vater gelitten. Als Jugendliche, sogar noch in späteren Jahren, als sie längst auf eigenen Füßen stand.«

»Sie hatten weiter Kontakt, nicht wahr? Auch nach Anjas sozialem Jahr hier im Internat.«

»Immer mal wieder über die Jahre. Eigentlich haben wir den Kontakt nie ganz aufgegeben. Eine erfreuliche Sache. Wenn man bedenkt, wie viele Menschen hier ein- und ausgehen. Sei es, wie es wolle, bald ist es vorbei mit uns Nonnen.« Sie beugte sich näher zu Katinka. »Anja wollte nach Kirstens Tod die Flinte ins Korn werfen, ihr Jahr abbrechen. Gott sei Dank konnte ich sie überzeugen zu bleiben. Unter die Fittiche ihres Vaters zurückzukriechen, wäre ein Rückschritt für sie gewesen. Nachdem sie endlich begonnen hatte, sich freizuschwimmen! Sie musste sich unbedingt behaupten, die Trauer überwinden, den Zorn, die Depression, um gestärkt daraus hervorzugehen. Herausforderungen sind dazu da, angepackt zu werden.«

»Ist Herr Mähling wirklich so ein Tyrann?«

Misstrauisch sah Romana Katinka an. »So könnte man es sehen. Hätte Anja ein liebevolleres Elternhaus gehabt, wären viele Dinge anders gelaufen. Leider Gottes kann man sich seine Familie nicht aussuchen.«

»Herr Mähling schien mir vorhin, als er ankam, ziemlich gestresst.«

»Seine Frau trinkt.«

»Ach du Schande!«

Romana nickte. »Er übte viel Druck auf seine Familie aus. Forderte immer das Maximum. Das hat seine Frau zermalmt. Sie flüchtete sich in den Alkohol. Anja trieb ihre berufliche Karriere voran und heiratete. Dadurch kam sie aus dem Schlamassel heraus. Ich fürchte nur, sie hat sich einen Mann ausgesucht, der zu sehr ihrem Vater entsprach. Deshalb brach die Ehe auseinander.«

Katinka staunte im Stillen, wie scharfsichtig Schwester Romanas Blick auf die Welt war.

»Ich kannte Anjas Mann nicht«, begann sie, wurde aber sofort von der Nonne unterbrochen.

»Seine Firma ging Mähling immer über alles. In den 80ern hatten viele Unternehmen Probleme. Er hat die Schwierigkeiten nach und nach gemeistert, seine Papierfabrik besteht immer noch. Er ist Ende 70, ein anderer führt inzwischen die Geschäfte. Aber er sieht immer noch nach dem Rechten.«

»Er hat das Internat unterstützt, weiß ich von Anja.«

»Hat er. Für seine Familie mögen sich seine schlechten Eigenschaften als fatal erwiesen haben, doch ich persönlich mag ihn. Er ist ein tiefgründiger Mensch, beispielsweise kennt er sich gut mit Kunst aus. Ohne die Kunst wäre sein Leben nichts wert, vertraute er mir einmal an.«

»Warum kam er eigentlich immer so spät, wenn er Sie im Internat aufsuchte?«

»Was meinen Sie?«

»Er tauchte doch gewöhnlich spät in der Nacht auf.«

Schwester Romana verzog das Gesicht. »Was für ein Unsinn. Überhaupt ließ er sich nur selten blicken, es waren gelegentliche Höflichkeitsbesuche.« Sie sah auf ihre Armbanduhr. »Ich muss los, mich um die Musiker kümmern. Nicht, dass die mir nachher vom Fleisch fallen.«

Sie will das Gespräch beenden, dachte Katinka. Weil wir plötzlich in einen Winkel vordringen, den sie lieber unter Verschluss hält. Tobias jedenfalls hatte behauptet, Mähling sei des Öfteren im Internat gewesen. Im Keller.

Laut sagte sie: »Oh, natürlich. Ich dachte, dass er die Spenden eben nach Arbeitsschluss brachte.«

»Die Spenden? Unsinn! Was reimen Sie sich denn da zusammen, Frau Palfy! Die Spenden überwies er auf unser Konto. Auch vor 30 Jahren gab es schon so was wie Banken! Sie entschuldigen mich?«

*

27.8.1991

29.

Schon redeten sie in den Medien von den Goldenen 90ern. Jahre des weltweiten Neuanfangs. Globaler Aufschwung durch die Öffnung des Ostens, Wind of Change, Freiheit, Profit. Euphorie, wohin man schaute. Mähling konnte sich dem allgemeinen Freudentaumel nur sehr bedingt anschließen. Er kämpfte mit mehr Problemen als zuvor.

Von jeher hatte er seine Bestimmung darin gesehen, die Familie zu ernähren, die wirtschaftlichen Grundlagen zu legen. Mit der Erziehung wollte er nichts zu tun haben. Nach anfänglichem Theater nahm seine Frau das Unveränderliche hin, begrub ihre beruflichen Ambitionen. Als Anja ein Kind war, hatte sie mit der Kleinen alle Hände voll zu tun, jammerte viel über die Belastung, obwohl das Mädchen sich als pflegeleicht herausstellte. Sie schlief bald durch, gehorchte, durchlebte nur eine milde Trotzphase. Die Pubertät war eine Herausforderung, das galt bekanntermaßen für alle Teenager. Ruckzuck war die Kindheit vorbei. Anja setzte, nach zermürbenden Diskussionen, die ihn fast in den Wahnsinn trieben, ihren Willen durch: mit ihrem Freiwilligenjahr und dem Lehramtsstudium. Widerwillig erkannte er an, dass sie aus heutiger Sicht richtig gehandelt hatte. Sie mochte ihren Job, verdiente gut und würde im Alter die perfekte Absicherung genießen. Was für ihn nicht galt.

Er hatte zu spät die Wucht erkannt, mit der die Computertechnik sich ausbreitete. Im Handumdrehen waren seine Schreibmaschinen nicht mehr gefragt. Mit Faxgeräten, Druckern und Kopierern hielt er sich über Wasser. Doch die Einkünfte reichten nicht mehr. Die Papierherstellung verteuerte sich. Er war nicht in der Lage, die Preissteigerungen eins zu eins an die Kunden weiterzureichen. Sein Umsatz brach ein, während die Kosten gleich blieben. Geschäftspartner wandten sich ab, die Kundenbasis schrumpfte. Das Schreckgespenst Insolvenz ging erneut um. Mit der DDR war ihm einer seiner besten Abnehmer weggebrochen. Im Computergeschäft konnte er nicht mithalten. Dafür hatte er diese Innovation zu lange ignoriert. Nun mischten da ganz andere Leute mit. Solche, die sich auskannten, weil sie seit Langem an dem Thema dran waren. Jüngere eben, Freaks mit den entsprechenden Kenntnissen, die er noch ein paar Jahre vorher für soziale Krüppel mit schlechtem Benehmen gehalten hatte.

Irgendwann hatte er sich auf Horweg besonnen. Und inzwischen konnte er es sich nicht mehr leisten, den Anruf aufzuschieben.

Es war nicht schwer gewesen, Horwegs neue Telefonnummer ausfindig zu machen. Der ehemalige Kader aus den höchsten Rängen der DDR-Wirtschaft lebte mittlerweile am Bodensee. Mähling rief ihn an.

»Eduard, alter Knabe, lange nichts gehört von Ihnen!«

»Allmählich entspannt sich die Weltlage.«

»Bis zur nächsten Krise. Ein stetes Auf und Ab.« Horweg lachte. Mähling meinte herauszuhören, dass er getrunken hatte. »Im Ernst: Für diesmal hat Gorbatschow seinen Arsch gerettet. Nichtsdestotrotz wird die Sowjetunion bald zusammenbrechen. Das hält nicht mehr lange. Die kleinen Republiken warten nur drauf, endlich die Leinen loszumachen. Die meisten fallen dabei wahrscheinlich so auf die Nase, dass sie für Jahre in Anarchie versinken. Das werden turbulente Zeiten, mein Freund.« Es klang, als könne er es kaum erwarten, auf einen rasenden Zug aufzuspringen, der ihn an einen von politischen Stürmen umtosten Ort verfrachten würde. Als wären Umbrüche sein Lebenselixier.

Mähling hatte den Putsch gegen den Staatspräsidenten der Sowjetunion und die Nachwehen im Fernsehen verfolgt. Er war erfahren genug, um zu wissen, dass unruhige Zeiten vielversprechenden Deals den Weg bereiteten.

»Wir könnten wieder ins Geschäft kommen.« Er bemühte sich um einen souveränen Unterton.

Stille in der Leitung.

»Was schwebt Ihnen vor, Mähling?« Das leichte Lallen in Horwegs Sprechweise war wie weggeblasen.

»Nun, man wird privatisieren, das gesamte System umkrempeln. Köpfe werden rollen, Positionen eine Weile vakant sein. Leute werden zu Geld kommen. Zu viel Geld.«

»Pah! In der Sowjetunion sind bestimmte Typen bereits in den 80ern zu Geld gekommen. Das ist euch im Westen wie so vieles verborgen geblieben. Niemand weiß genau, womit die reich geworden sind. Aber es gibt diese Leute.«

Mähling wartete ab.

»Ich fühle vor«, sagte Horweg schließlich.

»Warten Sie: Haben Sie Einblick in die sowjetische Museumsverwaltung?«

Wieder Stille. Dann lachte Horweg los.

»Sie sind ein Teufelskerl, Eduard. Ich muss schon sagen. Hätte ich Ihnen nicht zugetraut. Wir beide sind ein Spitzenteam, wie?« Im Hintergrund gluckerte Flüssigkeit aus einer Flasche in ein Glas. »Wir brauchen keinen kleinlichen Grenzverkehr mehr, was? Ich höre mich um.«

*

18.5.2018

30.

Die Sitzordnung im Speisesaal hatte sich aufgelöst. Die Tische waren zur Seite gerückt und mit frischen Getränken und Gläsern bestückt worden. Zwei Angestellte trugen Schälchen mit Chips und anderen Leckereien auf Tabletts herbei, verteilten sie großzügig auf den Tischen. Ein paar Kinder, darunter die Süderbeck-Zwillinge, stürzten sich auf die Knabbereien, als hätte man sie tagelang hungern lassen. Katinka bediente sich am Apfelsaft.

Die Stühle hatte man an das hintere Ende verschoben. Martin Süderbeck stand, ein Glas in der Hand, neben Tobias Gebsen. Beide unterhielten sich, während sie gelassen das Treiben um sich herum beobachteten. Die Musiker bauten Mikrofone und Verstärker auf. Jemand brachte eine Kabeltrommel. Schwester Gertrudis glitt zwischen den Männern hindurch wie ein Geist und begrüßte jeden Einzelnen. Manche mehrmals. Katinka sah die irritierten Blicke der Männer.

Der Saal füllte sich. Die Geräuschkulisse lockte die Gäste zurück. Katinka sah auf die Uhr. Kurz nach 21 Uhr. Draußen regnete es. Selbst über den Lärm hinweg konnte sie hören, wie die Tropfen gegen die Fensterscheiben prasselten.

Wenn Schwester Richhilde wusste, dass sie Detektivin war, würden die anderen Nonnen es demnächst ebenfalls wissen.

Oder die rührige Küchenschwester hatte sie längst eingeweiht. Man würde Alkohol trinken und die Information würde von Glas zu Glas springen. Hatte sie eine andere Chance, als still abzuwarten, bis alle Bescheid wussten?

Andererseits: Warum sollte sie sich in der ganzen Angelegenheit überhaupt engagieren? Anja hatte sie mit anderen Zielvorgaben engagiert. Wenn ihre Klientin nun ihre Absichten änderte, musste Katinka mit diesen nicht einverstanden sein. Sie könnte abreisen. Jetzt. In anderthalb Stunden wäre sie zu Hause.

Aber irgendetwas hielt sie davon ab, das Handtuch zu schmeißen. War es nur Jagdtrieb? Es kommt mir selbst eigenartig vor, dass eine junge Frau in der Badewanne ertrinkt, dachte sie. Das ist der Punkt. Selbst wenn sie eine schwere Grippe hatte – im Alter von 19 musste es schon mit dem Teufel zu tun haben, wenn man allein deswegen in der Badewanne starb.

Mähling war nirgendwo zu sehen.

Anja auch nicht.

Katinka stellte ihr Glas weg und verließ den Speisesaal.

Im Treppenhaus schaltete sich das Licht von selbst ein, doch im zweiten Stock funktionierte die Automatik nicht. Sie tastete nach dem Lichtschalter. Endlich wurde sie fündig. Mit einem lauten Klack sprang das Licht an.

Katinka legte das Ohr an Anjas Zimmertür. Nichts rührte sich. Sie klopfte, drückte die Klinke. Das Zimmer war leer, die Reisetasche stand auf dem Boden, auf dem Bett lagen ein paar Kleidungsstücke. Katinka ging den Gang hinunter zum Badezimmer.

Die Tür quietschte sacht in den Angeln, als sie sie aufstieß. Auch hier ein altmodischer Lichtschalter, grelles Licht beleuchtete eine Reihe von acht Waschbecken. Du liebe Zeit, dachte sie. Internatsleben wäre wahrhaftig nichts für mich.

Sie ging um die Waschbeckenstraße herum, deren Rückwand als Raumteiler fungierte. Vor ihr lag eine Badewanne, offenbar lang nicht benutzt. Kalkränder und Rostflecken machten sie unansehnlich. Ein vergilbter Plastikhocker stand am Fußende, darüber war ein Handtuchhalter in die Fliesen gedübelt. Katinka berührte die Stange. Sie wackelte. Sand bröselte aus den Bohrlöchern. Der Gedanke drängte sich auf, dass dieses Badezimmer nicht mehr benutzt wurde. Wahrscheinlich standen wegen der geschrumpften Schülerzahlen die meisten Zimmer ohnehin leer. Grau gekachelt bis zur Decke wirkte die Atmosphäre beklemmend. Katinka fühlte sich in die leeren Hallen einer aufgegebenen Schlachterei versetzt.

Ein kalter Luftzug wehte vom Fenster, der Regen klatschte an die Scheibe. Katinka drückte gegen den Rahmen. Es knackte, dann rastete etwas ein. »Na also, geht doch«, murmelte sie. Nachdenklich blickte sie in die spiegelnde Scheibe: ein fragendes Gesicht unter dem kurzen dunklen Haar.

Sie wandte sich um, begutachtete die Wanne. Anjas Schock wurde unversehens real. Wie sie hereinkam … der Geruch nach Badewasser lag in der Luft … Wahrscheinlich war das Fenster beschlagen gewesen. Ob man hier ordentlich hatte heizen können? Sie legte die Hand auf den Heizkörper. Eiskalt. Na gut, es war Mai. Wahrscheinlich hatte man die Zentralheizung längst abgestellt. Wer krank war, verkroch sich wahrscheinlich bis zur Nase im dampfenden Badewasser und wünschte sich, nicht mehr auftauchen zu müssen. Katinka fröstelte. Was für eine bizarre Vorstellung. Kirsten war nicht mehr aufgetaucht. Sie wünschte sich, ein Bild dieser jungen Frau vor Augen zu haben. Wie hatte sie ausgesehen? Groß, klein? Dunkelhaarig oder blond? Klein wahrscheinlich, dachte Katinka, während sie in dem grellen Licht blinzelnd dastand und auf die Wanne starrte. Je kleiner eine Person, desto eher könnte sie aufgrund eines Herzstillstands in sich zusammenrutschen, in der Folge unterhalb der Wasserlinie festsitzen, nicht mehr hochkommen und ertrinken. Andererseits: Man musste nicht sehr kräftig sein, um einen entspannt in der heißen Wanne liegenden kranken Menschen unter Wasser zu drücken. Katinka setzte sich in die Wanne. Sie war überraschend kurz und eng. Um unter die Wasserlinie zu gelangen, selbst wenn die Wanne fast bis zum Rand gefüllt war, musste man sich zusammenkauern. Katinka maß in etwa 1,70 Meter. War Kirsten genauso groß, vielleicht sogar größer? Dann schien es unrealistisch, dass sie von selbst ertrunken war. Flugs kletterte Katinka aus der Badewanne. Eine gespenstische Vorstellung, hier zu liegen und nicht mehr herauszukommen.

Würde man jemanden hören, der sich anschlich, Böses im Schilde führend? Sie strich mit dem Finger über den Wannenrand. Vermutlich hatte Kirsten nichts und niemanden gehört.

Unwillkürlich hob Katinka den Kopf.

Auf dem Gang klangen Schritte.

Katinka wich zurück. Ihr Herz schlug ihr bis zum Hals.

Was sollte schon sein? Jemand suchte das Bad. Oder die Toiletten. Wollte sich die Hände waschen.

Die Schritte kamen zielgerichtet auf das Badezimmer zu. In Katinkas Ohren klangen sie überlaut.

Die Tür wurde aufgestoßen, jemand schlug entschieden auf den Lichtschalter.

Dunkelheit breitete sich aus. Die Tür fiel zu. Die Schritte verklangen.

*

31.

Die Musiker spielten sich gerade ein, als Katinka in den Speisesaal kam. Das fröhliche Treiben beruhigte sie ein wenig nach der spukhaften Stille im zweiten Stock.

Die Schwestern standen zusammen, Schwester Irmtraud wirkte in ihrer Zivilkleidung, als gehörte sie nicht dazu. Sie plauderten und lachten. Die Gäste bildeten Grüppchen. Jemand dimmte das Licht. Martin Süderbeck wischte auf seinem Smartphone herum.

»Hi. Haben Sie Anja gesehen?«, fragte Katinka ihn.

Er schrak zusammen. »Entschuldigen Sie, ich habe … Nein. Ehrlich gesagt habe ich mich schon gewundert, wo sie steckt.«

»Wir waren spazieren. Als es anfing zu regnen, machten wir, dass wir ins Trockene kamen.«

Er sah sich ratlos um. »Echt, ich habe keinen Schimmer.«

»Ihr Vater ist auch nicht zu sehen.«

»Vielleicht haben sich die beiden zurückgezogen. So, wie ich es verstanden habe, sind sie einander lange aus dem Weg gegangen.«

»Wohin zieht man sich denn zurück in einem Haus wie diesem?«

»Im ersten Stock, neben dem Sekretariat, gibt es zwei Besuchszimmer. Dort haben die Nonnen die Möbel aufgestellt, die ihnen von Leuten vererbt wurden, die nicht wussten, wohin mit ihrem Krempel. Wenn wir früher telefonieren wollten, mussten wir das im Sekretariat anmelden, woraufhin das Gespräch in eines der Besuchszimmer gelegt wurde. Gab ja keine Handys.« Amüsiert hielt er sein Smartphone hoch. »Ich möchte diese Zeiten bestimmt nicht zurück.«

»Ich auch nicht.«

Ein Mikrofon quietschte.

»Wie groß war Kirsten eigentlich?«

»Wie groß?« Martin Süderbeck hob die Hand auf Brusthöhe. »Etwa so. Kleiner als Sie. Warum?«

»Dann schaue ich mich mal um. Bis später. Wo ist eigentlich Ihre Frau?«

»Sie bringt die Kinder ins Bett.« Er vertiefte sich wieder in seine Chats.

Katinka blieb nichts anderes übrig, als erneut die Treppe nach oben zu laufen. Die erste Tür rechts führte ins Sekretariat. Die obere Hälfte bestand aus Glas. Offensichtlich brannte drinnen ein Nachtlicht; ein grünlicher Schimmer drang nach draußen.

Die beiden folgenden Türen waren mit der Aufschrift »Besucher« versehen. Katinka klopfte am ersten Zimmer und trat ein. Es war leer und dunkel. Martins Rede vom »Krempel« traf nicht ganz zu. Die Möbel schienen wertvoll zu sein, Biedermeier, Löwenfüße, Teakholz, schwermütig und fehl am Platz. Tatsächlich stand ein altmodischer Telefonapparat mit Wählscheibe auf einem Beistelltisch. An der Vorstellung, wie ein Acht- oder Neuntklässler mit Vokuhila und Neonjacke auf dem Gobelinsofa hockte und mit seinen Eltern telefonierte, während er sich an seinem Rubik-Würfel abarbeitete, scheiterte Katinka. Sie ging zum zweiten Besuchszimmer. Dasselbe Szenario. Sie ließ sich auf dem Sofa nieder und hob den Hörer ab. Altvertrautes Tuten erklang. »Das gibt's nicht!«, rief sie halblaut. »Die Dinger funktionieren noch.«

Gerade, als sie das Licht ausschalten und den zweiten Raum verlassen wollte, klingelte ihr Handy. In dieser Umgebung fast ein subversiver Akt, als wollte sich die heutige Welt mit Gewalt in den Staub der 80er hineindrängen.

»Wischnewski?«

»Können Sie sprechen?«

»Natürlich.«

»Sie klingen so leise.«

»Sie würden durchdrehen, wenn Sie das Zimmer sähen, in dem ich mich im Moment befinde. So was von aus der Mode gekommen …«

»Tatsache?« Dante klang neugierig. »Schicken Sie mal ein Foto.«

»Haben Sie was rausgefunden?«

»War gar nicht so schwer. Sie hatten recht: Die Rhön ist dünn besiedelt, viel ist nicht los. Vor 30 Jahren war's noch gespenstischer. Zonengrenzgebiet. Deswegen haben die Zeitungen sich wahrscheinlich über den Toten gefreut, der am späten Abend des 19. März 1988 von einem Landwirt gefunden wurde.«

»Was?«

»Der Landwirt war mit seinem Traktor unterwegs. Und zwar auf der B 19 zwischen Eußenhausen am äußersten Rand der bayerischen Rhön und der Grenze. Dort gab es einen Übergang für den kleinen Grenzverkehr zwischen West und Ost.«

»Und der Tote lag mitten auf der Straße?« Katinka strich über den kratzigen Sofabezug.

»Ein Fall von Fahrerflucht. Offenbar war der Mann von einem Wagen gerammt worden, der aus der DDR kam. Kann natürlich auch ein Westdeutscher auf dem Heimweg gewesen sein. Der Tote hieß Frank van Cuun und …«

»Was meinen Sie mit ›gerammt‹? Lief der zu Fuß auf dieser Straße herum?«

»Sein Wagen, ein Mercedes in, halten Sie sich fest, Goldmetallic, stand am Straßenrand, mit der Nase Richtung

Grenze. Eventuell musste der Fahrer mal, hat gehalten, gepinkelt und wurde dabei totgefahren.«

»Starb er sofort?«

»In dem Artikel heißt es: ›starb noch an der Unfallstelle‹.«

»Pinkelt ein Mann mitten auf die Straße?«

»Vielleicht hat Mann das in den 80ern gemacht, Frau Palfy, die Leute waren seinerzeit weniger verklemmt als man gemeinhin annimmt. Zudem gab es niemanden, der diese Aktion heimlich filmen und ins Internet stellen konnte.«

Katinka stöhnte. »Sonst noch was?«

»Nichts, das war das einzige Vorkommnis in der Gegend im gesamten März. Keine Zwischenfälle an der Grenze. Wer auch immer van Cuun durch die Luft geschleudert hat, man hat ihn nie gefunden.«

»Haben Sie eine Karte zur Hand? Aus einem Atlas? Eine, wo die Höhenzüge und so weiter eingezeichnet sind?«

»Sekunde.« Das Telefon wurde weggelegt. Katinka sah Dante förmlich durch seine Wohnung wuseln. Seit Neuestem besaß er eine fahrbare Holzleiter, mit der er an seinen Bücherregalen entlangglitt wie ein Bibliothekar, obwohl die Regale gar nicht besonders hoch waren. Immerhin lebte er im Dachgeschoss. »Bin wieder da. Was wollen Sie wissen?«

»Finden Sie bitte Eußenhausen. Mich interessiert, ob ein Ort namens Völkershausen in der Nähe liegt. Auf bayerischer Seite.«

Dante blätterte energisch. »Ja!«, ließ er sich vernehmen. »Nordwestlich von Eußenhausen liegt Völkershausen. Mikroskopisch, umgeben von Wald, wenn man von ein paar Feldern absieht.«

»Wenn man von Völkershausen ins Albertus-Magnus-Internat nordöstlich von Mellrichstadt radeln wollte, wäre das steil?«

»Geht durchaus ein wenig auf und ab. Sie sind da quasi eingeklemmt zwischen der Hohen Rhön, dem Thüringer Wald und den Haßbergen. Kurz und gut, nichts als Berge und Wälder.«

»Danke, Wischnewski. Was wäre Ihrer Meinung nach die kraftsparendste Route von Völkershausen ins Internat? Mit dem Drahtesel? Würde man diese Straße kreuzen, wo der Unfall passiert ist?«

»Exakt. Das wäre der kürzeste Weg. Und die B 19 ist, wie es aussieht, die einzige Fahrstraße, die man überhaupt queren müsste, ansonsten nur Flurwege und vermutlich Trampelpfade.«

»Super. Sie haben mir echt geholfen!«

»Wie passt das jetzt zu Ihrem Fall, wenn ich fragen darf?«

»Könnte sein, dass Kirsten Ballauf auf ihrem Weg von Völkershausen, wo ihr Freund Tobias mit ihr Schluss machte, zurück ins Internat am Abend des 19.3.88 besagten Unfall beobachtet hat. Haben die in der Zeitung eine Uhrzeit angegeben?«

»Zwischen 18 und 19 Uhr. Es muss an dem Tag geschneit haben. Man hat wochenlang über die Medien nach Zeugen gesucht. Niemand hat sich gemeldet.«

»Frühe Dämmerung, schlechtes Wetter, schlechte Sicht.«

»Eventuell hat der Unfallverursacher diesen van Cuun überhaupt nicht oder zu spät gesehen. In dem Artikel heißt es, er wäre sehr schnell unterwegs gewesen, zu zackig für die schmale Straße.«

»Kirsten könnte etwas gesehen haben. Oder der Verursacher hat sie sogar bedroht, sie aufgefordert, die Klappe zu halten.«

»Und weil er sichergehen wollte, dass sie für immer schweigt, ist er ins Internat eingedrungen und hat sie ertränkt?«

»Möglich ist vieles.«

»Könnte sich ein Wildfremder Zugang zum Internat verschaffen?«

»Ich werde nachfragen, wie das Besucherthema gehandhabt wurde.« Katinka sah sich im Zimmer um. Ihr Blick blieb an dem grauen Telefonapparat hängen. Das hässliche Ding schien sie böse anzustarren. Als habe sie sich zu sehr in den Organismus Internat eingemischt. Ein Fremdkörper aus dem falschen Jahrhundert. »Unter Umständen kannte sie den Unfallfahrer sogar.«

Dante schwieg einen Moment. »Steile These. Wäre das nicht ein bisschen zu viel des Zufalls?«

»Mag sein«, gab Katinka zu. »Aber hier leben wenige Leute. Nicht ausgeschlossen, dass man sich größtenteils kennt. Da der Grenzübergang hauptsächlich in der Gegend Ansässige abfertigte, wäre es nicht allzu gewagt anzunehmen, dass Kirsten den Fahrer kannte. Oder erkannte. Haben Sie eigentlich noch etwas zu Mähling gefunden?«

»Nichts, was uns zur Kunst führt. Tatsache: Ich habe keine Hinweise aufgetan, dass Mähling Mäzen ist oder so. Eher das Gegenteil: Sein Unternehmen stand zweimal vor der Pleite. Zuerst 1987 und wieder 1991. So einer kann nicht nebenbei Geld locker machen für Grafiken von Edgar Degas!«

»Das leuchtet erst mal ein.« Katinka rieb sich die Stirn, verstand selbst nicht, warum ihr die Erklärung nicht gefiel. »Danke, Wischnewski.«

»Moment! Ich dachte, Sie würden mir nahelegen, zusätzlich nach Frank van Cuun zu forschen!«

»Machen Sie das. Ich melde mich.«

»Davon gehe ich aus«, brummte Dante, eher er auflegte.

*

32.

Als Katinka die Treppe hinuntereilte, hörte sie schon von Weitem die Musik aus dem Speisesaal. Fetzige Rhythmen, irgendwie östlich. Balkanbeat nannte man den Stil wohl. Katinka guckte kurz in den Saal. Die Stimmung war aufgekratzt, es wurde viel geredet, gelacht, getrunken. Manche wiegten sich im Takt der Musik. Die Band heizte ordentlich ein, nicht lange, und die ersten würden das Tanzbein schwingen. Manfred Krone plauderte angeregt mit einer Frau, die turmhohe Pumps trug und auf dem glatten Fliesenboden dringend männliche Hilfe beim Laufen benötigte. Für Momente hatte Katinka den Eindruck, Krone würfe ihr einen misstrauischen Blick zu. Sie grinste ihn an. Er sah weg. Sei's drum.

Sie hielt Tobias auf, der sich gerade ein frisches Bier geholt hatte. »Haben Sie Anja gesehen?«

Der Mann wischte sich das verschwitzte Haar aus der Stirn. Die Muskeln regten sich unter dem engen T-Shirt. »Nein. Sie?«

»Würde ich sonst fragen?«

»Schon gut.« Er lächelte, als wollte er Katinka ein bisschen aufziehen.

»Am 19.3.88. Als Sie mit Kirsten Schluss machten. Da kam es zu einem Unfall.«

Verständnislos trank Tobias einen Schluck. »Ja?«

»Sie müssen davon wissen. Wochenlang wurde über Zeitungen und Radio nach Zeugen gesucht.« Die Musik stoppte abrupt, Applaus brandete auf.

Tobias beugte sich vor. »Verdammt! Das hatte ich gar

nicht mehr auf dem Radar. Irgendwo an der Grenze muss das passiert sein.«

»Eben. Also?«

»Was schauen Sie mich so an? Ich habe niemanden totgefahren.«

Einer der Musiker sagte den nächsten Titel an. Der Schlagzeuger gab den Takt vor.

»Könnte Kirsten Zeugin dieses Unfalls geworden sein?« Katinka hatte das deutliche Gefühl, zu schnell vorzupreschen, aber die Nacht schritt fort und sie wollte wenigstens an einer Stelle weiterkommen.

»Ehrlich, ich habe mich das damals auch gefragt. Weil sie so neben der Kappe war. Unseligerweise habe ich das ganze emotionale Chaos auf unsere Trennung zurückgeführt. Ich meine, wir waren blutjung. In dem Alter lebt man im Kokon der eigenen Gefühle und hält sie für ewig. Die Liebe genauso wie den Schmerz.«

Eine Frau rempelte Katinka an, hob entschuldigend die Hände, während ein Mann ihr den Arm um die Schultern legte und sie zur Tanzfläche führte.

»Haben Sie Kirsten jemals darauf angesprochen?«

»Auf den Unfall? Natürlich nicht. Ich hatte andere Fragen.«

»Fühlten Sie sich schuldig an ihrem Tod?«

»Am Anfang hatte ich echte Gewissensbisse. Ich dachte, sie hätte sich umgebracht, aus Trauer. Kurz darauf allerdings hieß es, es sei ein Unfall gewesen. Weil sie krank war.«

»Wegen einer Grippe ertrinkt man nicht in der Badewanne.«

»Wenn das Herz aussetzt?« Tobias hob hilflos beide Arme, ein wenig Bier schwappte über sein Handgelenk. »Ehrlich, Frau Palfy. Wollen Sie Schwester Romanas Fest benutzen, um diese alte Geschichte aufzurühren? Oder stimmt es, was Richhilde überall rumerzählt: Dass Sie Privatdetektivin sind?«

»Das erzählt sie herum?« Sie hatte es nicht anders erwartet. Ob Krone sie deshalb so argwöhnisch angestarrt hatte? Ihre Wangen wurden heiß.

»Es stimmt also?«

»Wie es aussieht, hat sie diese Information geschickt unters Volk gebracht.«

Schlagartig endete die Musik. Die Leute applaudierten, jemand rief »da capo!«.

Tobias grinste. Seine Augen funkelten. Katinka überkam Lust auf einen Schluck kaltes Bier. Sie musste sich anstrengen, den Blick nicht zu auffällig auf sein Glas zu richten.

»Noch eine Frage, Herr Gebsen. Wenn man zu Ihrer Zeit Besuch von außerhalb im Internat haben wollte, wie ging das?«

»Man brachte den Besuch mit. Ganz einfach. Galt natürlich nur für die Mitarbeiter. Nicht für die Schüler, die durften niemanden mitbringen.«

»Musste man den Besucher nicht anmelden?«

»Nein, musste man nicht. Aber es verstand sich von selbst, Schwester Romana Bescheid zu geben, dass man jemanden erwartete. Mehr nicht.«

»Und wenn man das nicht getan hätte?«

Wieder setzte Musik ein. Ein Stück in mäßigem Tempo, nur der Bass brachte ein paar temperamentvolle Läufe hervor.

»Frau Palfy, hier sind so viele Menschen herumgeschwirrt, über hundert Schüler, die Angestellten, die Nonnen, das wäre nicht aufgefallen.«

»Auch nicht am Vormittag? Wenn alle Schüler in der Stadt im Unterricht waren?«

»Das war die Zeit, wo ohnehin Externe kamen und gingen. Die Post, Handwerker, wenn was Problematisches zu richten war, was wir nicht selbst machen konnten, Eltern, die sich wegen wer weiß was erkundigten. Lieferanten. Ein Landwirt aus der Gegend, der eine Fuhre Kartoffeln lieferte. Die Lebensmittel für das Haus haben die Nonnen ja nicht im Supermarkt eingekauft.«

»Haben Sie je einen in Goldmetallic lackierten Mercedes vorfahren sehen?«

»Der verrückte Typ!« Tobias lachte. »Woher wissen Sie von dem?«

»Wie oft kam der so in etwa?«

»Ich habe ihn in meiner Zivizeit vielleicht drei, vier Mal gesehen.«

»Wann?«

»Das kann ich Ihnen beim besten Willen nicht sagen. Einmal im Herbst, glaube ich, als ich noch neu war. Ich fragte den Hausmeister nach dem Knaben. Das war so eine Zuhälterkarre, müssen Sie wissen … Schweigau winkte nur ab.«

»Zu welcher Tageszeit kam er?«

»Morgens.«

»Am Morgen? Wirklich?«

»Mein Dienst begann um sechs Uhr. Es hatte geschneit. Obwohl erst Oktober war. Ich hatte die Aufgabe, mit einem kleinen Traktor den Zufahrtsweg zu räumen. Als ich fertig war, fuhr dieser alberne Wagen vor.«

»Haben Sie den Fahrer erkennen können?«

»Nein, ich habe auch nicht auf ihn geachtet. Falls Sie mich außerdem fragen, wie er heißt und welche Schuhgröße er hat: Ich passe.«

»Okay. Danke für die Auskunft. Ich gehe Anja suchen.«

*

33.

Katinka verließ den Speisesaal. Als sie in den Hof trat, war der heftige Regenguss in sanftes Nieseln übergegangen. Ihr war kalt. Dummerweise hatte sie ihre Jacke im Zimmer gelassen. Sei's drum, sie würde nicht lange draußen bleiben. Nur kurz frische Luft schnappen.

Ihr Kopf brummte. Es war vollkommen verrückt anzunehmen, sie würde nach so langer Zeit noch etwas über Kirsten herausfinden. Sie war tot, und es blieb ein Geheimnis der Geschichte, ob ihr Tod ein Unfall oder Mord gewesen war. Obwohl ein Besucher ungesehen ins Haus gelangen konnte, schien es verstiegen zu glauben, diese Person habe Kirsten als Zeugin ausschalten wollen. Katinka schloss die Augen, hielt ihr Gesicht in den Nieselregen. Versuchte, die Atmosphäre in jenem März 1988 zu erfassen.

Ein kalter Tag, ein Winter, der nicht weichen will. Kirsten hat eine starke Erkältung, nimmt ein Bad. Es ist Vormittag. Die Schüler sind alle in der Schule, die Erzieher noch nicht im Haus. Stille im Internat. Der lange Gang im zweiten Stock ist leer, niemand in den Zimmern, nur eine Etage tiefer befinden sich Sekretärin und Internatsleiterin im Büro. Romana in der Kapelle. Schwester Richhilde mit ihren Frauen in der Küche. Der Seiteneingang ist vermutlich nicht zugesperrt. In dieser ländlichen Idylle abzuschließen, wäre Zeitverschwendung.

Katinka ging um das Haus herum. Aus dem Speisesaal fiel Licht auf den nassen Boden. Warme, helle Rechteckte. Das Nieseln wurde stärker und erstarb kurz darauf ganz. Im Wald hörte Katinka ein Tier rufen. Ein dunkler, langgezogener Ton, der sich mit den gedämpften Musikfetzen von drinnen mischte.

Ein Frösteln kroch ihr über den Rücken. Sie fuhr sich durch das feuchte Haar.

Mählings Wagen stand nicht mehr vor der Hintertür. Sein angestammter Parkplatz war leer. War er abgereist?

Schwester Romana war seine Anwesenheit an ihrem Geburtstagsfest so wichtig gewesen. Warum wohl? Und wie hatte Mähling die Spenden finanziert, wenn er zweimal beinahe bankrott gewesen war?

Katinka stieß die Tür auf. In der Küche hörte sie Gelächter. Sie ließ das Licht ihres Handydisplays über den Boden gleiten. Die Kellertür war geschlossen. Ganz eindeutig führten Spuren darauf zu. Erdige, nasse Schuhabdrücke mit einem gezackten Muster in der Ferse.

Sie stakte um die Spuren herum. Kalt und glatt fühlte sich der Boden an. Die Klinke zur Kellertür ließ sich herunterdrücken. Das Handylicht reichte nicht aus, um viel zu sehen. Sie suchte den Lichtschalter. Es klickte überlaut, Licht flutete die Stufen hinunter. Am Fuß der Treppe lag jemand in einer grünen Regenjacke.

In Katinkas Regenjacke.

*

34.

Er hatte zunächst vorgehabt, hinter Mellrichstadt die Höhenzüge der Rhön zu verlassen und in südöstliche Richtung über Bischofsheim und Gersfeld zu fahren, aber dann fand er sich auf der B 285 nach Fladungen wieder. Dieselbe Strecke, die er schon früher wegen ihrer einsamen Lage bevorzugt hatte. Nur bei sehr schlechtem Wetter, wenn der Schnee höher lag als die in Orange und Schwarz gestrichenen Messlatten rechts und links der Straße, war er ins Tal ausgewichen.

Seine eigene Tochter!

Anja war kein Typ, der die Auseinandersetzung suchte. Wenn sie verärgert war, brach sie für Wochen oder Monate den Kontakt ab. Eine Zeit lang hatte ihn das verstimmt, er pflegte sie dann anzurufen und rundheraus zu fragen, ob sie sich für ihre alten Eltern nicht mehr interessierte. Meist hatte sie verschnupft reagiert, sodass er die Anrufe sein ließ und lieber wartete, bis sie sich von selbst meldete. Allerdings wurde er den Gedanken nicht los, dass sie mit ihrer Mutter häufiger Kontakt hatte. Keine der beiden Frauen würde ihn je daran teilhaben lassen. Letztlich konnte es ihm egal sein.

Wusste sie von Horweg?

Kaum vorstellbar.

Ihr Jahr im Internat war so lange her. Hatte sie damals mitbekommen, was er tat, wenn er spät abends anreiste? Man hatte seine Besuche stets mit der größtmöglichen Diskretion abgewickelt. Wobei man in einem so großen Haus natürlich nie sicher sein konnte, dass wirklich alle schliefen, wie es der Fall sein sollte. Die Nonne hatte vorgeschlagen, dass er direkt vor der Seitentür parkte, denn Anjas Zimmer ging zur anderen Richtung, zum Hof. Wahrscheinlich hatte ihre Freundin etwas mitbekommen! Und Frank … Dieses Großmaul hätte sich niemals einen derart auffälligen Wagen zulegen sollen! Nicht auszuschließen, dass sich selbst heute noch jemand an die Lackierung erinnerte.

In Fladungen bog er links ab, nahm die Hochrhönstraße. Es hörte zu regnen auf, die Wolken rissen auseinander, Mondlicht tröpfelte auf den nassen Asphalt. Er zwang sich, langsamer zu fahren, bloß nicht auffallen, in seinem derzeitigen Zustand hielten ihn ganz bestimmt alle für einen Irren, der irgendwo ausgebrochen war.

Er konnte an nichts anderes denken als an Anja und die Grafik.

Zum Mäusemelken! Warum war es ihm selbst nicht gelungen, das Werk zu holen? Warum hatte er Jahrzehnte gewartet? Niemand hätte ihn je aufgehalten. Nicht einmal heute Abend. Im Keller kannte er sich zwar schlecht aus, aber hätte er ein bisschen gesucht, wäre er fündig geworden. Früher hatten sie seine Lieferungen immer in einem bestimmten Kellerabteil untergebracht. Er war sich sicher: In der Zwischenzeit hatte niemand daran gerührt. Gewohnheiten von Ordensschwestern änderten sich im Verlauf von Jahrhunderten, nicht schneller.

Kirstens Tod hatte alle Internatsbewohner brutal aus dem Alltag gerissen. Seinerzeit wäre der richtige Moment gewesen, um zu holen, was er haben wollte. Obwohl er es erst kurz zuvor abgeliefert hatte. Doch er hatte gezögert. Wollte nicht mit dem Unfall in Zusammenhang gebracht werden.

Ein Schild wies auf den Berggasthof Sennhütte hin. Als Anja klein war, hatte er mit Frau und Kind bisweilen einen Ausflug hierher unternommen. Sie hatten die frische Luft, die Fernsicht, das Rhönpanorama genossen. Die Zeiten flossen viel zu schnell dahin, wie ein vom Regen angeschwollener Strom, der Dinge mit sich riss und unaufhaltsam weiterschleppte. Anja war erwachsen geworden, eine Frau mit ihren eigenen Vorstellungen. Seine Frau hatte angefangen zu trinken.

Er passierte das Schwarze Moor. Der Parkplatz lag verwaist da, die Informationsstelle, ein flaches Holzhaus rechts der Straße, ebenso. Nichts als Dunkelheit.

Mähling drehte das Radio an.

Undenkbar, die Grafik im Keller bei den Nonnen zu lassen. In spätestens zwei Monaten brach der Konvent die Zelte ab. Die Keller würden geräumt. Zwar wäre es das Sicherste, den Kokoschka im Internat zu lassen. Ihn abzuschreiben. Womöglich würde er nicht einmal gefunden, landete in der Müllverbrennung, wenn die Nonnen alles ausräumen ließen. Allein der Gedanke verursachte ihm Bauchgrimmen. Obwohl es kein echter Kokoschka war. Aus heutiger Sicht war die Grafik ein astreines Schnäppchen gewesen, auch auf dem Kunstmarkt veränderten sich die Preise. Mittlerweise würde er das Fünffache zahlen. Die Verdienstspanne ließ ihn für ein, zwei Sekunden schwindelig werden.

Andererseits, wenn er im Hintergrund blieb, lag das Risiko bei null.

Wie viel mehr als das, was sie ihm vorgeworfen hatte, mochte Anja sich über die Jahre zusammengereimt haben? Horweg in seinem Wartburg hatte sie seinerzeit kaum begegnen können. Sie war gerade in die zwölfte Klasse gekommen, als er seine Geschäfte mit dem DDR-Mann in die Wege geleitet hatte, ein Alter, in dem Mädchen in ihrer eigenen Welt lebten und genug für die Schule zu tun hatten. Zudem bekam er nicht allzu selten Besuch von Geschäftspartnern, warum hätte sie ausgerechnet Horweg zwielichtig finden sollen! Für die Firma hatte sie sich ohnehin nie interessiert.

Und womit musste er bei den Nonnen rechnen? Die wurden nicht jünger, möglicherweise war Schwester Romana ein falsches Wort herausgerutscht, sie redete sowieso seit jeher wie ein Wasserfall!

Martin fiel ihm ein. Ob der etwas spitzgekriegt hatte? Romana wirkte noch fit. Anders als Gertrudis. Die glitt durch eine Art inneren Nebel. Als er vorhin ins Internat gekommen war, war ihr sein Name nicht mehr eingefallen. Wenn sie alles vergessen hatte, von früher, vom Keller – wäre das nicht seine, Mählings, Lebensversicherung?

Verdammt, dieser unnötige Streit. Er war davongestürmt wie ein hormongesteuerter Jugendlicher. Unfähig, sich unter Kontrolle zu halten und den Verstand sprechen zu lassen.

*

35.

Katinka beugte sich über die Frau, die Katinkas grüne Regenjacke trug.

»Anja?« Sie hielt ihre Hand vor Anjas Nase, fühlte den Atem. Der Puls ging schwach. Neben ihrem Kopf hatte sich eine Blutlache gebildet. Sie drehte Anja in die stabile Seitenlage. Tastete nach ihrem Handy.

»Verdammt!« Kein Netz.

Sie rannte die Stufen hoch. Klickte auf dem Smartphone herum, bis sich endlich jemand meldete.

»Schicken Sie uns einen Notarzt. Ins Albertus-Magnus-Zentrum.«

Neben sich hörte sie Schritte und ein Klicken. Schwester Richhilde. Katinka hob die Hand, während sie die Adresse durchgab.

»Das dauert bei uns«, sagte die Schwester. »So schnell kommt niemand. Wir sollten fragen, ob unter den Gästen ein Arzt ist.«

»Was machen Sie hier?«

»Wie bitte?«

»Halt! Hier sind Fußabdrücke. Nicht verwischen.« Katinka starrte auf Schwester Richhildes Halbschuhe. Gesundheitstreter mit Keilabsatz. Null Profil. »Ich warne Sie!«

»Wie reden Sie denn mit mir!«

»Das war jedenfalls kein Unfall!« Warum, zum Henker, trug Anja Katinkas Jacke?

»Was ist eigentlich los?«

Hektisch zeigte Katinka die Kellertreppe hinunter. »Das da ist los.«

»Um Himmels willen. Ist sie gestürzt?«

»Das wüsste ich auch gern!«

»Hören Sie mal …« Schwester Richhildes zorniger Blick bohrte sich in Katinkas Rücken, als sie durch die Küche in den Speisesaal rannte und auf die Bühne sprang, wo die Band ein wildes Klezmerstück zum Besten gab.

Ohne lange zu überlegen, griff sie sich das Mikro des Sängers. Der guckte verdutzt drein. Nach und nach ließen die Musiker ihre Instrumente sinken. Wer soeben noch zu den feurigen Rhythmen durch den Raum gewirbelt war, hielt in der Bewegung inne. Gemurmel. Rufe, die signalisierten, dass man sich gestört fühlte.

»Bitte herhören! Es hat einen Unfall gegeben. Wir brauchen schnell einen Arzt!«

Raunen im Saal.

»Ein Arzt oder eine Ärztin, verdammt!«, brüllte Katinka in das Mikro, das mit einem lauten Kreischen reagierte.

Ein Mann hob die Hand.

»Ich bin Rettungssanitäter.«

»Kommen Sie mit! Hier«, sagte sie zu den Musikern, während sie das Mikro zurückgab, »spielen Sie weiter. Ich glaube, ein bisschen Ablenkung tut not.«

Sie sprang von der Bühne.

»Was ist denn passiert?«, brummte der Sanitäter, ein bäriger Typ mit millimeterkurz gestutztem Bart.

»Sturz von der Kellertreppe.« Sie hielt Ausschau nach Gebsen. Winkte ihn zu sich.

»Sorgen Sie dafür, dass niemand zur Kellertreppe kommt. Sensationsgier hat uns gerade noch gefehlt!«

»Okay«, antwortete Tobias Gebsen, sichtlich geschockt.

Katinka rannte durch die Küche, den Sanitäter im Schlepptau. Trotz seiner Fülle kam der Mann gewandt hinterher. Als sie die Küche am hinteren Ende verließen, sahen sie Schwester Richhilde mit einem Schrubber in der Hand.

»Sind Sie wahnsinnig? Ich habe Ihnen doch gesagt, die Spuren bleiben unangetastet.«

Die Nonne reagierte nicht. Sie wischte die letzten Schmutzstreifen auf und hinkte in die Küche.

Verdammt, dachte Katinka, während sie die Stufen hinunterlief.

Der Sanitäter kniete bereits neben Anja am Fuß der Treppe. »Puls schwach, aber stabil.«

»Wo kommt das Blut her?«

»Kein gutes Zeichen. Irgendeine innere Verletzung.«

»Können wir sie hochtragen?«

»Lieber nicht bewegen. Wichtiger ist Wärme. Besorgen Sie eine Decke.«

»Okay.« Katinka rannte wieder hinauf. Schwester Richhilde war nicht mehr zu sehen. In der Küche überblickte eine Angestellte die Situation.

»Wir haben Erste-Hilfe-Ausrüstung und Wärmefolie!«, rief sie und rannte an die hintere Wand. »Nehmen Sie!«

»Danke!« Katinka riss ihr Koffer und Folie aus der Hand und lief zurück in den Keller.

»Hier. Können Sie damit was anfangen?«

»Klar. Haben Sie schon die Rettungsleitstelle verständigt? Sie muss sofort in ein Krankenhaus.«

»Habe ich gemacht. Man sitzt hier halt leider am Ende der Welt.«

»Das hat Sonja, meine Frau, auch gestört, als sie hier gearbeitet hat. Ist inzwischen 20 Jahre her. Sie ist Erzieherin.«

»Katinka Palfy. Ich bin Anjas Freundin.«

»Norbert Stettfeld. Tut mir leid. Wie ist das denn passiert?«

»Keine Ahnung. Ich habe sie gefunden, nachdem ich eine gefühlte Ewigkeit nach ihr gesucht habe. Seit wann liegt sie hier, was denken Sie?«

»Schwer zu sagen.« Stettfeld machte sich an dem Erste-Hilfe-Koffer zu schaffen. »Glauben Sie, dass man einfach so die Treppe runterstürzt? Ein Besoffener vielleicht. Aber eine Fahne hat Ihre Freundin nicht.«

»Nein.« Das war tatsächlich die entscheidende Frage: Was hatte Anja im Keller gewollt? Wo hatte sie gesteckt, bevor sie hier lag? Und warum trug sie Katinkas Jacke?

»Sollen wir die Polizei rufen?« Stettfeld sah Katinka durchdringend an.

»Das brauchen Sie nicht«, kam eine krächzende Stimme von oben. »Ich bin schon hier.«

*

36.

»Und jetzt?«, fragte Katinka, nachdem der Krankenwagen mit Anja an Bord endlich abgefahren war. Sie hatte dem Notarzt ihre Handynummer in die Hand gedrückt, sich als Anjas Cousine ausgegeben und konnte nur hoffen, dass man sie informieren würde, wenn es etwas Neues gab.

Energisch schloss sie die Hintertür. Neben ihr trippelte Schwester Romana auf und ab.

»Wen sollen wir verständigen? Haben Sie die Nummer von Anjas Mann?« Das sonst so rosige Gesicht der Nonne war fahl. Nun sah man ihr das Alter an. Sie drückte nervös an ihrem Schleier herum, konnte die Hände nicht stillhalten.

»Sie ist geschieden, Schwester.«

»Ach ja. Hatte ich ganz vergessen. Mein Gott. Was ist mit ihren Söhnen? Ihr Vater sollte es wissen!«

»Wir rufen heute Nacht niemanden mehr an«, bestimmte Katinka. In ihrem Kopf brummte es, als hätte sich ein Hornissenschwarm dorthin verirrt. »Kein Grund, irgendwelche Pferde scheu zu machen.«

Zuallererst musste sie mit Dieter Gerlach sprechen, einem dürren, hohlwangigen Mann mit strähnigem Haar, der nach Zigaretten stank, als hätte er die letzten Jahre in einem Aschenbecher gewohnt. Der Hauptkommissar a.D. hatte ihre Nachricht auf der Mailbox abgehört und war stracks ins Internat gefahren, nachdem auch Hardo ihn angerufen und ebenfalls eine Nachricht auf dem Anrufbeantworter hinterlassen hatte. Er gehöre zu den Menschen, die nie ans Telefon gingen, sondern lieber einen elektronischen Stellvertreter dazwischenschalteten, hatte er Katinka erklärt. Nun stand er gegen die Kellertür gelehnt und wohnte anscheinend vollkommen unbeteiligt dem Gespräch der beiden Frauen bei.

»Wir hängen die Sache nicht so hoch«, schlug Katinka vor. »Es war ein Unfall. Kümmern Sie sich um Ihre Gäste, Schwester, und beruhigen Sie die Lage, wo es nötig ist. Sagen Sie einfach, Anja hat sich wahrscheinlich eine Rippe gebrochen, man hat sie zum Röntgen in eine Klinik gebracht. Kriegen Sie das hin?«

»Selbstverständlich. Ich bin im Speisesaal, falls Sie mich brauchen.« Schwester Romana schien erst jetzt den Mann im Trenchcoat wahrzunehmen. »Kann das möglich sein? Herr Gerlach? Wir sind uns seit der Sache damals nicht mehr begegnet.«

»Und so sieht man sich wieder. Herzlichen Glückwunsch zum Geburtstag«, schnarrte Gerlach.

»Also dann!« Sie nickte ihm zu, argwöhnisch, konfus, bevor sie durch die Küchentür verschwand.

»Was für ein Chaos! Die Nonne ist total von der Rolle«, seufzte Gerlach mit seiner krächzenden Stimme.

»Hoffentlich geht uns keiner stiften.«

»Wieso? Glauben Sie an einen Mordanschlag?«

»Glauben ist ein großes Ding. Ich rechne eher mit Wahrscheinlichkeiten.«

»Und die Wahrscheinlichkeit?«

»Schwester Richhilde hat die Fußspuren weggewischt. Da waren Tritte von dicken Profilsohlen. Gezacktes Muster im Absatz.«

»Einen Sauberkeitswahn hatten sie im Kloster von jeher.« Er riss die Tür nach draußen auf. Ein Schwall kalter Luft fegte herein. Katinka fröstelte.

»Die Geburtstagsfeier ist jedenfalls verdorben.« Gerlach angelte eine Zigarettenschachtel aus der Manteltasche.

Katinka folgte ihm in den Hof. Die Musiker waren auf getragene Melodien ausgewichen. Bestimmt hatte Schwester Romana sie instruiert und war dabei, die Gäste zu besänftigen. Anja war gestürzt und hatte sich eine Rippe gebrochen. Dumm gelaufen. Solche Dinge passierten.

»Die derben Schuhabdrücke vor der Kellertür passen nicht zu den Loafers, die Anja trug«, sagte Katinka.

Gerlachs Feuerzeug klickte. Er lehnte sich an die Hauswand. Die Wolken waren weggezogen. Mondlicht erhellte den Himmel.

»Ich komme nicht los von den Dingern. Möchten Sie?«

»Warum nicht.« Katinka griff nach einer Zigarette. Er gab ihr Feuer. »Puh, das Zeug ist Bahndammschnitt ganz unten.«

Er lachte scheppernd. »Sie sind also hierhergekommen, um wegen der Toten in der Badewanne nach dem Rechten zu sehen?«

»Zunächst nicht. Anja Riedeisen hat mich gebeten, sie zu beschützen.«

»Das haben Sie gründlich vermasselt.«

Katinka stöhnte. »Kann man so sagen. Allerdings hat sie, kaum war sie hier, ihre Meinung geändert. Sie gab zu, erst an Ort und Stelle mit ihren alten Zweifeln konfrontiert worden zu sein, und wollte, dass ich dem Tod ihrer Freundin Kirsten Ballauf nachgehe. Irgendwie kam der alte Schock zurück. Sie war richtig fertig.«

»1988. Die Tote in der Badewanne.«

»Sie haben seinerzeit ermittelt.« Katinka paffte, während sie Gerlach verstohlen musterte. Unter seinem Trenchcoat trug er ein hellbraunes Hemd mit schmaler Lederkrawatte. Dunkle Stoffhosen mit Bügelfalte fielen locker über schwarze Halbschuhe. »Sagt Hardo.«

»Ich war noch verdammt jung. Gerade 31. Zu jung, um ein großes Licht zu sein.«

»Wie man's nimmt.«

»Anja Mähling hat die Tote gefunden. In der Badewanne. Sie bekam Panik und ließ das Wasser ab, weil sie meinte, ihrer Freundin so helfen zu können. Wir konnten also im Nachhinein nicht mehr den Wasserstand rekonstruieren. Außerdem war die Tote bewegt worden, das ist immer schlecht, verfälscht die Rückschlüsse. Die Zeugin behauptete, der Kopf wäre unter Wasser gewesen.«

»Die beiden waren sehr enge Freundinnen.«

»Geholfen hat uns das nicht. Eher die Ermittlungen behindert. Anja Mähling zog den Stöpsel und versuchte, die Tote zu beatmen. Danach hat sie das Haus zusammengeschrien. Der Hausmeister muss es sogar draußen auf dem Vorplatz gehört haben, obwohl es ein eiskalter Märztag war und sämtliche Fenster geschlossen waren.«

Katinka schnippte Asche weg. »War der Hausmeister der Erste, der dazustieß?«

»Nein. Gertrudis. Die Direktorin. Die behielt den Überblick, schickte Anja raus und rief die Polizei.« Er warf die Kippe auf den Boden.

Katinka sah zu, wie das Glühpünktchen erlosch, bevor sie fragte: »Wie lange war Kirsten schon tot?«

»Zwischen zwei und drei Stunden.«

»Und sie wurde obduziert?«

Gerlach schnaubte. »Wo denken Sie hin!«

»Nicht? Tod in der Badewanne – das schreit förmlich nach einer Leichenöffnung!«

»Die Mutter wollte keine Autopsie. Sie war alleinerziehend, hatte kaum Unterstützung, war komplett aus der Fassung. Mit Händen und Füßen wehrte sie sich dagegen, dass ihrer Tochter neben allem anderen eine Obduktion angetan wurde. Außerdem schien es überhaupt kein Motiv zu geben. Kirsten hatte mit niemandem Streit. Nur mit ihrem Lover gab es Schwierigkeiten, aber der hatte ein Alibi.«

»Tobias Gebsen, ich weiß. Er ist hier. Auf der Feier.«

»Er wird drüber weggekommen sein.«

Katinka betrachtete die Zigarette zwischen ihren Fingern. »Wieso hätte er Kirsten umbringen sollen? Umgekehrt würde ein Schuh draus.«

»Kann ja sein, dass das Mädchen ihm mit Vorhaltungen auf die Nerven ging. Jedenfalls hat der Staatsanwalt die Leiche nach einigem Hin und Her zur Beisetzung freigegeben.« Gerlach zündete sich eine neue Zigarette an. »Denn es gab eine weitere Spur, die auf einen Unfall hindeutete. Ein Zungenbiss. Sie wissen, was das heißt?«

Katinka verabscheute es, getestet zu werden, schließlich war die Schulzeit unwiederbringlich vorbei. Doch Gerlach tat sie den Gefallen. »Ein Zungenbiss kann auf einen epileptischen Anfall hindeuten.«

»Exakt. Sie war Epileptikerin.«

»Das war bekannt?«

»Von wegen! Die kleine Ballauf hat die Krankheit bei ihrer Bewerbung für den Freiwilligendienst unter den Tisch gekehrt. Ihre Medikation war gut eingestellt. Laut ihrer Mutter hatte sie ein ganzes Jahr keinen Anfall mehr gehabt. Im Internat hat deshalb niemand etwas bemerkt. Weder die Nonnen noch Anja wussten von der Erkrankung.«

»Warum also der Zungenbiss?«

»Es fanden sich ziemlich viele Tabletten in ihrem Nachtkästchen. Sie hat die Antiepileptika offenbar nicht mehr eingenommen. Hat sich zu sicher gefühlt. Dumme Göre.«

»Also hat sie einen Anfall in der Badewanne bekommen und ist ertrunken?«

»Der Pathologe bestätigte, dass der Zungenbiss frisch war.«

»Kann ich mit ihm sprechen?«

»Auf dem Friedhof, wenn Sie es drauf anlegen.«

»Mist.«

»Ich versichere Ihnen, da war nichts Ungewöhnliches. Wir waren erleichtert: Sie war naiv und unvorsichtig, hat die Arzneien abgesetzt, einen Anfall gehabt und ist gestorben. Ein Unfall ist besser als ein Mord, wie? Dazu kam noch …«

»Ja?«

»… dass Kirsten an einer üblen Erkältung litt und ein Grippemittel von der Oberin sowie eines von der Küchenchefin bekommen hatte. Beide Nonnen wollten nur helfen. Unabhängig voneinander. Die guten Schwestern von der immerwährenden Fürsorge.« Gerlach lachte krächzend. »Grippemittel sind meistens Komplexmittel. Im Zusammenhang mit Epilepsie kann sich da manches Unheil zusammenbrauen. Der neuerliche Krampfanfall muss durch einen Wirkstoff in einer der Arzneien hervorgerufen worden sein. So was nennt man Pech.« Er hustete.

Katinka betrachtete den Hauptkommissar von der Seite. Seine Brille saß schief. Er rauchte hektisch und blies den Rauch beinahe zornig aus, wobei sein dünner Oberlippenbart zitterte.

»Warum werde ich den Gedanken nicht los, dass Sie mit der Erklärung nicht zufrieden sind?«

Er zuckte die Schultern. »Weil eben.«

»Nehmen wir an, jemand hat ihr den Kopf unter Wasser gedrückt. Das Motiv lassen wir außer Acht. Dann könnte sie sich dadurch den Zungenbiss zugelegt haben.«

»Clever sind Sie.« Gerlach warf die Kippe weg. »Wir wissen nicht, ob sie ertrunken ist, verstehen Sie? Ein Krampfanfall hätte sie durchaus unter Wasser rutschen lassen können; sie wäre außerstande gewesen, aus eigener Kraft hochzukommen. Klingt alles logisch. Aber wir hatten, wie gesagt, den Wasserstand nicht zur Verfügung.«

»Keine Ränder an der Wanne?«

»Nicht aussagekräftig genug.«

»Schaumpilz?«, fragte Katinka.

»Bildet sich bei Ertrinkenden nicht notwendigerweise aus. Außerdem könnten Schaumreste durch das Badewasser abgewaschen und durch den Abfluss geflutscht sein.«

»Fuck!« Katinka streckte den Rücken. »Also hätte eine Obduktion nicht unbedingt was gebracht.«

»Der Punkt ist: Wenn sie ermordet wurde, glaube ich nicht an den Unbekannten, der sich ins Haus schleicht und unbemerkt Leuten den Garaus macht. Es kamen nur die Angestellten in Frage. Im Büro saß die Direktorin, Schwester Gertrudis, mit ihrer Sekretärin. Die hat pausenlos telefoniert, es ging um ein Problem mit der herabfallenden Verkleidung in der Turnhalle. Sportgruppen, die regelmäßig zum Training ins Internat kamen, mussten wegbleiben, bis der Schaden repariert war. Eine Aerobicgruppe wollte das partout nicht einsehen und versuchte, der Sekretärin eine Ausnahmeregelung abzutrotzen. Anscheinend konnten die Damen nicht verknusen, dass sie ihre pinken Leggings samt Stulpen und Schweißbändern nicht vorführen durften.« Sein Lachen klang wie das Gezänk einer Aaskrähe. »In der Küche führte die Küchenchefin das Regiment über drei Angestellte, alle vier gaben sich gegenseitig Alibis. Schwester Romana war, nachdem sie mitbekommen hatte, wie die Küchenchefin Kirsten eine Arznei gab, in die Kapelle gegangen, hatte dort alten Blumenschmuck entfernt und Vorbereitungen für die Kartage getroffen. Die Schüler waren alle außer Haus. Keine Krankmeldung. Außer Kirsten.«

»Und das Ehepaar Krone?«

»Mit dem PKW in der Stadt. Sie buchten eine Bahnreise für die Ostertage und waren zur fraglichen Zeit in einem Reisebüro in Bischofsheim. Schwester Ursula, damals Erzieherin, war wegen eines stinkfaulen Schülers in eine Lehrersprechstunde zitiert worden.«

»Es muss doch noch andere Erzieher gegeben haben.«

»Die lebten nicht im Haus. Den Frühdienst, das Aufwecken der Schüler und die Frühstücksaufsicht, übernahmen die Freiwilligen. Die anderen Pädagogen erschienen erst zum Mittagessen.«

Katinka schob die Hände in die Jeanstaschen. »Schwester Romana war die Einzige ohne ein Alibi?«

»War sie.« Gerlach zog eine Grimasse, die nikotingelbe Zähne zeigte und vermutlich ein Lächeln darstellen sollte. »Sie hatte bloß absolut kein Motiv!«

»Es gab einen tödlichen Unfall nahe dem Grenzübergang. Vier Tage vor Kirstens Tod. Am Sonntag. Kirsten befand sich in etwa zu dieser Zeit mit dem Rad auf dem Rückweg von Völkershausen, wo Tobias Gebsen mit ihr Schluss gemacht hatte.«

»Ich erinnere mich.«

»Ein gewisser Frank van Cuun, Besitzer eines Mercedes in Goldmetallic, ist totgefahren worden, der Unfallverursacher wurde nie ermittelt«, machte Katinka weiter. »Der Todesfahrer schien von der Grenze gekommen zu sein. Aus der DDR.«

Gerlach hustete ausgiebig. Es dauerte eine Weile, bis der Anfall abebbte.

»Reisende, die aus der DDR kamen, mussten doch auch an der westdeutschen Grenze die Pässe zeigen. Es muss Listen gegeben haben, wer wann ausreiste«, fuhr Katinka fort.

»Es lag ein Eintrag vor. Der Fahrer, der eine Viertelstunde zuvor als Letzter abgefertigt worden war, war DDR-Bürger. Obwohl der Bundesgrenzschutz das Kennzeichen und den Namen kannte, hat man die Identität des Mannes nicht herausgefunden. Die formale Anfrage wurde vom Osten nicht beantwortet.«

»Ich werde meschugge!« Katinka stieß sich von der Wand ab. Ihr war kalt, zugleich brodelte ein unbändiger Ärger in ihr. »Hat da keiner nachgebohrt?«

»Die 80er waren neurotische Zeiten. Die Systeme ausgehöhlt. Man wollte die Erleichterungen, die der kleine Grenzverkehr für die ländlichen Gegenden brachte, nicht gefährden. Außerdem hätte es sowieso nichts gebracht. Wenn die Kommunisten nichts sagen wollten, hielten sie die Klappe. Wissen Sie, wie man den damaligen sowjetischen Außenminister genannt hat? Gromyko?«

»Keine Ahnung.«

»Mister No.« Gerlach lachte rasselnd. »Der hat auf Pressekonferenzen in aller Selbstverständlichkeit ein Schild vor sich aufgestellt: ›No comment‹. Das hätten wir Bullen mal machen sollen.«

Katinka starrte auf die Kippe zwischen ihren Fingern.

»Verstehen Sie«, fuhr Gerlach fort, »heutzutage wird oft unterstellt, 1988 habe schon Veränderung in der Luft gelegen. Der Zusammenbruch der DDR ein Jahr später sei bereits spürbar gewesen. Aber das stimmt nicht. Für uns auf dem Land war alles wie immer. Der Todesstreifen schien für alle Zeiten unüberwindbar. Ich hätte niemals gedacht, dass ich erleben würde, wie der Osten die Grenzen öffnet.«

Und angeblich steckt den Leuten die Grenze noch im Kopf, dachte Katinka, bei allem, was man so hört.

»Hat Anjas Sturz mit der Sache von damals zu tun? Oder ist es etwas Neues, Zufälliges?«

»Es gibt keine Zufälle«, krächzte Gerlach.

*

37.

Im Speisesaal wurde weiter gefeiert. Die Methode, den Ball flach zu halten, hatte funktioniert. Anja war gestürzt und zum Röntgen in die Klinik nach Mellrichstadt gebracht worden. Nichts Dramatisches, eine gebrochene Rippe, schlimmstenfalls ein Arm. Bald würde Entwarnung kommen. Auch die Musiker ließen sich nichts anmerken, wenngleich ihre Musikstücke nun getragener klangen als zuvor. Katinka stöberte die Süderbecks am hinteren Ende des Speisesaals auf.

»Bierchen?« Martin hielt eine Flasche hoch.

Gierig blickte Katinka auf das Kondenswasser, das an der Flasche herabtropfte. »Her damit.«

»Du auch, Carola?«

»Mindestens eins. Was für ein Irrsinn. Sie ist die Treppe hinuntergestürzt?«

Carola Süderbeck war, nachdem die Zwillinge in der ungewohnten Umgebung Theater gemacht hatten, eine gute Weile oben bei den Kindern geblieben und erst mit dem Eintreffen des Rettungswagens heruntergekommen.

»Du hast die Festansprache des Geburtstagskindes mitsamt dem Tischfeuerwerk verpasst«, juxte ihr Mann, während er zwei weitere Flaschen brachte. »Was wollte Anja denn im Keller?«

»Das ist die Frage. Ist Ihnen in Ihrer Internatszeit mal ein Mercedes in Goldmetallic unter die Augen gekommen?« Katinka nahm einen großen Schluck Bier. Der bittere Geschmack spülte das Brennen weg, das Gerlachs Zigarette hinterlassen hatte.

»In dieser Einöde? Sie machen Witze.«

»Sind Sie sicher?«

»Absolut … obwohl: Doch! Ein Klassenkamerad und ich haben darüber sogar gewitzelt. Weil das so eine Zuhälterkarre war!« Martin lachte nervös, wechselte einen Blick mit seiner Frau. »Wohin soll das führen, Frau Palfy?«

»Wie oft haben Sie den gesehen?«

»Vielleicht zwei Mal? Meine Güte, wie kommen Sie darauf?«

»Sagt Ihnen der Name Frank van Cuun etwas?«

Carola runzelte die Stirn.

»Nein.« Martin schüttelte überzeugt den Kopf.

»Sie erinnern sich an den Unfall? Vier Tage vor Kirstens Tod?«

»Unfall?«

»Mit Fahrerflucht. Nicht weit von hier, zwischen Mellrichstadt und Grenzübergang. Ein Mann wurde zu Tode gefahren. Der Unfallverursacher floh.«

Martin runzelte die Stirn. »Jetzt, wo Sie es sagen … Das war ein Thema. In der Zeitung stand etwas! Aber, ehrlich gesagt, wir waren so absorbiert von Kirstens Tod … Ich habe mich nicht für einen anderen Toten interessiert. Wer war das?«

»Besagter Frank van Cuun.«

»Nie gehört.«

»Nicht so schlimm. Andere Frage.« Katinka sah aus den Augenwinkeln, wie Schwester Romana hereinkam, eine aufgelöste Schwester Gertrudis am Arm. »Eduard Mähling, Anjas Vater, hat dem Internat viel Geld gespendet. Doch seine Firma stand zweimal kurz vor der Pleite.«

»Wirklich?« Carola beugte sich vor. »Woher wissen Sie das?«

»Recherchen. Können Sie sich denken, Herr Süderbeck, woher das Extrageld kam, das er dem Internat zukommen ließ?«, fragte Katinka halblaut.

Martin schüttelte sprachlos den Kopf.

»Kirsten soll an Epilepsie gelitten haben. Wussten Sie das?«

»Ach, das! Die Polizei fand es heraus. Wir hatten keinen Schimmer. Ich meine, ich war Schüler! Freiwillige wie Kirsten oder Anja standen genau wie die Erzieher und Nonnen am anderen Ende der Nahrungskette, wenn Sie so wollen …«

»In Anja haben Sie sich verliebt.«

Er lachte unsicher. »Ich will damit sagen: Im Internat gab es immer diese zwei Welten. Erzieher hier, Schüler dort, und vieles blieb der jeweils anderen Seite verborgen. Erst als die Ermittlungen wegen Kirstens Tod losgingen, sprach sich das mit der Epilepsie herum. Ich habe nie mitbekommen, dass sie etwas über diese Krankheit gesagt oder dass sie einen Anfall gehabt hätte. Wirklich nicht.«

Schwester Romana verfrachtete ihre Mitschwester auf einen Stuhl und kam zu ihnen herüber.

»Letzte Frage: Wo steckte Anja heute Abend, nachdem wir beide gegen 21 Uhr von unserem Spaziergang zurückkamen?«

»Ich weiß es nicht, Frau Palfy.« Martin raufte sich das Haar. »Dasselbe habe ich mich auch gefragt. Sie tauchte hier nicht mehr auf.«

»Ich habe sie draußen vor dem Speisesaal gesehen«, mischte Carola sich ein. »Ihre Jacke war klatschnass, sie hängte sie an der Garderobe auf.«

»Und dann?«

»Ich glaube, ihr Vater suchte nach ihr. Er fragte Schwester Romana, wo Anja sei.«

Schwester Romana war nun beinahe bei ihrem Grüppchen. Katinka nahm einen Schluck Bier, nickte der Nonne zu.

»Grundgütiger. Darf ich mich zu euch setzen?« Romana zog sich einen Stuhl heran. »Die ganze Aufregung hat unsere Gertrudis in eine Art Ausnahmezustand versetzt. Ich habe sie in ihr Zimmer hinaufgebracht, aber sie weigert sich, allein dort zu bleiben. Dabei ist sie hundemüde. Mein Gott, es ist schon elf!«

»Ihren Geburtstag haben Sie sich anders vorgestellt, nicht wahr?«, fragte Martin mitfühlend.

»Ach, mein Lieber! Du hattest schon immer die Gabe, dich in andere Menschen hineinzuversetzen!«

Carola stand auf und holte ein Bier für Romana. »Ich nehme an, Sie brauchen jetzt eins?«

Die Nonne griff nach der Flasche. »Wie konnte das nur passieren? Was hatte Anja im Keller vor?«

»Vor allem: Warum trug sie meine Jacke?«, fragte Katinka.

Martin starrte Katinka an. »Ihre Jacke? Entschuldigen Sie, ich verstehe gar nichts.«

»Anja und ich kamen um 21 Uhr von unserem Spaziergang zurück. Die Band war gerade im Anmarsch. Ich ging in mein Zimmer, zog die Jacke aus, wechselte sogar die Jeans, weil sie völlig durchnässt war. Meine Regenjacke hing definitiv am Garderobenhaken in Zimmer 201 und tropfte vor sich hin, als ich das Zimmer verließ. Auf dem Boden ist garantiert noch die Wasserlache. Ich telefonierte mit zu Hause, danach sprach ich mit Ihnen, Schwester Romana.«

Die Nonne nickte finster.

»Anschließend ging ich ins Badezimmer im zweiten Stock.« Sie zog ihr Handy hervor, scrollte durch das Anrufprotokoll. »Um 21.20 Uhr bekam ich einen Anruf von einem Freund. Wir sprachen zehn Minuten, bis ich runterging und auf Tobias Gebsen stieß. Ich fragte ihn, ob er wüsste, wo Anja abgeblieben war. Er hatte keinen Schimmer. Wir unterhielten uns eine Weile.«

»Frau Palfy, weshalb suchten Sie nach Anja auf der Kellertreppe?« Romanas Frage schnitt scharf in die lässige Melodie, die den Saal erfüllte. Ein nicht mehr junges Paar tanzte eng umschlungen.

»Ich ging nach draußen, um einen kühlen Kopf zu bekommen. Dabei sah ich, dass Herrn Mählings Wagen nicht mehr dort stand, wo er zu parken pflegt, wenn er das Internat aufsucht.« Katinka beobachtete die Nonne mit Argusaugen, konnte jedoch keine Regung in ihrem Gesicht entdecken.

»Und deswegen kamen Sie durch die Hintertür ins Haus?« Verblüffung.

»Ich sah Fußspuren. Sie führten zur Kellertür und brachen dort ab.«

»Und?«

»Robuste Profilsohlen, die eine Menge Dreck hinterließen.«

Carola zog scharf die Luft ein. »Sie meinen, jemand hat Anja gestoßen?«

Katinka verkniff sich einen Kommentar. Sie leerte ihr Bier. »Schwester, erinnern Sie sich an einen Frank van Cuun?«

Für die Dauer eines Augenblicks verzog Romana ihr Gesicht. Die berühmte Schrecksekunde. Schnell hatte die Nonne sich wieder in der Gewalt. »Der Mann starb wenige Tage vor Kirsten. Es gab einen Unfall in der Nähe des Grenzübergangs.«

»Kannten Sie ihn?«

»Nein.« Die Nonne stellte ihre Bierflasche weg. »Ich muss mich um meine Gäste kümmern.«

»Warum hat Schwester Richhilde, als ich mich am Fuß der Kellertreppe um Anja kümmerte, die Schuhabdrücke weggewischt?«

Romana stemmte sich hoch. »Denken Sie, Richhilde mit ihrer Arthrose lauert auf der Kellertreppe, um Anja hinunterzustürzen? Das ist doch affig.« Ihr Blick war auf Katinka gerichtet. »Bitte, selbst wenn Ihr Beruf das nahelegt: Spinnen Sie sich keine Gangstergeschichten zusammen. Ich weiß nicht, warum Anja in den Keller wollte, aber Richhilde hat sie bestimmt nicht hinuntergestoßen.«

Katinka sah der Nonne nach. »Also ein Unfall«, murmelte sie.

»Womit wir es mit insgesamt drei mysteriösen Unfällen zu tun hätten«, ergänzte Carola.

*

38.

Die Kapelle. Auch sie wird nicht mehr sein. In all den Jahren habe ich mir ihr Bild eingeprägt, ihren Geruch, den Klang unserer alten Orgel. Den Experten für nicht sehr erhebend halten würden. Für mich stimmt er. Ich mag die Kleinigkeiten wie den abgebrochenen Zeh des Heiligen Bonifatius. Die Schramme an dem Wandgemälde, das die Mutter Gottes zeigt. Den Schatten, den das Ewige Licht auf den Tabernakel wirft.

Heimat.

Mit dem Alter hadern wohl alle. Das sagte Irmtraud neulich. Ich ging nicht darauf ein. Was kann sie schon wissen? Ich bin älter als sie, müder, ich habe mehr Schmerzen. Es ist nicht nur der Körper, der abbaut, seine Komplizenschaft entzieht, nicht mehr mitspielt. Auch der Geist lässt sich mitunter lange bitten.

Diese Frau kommt hier herauf und fragt herum! Ich kann das nicht dulden. Mir dröhnt der Kopf bei der ganzen Fragerei. Von Vornherein war das Geburtstagsfest eine Schnapsidee, ein überhebliches Ansinnen. All diese Menschen wieder zusammenzubringen, nach so viel Unglück! Das kann nicht gutgehen. Trauer und Wut vergehen nicht, sie können jederzeit aufs Neue auflodern, alles entzünden.

Im Alter sieht man schlecht, das macht die Dinge zusätzlich mühsam. Aber der Blick nach innen wird bisweilen klarer. Zu klar. Schmerzhaft klar.

Ich habe nichts getan. Gertrudis ist sowieso verwirrt, sie versteht nichts, ihre Erinnerung reicht nicht einmal eine Stunde zurück.

Es ist alles schiefgegangen. So darf es nicht bleiben.

Wer kann diese Frau aufhalten?

Heiliger Geist,
Du Läuterung der Sünder
Du Hilfe der Bekenner
Du Lehrer der Boten Christi
Du Kraft der Nächstenliebe
Du Stärke der Märtyrer
Du Wonne aller Heiligen
*– erbarme dich unser**

*

* Aus: Gotteslob. Katholisches Gebet- und Gesangbuch der Erzdiözese Bamberg 2013. Heilig-Geist-Litanei, S. 609f.

19.5.2018

39.

Katinka stand am Fenster und blickte hinaus in die Schwärze. Die Musiker waren gegen halb eins abgereist. Es regnete wieder. Windstöße peitschten das Wasser waagerecht gegen das Fenster, wo es in Schwaden herabrann.

Die Gäste lagen in ihren Betten.

Gerlach hatte ein Zimmer im zweiten Stock bezogen.

Die Klinik hatte angerufen. Anja habe ein schweres Schädel-Hirn-Trauma und würde am nächsten Morgen operiert, um eine Blutung abzuleiten. Sie sei kurz bei Bewusstsein gewesen. Zudem hatte sie zwei Rippenbrüche und eine angebrochene Nase.

Auf Katinkas Handy fand sich eine Nachricht von Dante, die sie in dem ganzen Chaos übersehen hatte: Er hatte van Cuuns letzte Wohnadresse herausgefunden. Nicht weit vom Albertus-Magnus-Zentrum entfernt, in Fladungen. Offenbar lebte seine frühere Frau nach wie vor dort.

Das wäre eine Sache für morgen.

Immer noch war Katinka unklar, warum Anja ihre Jacke getragen hatte. Sie musste ihre eigene ausgezogen haben, weil sie völlig durchweicht war, und im Anschluss bei ihr, Katinka, geklopft haben. Wahrscheinlich, als Katinka das Bad am Ende des Flurs inspizierte. Weil Anja Katinka nicht angetroffen hatte, war sie so frei gewesen, sich deren Regenjacke auszuleihen. Wollte sie nach draußen? Schon vor Stunden regnete es heftig. Katinka erinnerte sich, wie die Tropfen gegen das Badezimmerfenster klatschten. War Anja anschließend den Gang hinuntergegangen, um im Bad das Licht auszuknipsen? Weshalb sollte das überhaupt jemand tun? Um Strom zu sparen?

Anja sah es nicht ähnlich, sich um Licht im Bad zu kümmern. Außerdem: Niemand hatte sie zwischen 21 und 22 Uhr gesehen.

Carolas Worte gingen Katinka durch den Sinn. »Ich habe sie unten vor dem Speisesaal gesehen. Ihre Jacke war klatschnass, sie hängte sie an der Garderobe auf. Ich glaube, ihr Vater suchte nach ihr. Er fragte Schwester Romana, wo Anja sei.«

Sie mochte sich mit ihrem Vater getroffen haben. Draußen.

Begreiflich, wenn Vater und Tochter nach längerer Sendepause miteinander sprechen wollten. Aber warum in der nächtlichen Kälte, bei Regen? Warum nicht mit einem Glas Wein in der Hand im warmen Speisesaal?

Weil keine Zuhörer gewünscht waren?

Also machte es Sinn, dass Anja sich Katinkas Jacke geliehen hatte. Wahrscheinlich hätte sie später Bescheid gesagt.

Der Gedanke formte sich langsam, gewann an Durchsetzungskraft. Schließlich konnte Katinka nicht mehr an der Erkenntnis vorbei: Sollte jemand Anja die Treppe hinuntergestoßen haben, war es vorstellbar, dass sie gemeint war, nicht Anja. Der Angreifer hatte die grüne Jacke gesehen und die Person, die sie trug, für Katinka gehalten. Beide Frauen hatten dieselbe Statur. Von hinten war eine Verwechslung nicht ganz unrealistisch.

Wann war Mähling weggefahren? Und warum war Anja nach der Unterhaltung mit ihrem Vater am Hintereingang gewesen? Hatte sie ihn zum Auto begleitet?

Katinka löschte das Licht in ihrem Zimmer, wartete, bis ihre Augen sich an die Dunkelheit gewöhnt hatten, und schlich dann auf den Gang.

Alles war still. Nach dem temperamentvollen Treiben während des Tages kam Katinka das riesige Gebäude in der Nacht leblos vor. Sie ging zu Anjas Tür hinüber und drückte die Klinke. Schlüpfte ins Zimmer, schloss die Tür hinter sich. Sie weckte das Display ihres Handys auf. Im schwachen Lichtschein sah sie Anjas Reisetasche am selben Platz wie vorher und ein paar Anziehsachen auf dem Bett.

Auf dem Gang knackte etwas. Katinka hob den Kopf. Wartete. Nichts weiter zu hören.

Anjas Handtasche hing am Garderobenhaken. Portemonnaie, Kleinkram und ein Smartphone. Katinka checkte die letzten Telefonate. Unauffällig. Im Kontakteverzeichnis fand sie schließlich, was sie suchte.

Sie lauschte an der Tür, ehe sie es wagte, auf den Gang zurück und in ihr Zimmer zu huschen.

*

40.

Endlich zu Hause! Mähling hängte seinen Mantel auf und schlich durch die Diele zum Arbeitszimmer. Fast ein Uhr in der Nacht! Früher hatte er die späten Einsätze besser bewältigt. Rasch ging er ins Arbeitszimmer, goss sich einen Scotch ein.

Anja hatte ihn nach seinen Aktivitäten in der Kunstszene gefragt. Wie sie darauf kam? Er hatte sich rausgeredet. Er wäre aus reinem Interesse einmal nach Russland zu einer Vernissage gereist. Weil ein Geschäftspartner ihn dazu eingeladen hatte, und er, Mähling, diesem Mann den Gefallen gerne tat.

Horweg! Von dem Anja nicht wissen konnte. Der Mann stellte ein notwendiges Übel dar, er war einer, dem man nicht trauen durfte. Vorsicht war die Mutter der Porzellankiste.

Ein zartes Klopfen an der Tür.

»Ja?«

Seine Frau streckte den Kopf herein. Ihr vorwurfsvoller Blick traf ihn. Vorsichtshalber würde er nicht erwähnen, dass Anja auf der Geburtstagsfeier gewesen war.

»Ich habe dich heimkommen hören.«

»Ja. Es ist leider spät geworden. Die Nonnen haben darauf bestanden, dass ich eine Weile bleibe.«

»Wie geht es Schwester Romana?«

»Gut, glaube ich.«

»Glaubst du? Warst du nicht eben auf ihrem Geburtstagsfest?«

»Sie ist 80, wie soll es ihr gehen. Energiegeladen war sie immer, das hat sich nicht geändert. Gertrudis, die ehemalige Direktorin, ist dagegen ganz und gar hinfällig. Sie ist dement. Mal denkst du, sie erkennt dich, dann wieder merkst du, sie hat keine Ahnung, wer du bist.«

Die Konversation ermüdete ihn; er zwang sich zu Geduld, beantwortete alle Fragen, bis seine Frau das Interesse verlor und ins Schlafzimmer ging. Nicht einmal nach Anja hatte sie sich erkundigt. Vielleicht wusste sie ja von ihrer Tochter, dass die ins Internat zur Feier fahren würde? Hatte sie ihren Mann nur testen wollen, ob er von selbst damit herausrückte? In diesem Haus herrschte Kalter Krieg: Lügen, Misstrauen, Desinformation. Jedes Wort konnte eine Falle darstellen, in die er dumm hineintappte.

Er hasste es, in Situationen zu geraten, in denen er sich rechtfertigen musste. Das Eis klirrte im Glas. Ironischerweise hatte es in dem Moment zu regnen aufgehört, als er in die Auffahrt zu seinem Haus eingebogen war. Als wenn sich alle gegen ihn verschworen hätten, sogar das Wetter!

Wie kam Anja nur auf die Idee, dass er in Kunst machte? Nie hatte er eine Silbe verlauten lassen. Ob es an ihrer Freundin lag, die sie mitgebracht hatte? Schwester Romana hatte behauptet, sie sei Ermittlerin. In dem Wirrwarr an Neuigkeiten und Gesprächsfetzen, in das die Nonnen ihn gestürzt hatten, hatte er diese Information schnell beiseitegewischt. Sicher hatte Anja alle möglichen Freundinnen.

Sollte sie eine Detektivin auf ihn gehetzt haben? In dem Fall wäre es zweifelhaft, ob sie das Risiko einginge, ihn direkt zu fragen? Es sei denn … Konnte das sein? Dass sie die Detektivin wegen der anderen Sache beauftragt hatte? Nun, das wäre vollkommen unlogisch. Davon wusste wirklich niemand außer Schwester Romana. Er hatte sich mehr als 30 Jahre auf ihr Stillschweigen verlassen können, weshalb sollte sie ausgerechnet jetzt reden?

Mähling sank auf das Sofa. Trank seinen Scotch. Mit jedem Schluck wurde ihm deutlicher, dass Anja nichts ahnen konnte. Blieb die Frage, wie er an den Kokoschka käme. Die Zeit drängte.

Er musste eingenickt sein. Sein Handy riss ihn aus dem Schlummer. Das Glas war ihm aus der Hand gerutscht, angewidert sah er einen dunklen Fleck auf dem Teppich.

Er griff nach dem Handy. Wie spät mochte es sein? Fast zwei, stellte er mit Blick auf die Armbanduhr fest. Wer rief ihn um Himmels willen in der Nacht an? Unbekannte Rufnummer. Horweg?

»Ja?«

»Hier spricht Katinka Palfy. Privatdetektivin.«

»Was wollen Sie?«

»Mich würde interessieren, was es mit dem Internatskeller auf sich hat.«

Eine Panikwelle schlug über Mähling zusammen.

»Was … was meinen Sie?«

»Anja ist, nachdem Sie abgefahren waren, in den Keller hinuntergegangen.«

»Anja?« Er konnte kaum noch sprechen. Sein Herz raste.

»Was hat sie dort gesucht, Herr Mähling?«

Seine Zunge klebte am Gaumen.

»Hat Horweg Sie angeheuert?«, brachte er heraus.

»Wer?«

»Ach, nichts.«

»Herr Mähling, Sie standen zweimal kurz vor der Insolvenz, haben das Internat aber immer großzügig unterstützt. Woher kam das Geld? Und was haben Sie sich damit wirklich erkauft?«

Mählings Hand zitterte so sehr, dass er kaum das Handy halten konnte. Er kämpfte sich vom Sofa hoch.

»Wissen Sie, wie spät es ist?«

»Spenden Sie zudem für andere gemeinnützige Zwecke?«

Diese Frau ließ nicht locker. Er riss die oberste Schublade am Schreibtisch auf, drückte panisch zwei Tabletten aus einem Blister und schluckte sie ohne Wasser hinunter. Beinahe sofort meinte er, die Erleichterung zu spüren.

»Herr Mähling, kennen Sie Frank van Cuun?«

Sein Herz setzte einen Takt aus. Keine Erleichterung, im Gegenteil, seine Knie drohten nachzugeben. Er sank auf den Schreibtischstuhl.

»Wer soll das sein?«, presste er hervor.

Es folgte eine Pause.

»Sie kennen ihn also?«

»Ich muss nicht mit Ihnen reden.«

»Herr Mähling, 1988, im März, starb ein Mädchen im Internat. Kirsten Ballauf. Sie leistete dort ein freiwilliges soziales Jahr wie Ihre Tochter. Vier Tage vorher wurde van Cuun von einem aus der DDR kommenden Wagen getötet. An der Straße zwischen Mellrichstadt und dem Grenzübergang.«

»Ach ja?«

»Wissen Sie etwas darüber?«

Mähling zitterte, als habe er Schüttelfrost. »Ich weiß nichts darüber.« Er hörte selbst, wie falsch das klang, die Lüge würde jedem förmlich ins Gesicht springen. Er musste dieses Gespräch beenden, sonst kam er in Teufels Küche.

»Lassen Sie mich in Ruhe.« Er legte auf.

Falsch. Zum Henker, das war völlig falsch. Er hätte sich souverän geben, die Frau mit selbstbewusster Arroganz in die Flucht schlagen müssen. Sein ganzer Brustkorb schmerzte.

Zu spät. Er hatte bereits einen bleibenden Eindruck hinterlassen.

Zwei Uhr in der Nacht.

Seine Frau bekäme es nicht mit, wenn er sich noch einmal auf den Weg machte.

*

41.

Verblüfft blickte Katinka auf das Telefon in ihrer Hand. Wofür bezahlte er die Nonnen wirklich? Seit wann? Wenn sie herausbekäme, wann Mähling das erste Mal gespendet hatte, würde sie dann auf den Anlass kommen?

Auf ihre Frage nach dem Internatskeller hin hatte er eine Nachfrage abgeschossen. Das war ein typisches Ausweichsignal.

Der Keller also. Sie musste dort ansetzen, Anja hatte irgendeinen Grund gehabt hinunterzugehen. Einen Grund, der sich erst in dem Gespräch mit ihrem Vater formiert hatte. Sonst hätte sie Katinka gegenüber auf ihrem Spaziergang irgendetwas erwähnt. Deshalb hatte Katinka Mähling nichts von Anjas Sturz berichtet. Sie wollte sichergehen, dass sie nach Anjas Operation als Erste mit ihr sprechen konnte. Hoffentlich machte Schwester Romana ihr keinen Strich durch die Rechnung und rief ihren einstigen Gönner an. Zuzutrauen wäre es ihr.

Katinka streifte einen Pullover über ihr Shirt. Sie angelte den Dietrich aus dem Rucksack mit der Detektivinnenausrüstung und schlich aus dem Zimmer. Gehässig knarrte der Boden. Welches Zimmer hatte Gerlach hier oben bezogen? Sie blieb einen Augenblick stehen, bis sie sich im Dunkeln zum Treppenhaus vortastete und langsam die Stufen hinunterstieg. Im ersten Stock hielt sie inne. Hier mussten die Nonnen ihre Zimmer haben. Sie lugte den Gang hinunter. Rechts das Sekretariat, daneben die Besucherräume. Es blieben mindestens sieben Zimmer, fünf links, zwei rechts, für vier Nonnen. Ob sie auch so ein Bad mit Waschbeckenstraße hatten? Katinka grinste in sich hinein. Unter keiner Tür kroch Licht durch. Wahrscheinlich schlief selbst Romana den Schlaf der Erschöpften, obwohl die Geburtstagsfeier sicher nicht nach ihrem Gusto verlaufen war.

Katinka tappte die schmale Hintertreppe hinunter. Das Internat atmete. Es schien wie ein lebendiges Wesen, ein altes, mattes Geschöpf, dessen Schlaf zu leicht war, um echte Erholung zu bringen.

Die Kellertür war versperrt. Kein Schlüssel weit und breit. Katinka griff nach dem Dietrich. Im Handumdrehen gab das Schloss nach. Sie drückte gegen die Tür. Lauschte. Nichts zu hören. Wachsam warf sie einen Blick zurück zur Küche. Ob Anja gezögert hatte, als sie vor der Treppe stand? Oder hatte sie Schritte gehört, ihnen aber im allgemeinen Durcheinander des Festes keine Bedeutung beigemessen?

Katinka leuchtete mit dem Handy die Treppe hinunter. Nichts zu sehen, nur Grau, das sich irgendwo unten in Schwärze verlor. Sie dachte an Tobias: Mähling war von den Nonnen in den Keller geführt worden …

Überhaupt, Tobias: Wie viel taugte dessen Alibi eigentlich?

Rechts neben der Tür hing eine Stablampe an einem Haken. Katinka schaltete sie an. Das Licht fuhr ihr grell in die Augen. Blinzelnd richtete sie den Strahl nach unten und nahm Stufe für Stufe. Am Fuß der Treppe angekommen, blickte sie hoch. Das Rechteck der Tür hob sich kaum von seiner Umgebung ab. Sofort fühlte sie sich klaustrophobisch. Ihr Herz schlug schneller. Fluchtgedanken.

Was kann schon passieren, dachte sie. Die Nonnen werden mir nicht nachstellen, um mich unten im Keller zu Tode zu foltern.

Sie tappte einen Gang entlang, von dem links und rechts Abteile abgingen, von Brettern versperrt, die Türen mit Vorhängeschlössern gesichert. Katinka leuchtete durch die Ritzen. Alte Möbel standen hier, kleine Schreibtische, wie sie wohl früher für die jüngeren Schüler benutzt worden waren. Abgebaute Regale, die Rückwände gegeneinandergelehnt, die Bretter danebengeschichtet. Ein paar vorsintflutliche Computerbildschirme. Ein weiteres Abteil enthielt stapelweise Bücher, ausgemusterte Schullektüre vermutlich, Kram, den man längst hätte zur Altpapierverwertung geben können. Nach kurzer Zeit machte der Gang eine Biegung. Eine Spinnwebe streifte Katinkas Wange.

Sie blieb einen Moment stehen. Hatte sie ein Geräusch gehört? Hier unten konnte man schnell Zustände kriegen. Sie biss sich auf die Lippen. Was sollte Mähling in diesem Keller getan haben? In Begleitung der Nonnen? Bei seltenen, wenngleich regelmäßig stattfindenden Besuchen?

Er hatte etwas eingelagert oder etwas geholt. Angeblich hatte Mählings Betrieb das Internat mit Papier beliefert. Doch das hatte er sicher nicht persönlich gebracht …

Sie blieb an einer Tür mit der Aufschrift »Kühlraum« stehen. Betätigte den Türöffner. Kalte Luft strömte heraus, Licht schaltete sich ein. Entschlossen stellte sie die Stablampe so in den Spalt, dass die Tür nicht zufiel, und schlüpfte in den Kühlraum. Bis zur Decke gefliest, strahlte er Sauberkeit und Moderne aus. Kisten waren auf Ablagen gestapelt, manche leer, andere voller Obst und Gemüse. Ein Bord höher schlummerten die Reste von heute auf mit Klarsichtfolie abgedeckten Vorlegeplatten: mehrere beeindruckende Meter. Eine imposante Tiefkühltruhe stand summend in der Ecke. Katinka öffnete den Deckel. Großpackungen mit eingeschweißtem Fleisch lagen darin, bis zum Rand. Fast wie im Supermarkt. Feinsäuberlich beschriftet. Putensteak. Schweinegeschnetzeltes. Brathähnchen.

Sie verließ den Kühlraum. Nach dem grellen Licht darin kam ihr die Stablampe wie eine Funzel vor.

Sie ging ein paar Schritte weiter, bis sie erneut vor einer Abteiltür stehen blieb. Sie war massiv, keine Bretter. Ein Einbauschloss. Neugierig setzte sie den Dietrich an. Schweiß bildete sich auf ihrer Stirn, bis sie endlich die Stifte klicken hörte. Sie schob die Tür auf. Ein gequältes Quietschen. Kalte Luft quoll ihr entgegen.

An den Wänden waren stabile Regale aus Metall aufgebaut. Mehrere Umzugskartons standen da, beschriftet: »Gertrudis«, »Romana«, »Irmtraud«, »Richhilde«.

Sie öffnete die Kiste mit der Aufschrift »Richhilde«. Anscheinend hatten die Nonnen bereits für den bevorstehenden Umzug gepackt. Sie fand Bücher, ein Nackenkissen, einen zur Hälfte vollgeschriebenen Notizblock, eine dicke schwarze Strickjacke und Wollreste, darunter eine abgegriffene Spieleschachtel: Mastermind, das Spiel mit den bunten Steckern, deren korrekte Farbe und Anordnung man herausfinden musste. Katinka hatte dieses Spiel mit ihrer Schwester Melissa bis zur Erschöpfung gespielt. Nachdenklich verschloss sie die Kiste wieder.

Knöpfte sich Romanas Sachen vor.

Unterwäsche, teils aus Wolle, Stricksocken, ein Flanellnachthemd sowie ein Satz Videokassetten: Star Wars! Ich bin ein Spanner, dachte Katinka. Die Nonnen hatten zusammengepackt, was sie bis zum Sommer nicht mehr brauchten, und viel persönlichen Besitz hatten Ordensschwestern nicht.

Es gab noch mehr Umzugskartons. »Büro«, »Waschküche«, »Altkleider«, »Geschenke«. Neben das Wort »Geschenke« waren Namen gekritzelt, die Katinka kaum entziffern konnte. Wahrscheinlich sollten diese Menschen mit den milden Gaben der Nonnen erfreut werden. Katinka klappte den Karton auf.

Staunend leuchtete sie hinein. Den Inhalt hätte sie als Ramsch bezeichnet. Keinesfalls würde sie auch nur ein Ding aus dieser Sammlung geschenkt bekommen wollen. Ein alter Wecker. Ein Eierkocher. Eine himmelblaue Teekanne mit zwei dazu passenden Tassen. Ein Opernglas. Eine Marionette, ein Elefant mit einer extra Schnur, um den Rüssel zu bewegen. Zwei Kerzenständer aus Messing. Und eine mit einem Gummi zusammengehaltene Papierrolle. Neugierig griff Katinka danach. Jemand hatte Landschaftsbilder, die offensichtlich aus einem Kalender stammten, zusammengerollt. Sie streifte das Gummi ab. Wem sollte man ein altes Kalenderblatt schenken? Sie blickte auf die Wocheneinteilung am unteren Rand. Für jeden Monat ein Bogen.

1987.

Konnte das wahr sein? Katinka leuchtete die Buchstaben auf dem vergilbten weißen Streifen an. Tatsache. Kalenderblätter, die seit 30 Jahren hier lagen. Sie blätterte durch die Fotografien. Ein Alpenpanorama. Das Kloster Herrenchiemsee. Der Hafen von Lindau am Bodensee aus der Luft. Bayern weiß-blau. Es waren genau zwölf Blätter für 1987 und zwei weitere. Januar und Februar von 1988.

Und ein zusätzliches Blatt.

Katinka zog es heraus. Es war gebrochen weiß, kleiner als die Kalenderseiten. Bemalt mit schwarzer Kohle, vielleicht auch Kreide oder Pastell. Sie strich das Papier glatt. Es war weder fabrikneu noch extrem alt. Die Zeichnung zeigte zwei miteinander verbundene Türme.

Die Londoner Tower Bridge?

Rechts unten war eine Signatur gekritzelt. »O. Kokoschka 72«.

Katinka spürte Schweiß an ihren Schläfen herabrinnen. Sie legte das Blatt beiseite und fasste die Kalenderbilder zusammen. Das Gummi zerriss, als sie es befestigen wollte. Sie suchte danach auf dem Boden. Irgendwo weit weg hörte sie ein Knacken. Endlich fand sie das zerfetzte Gummi, schob es in die Jeanstasche. Die Kalenderblätter blieben nach so langer Zeit fast von selbst in Position. Sie steckte die Rolle zurück in den Karton.

Wieder das Knacken.

Katinka griff nach der Grafik, löschte die Stablampe, glitt aus dem Raum und zog die Tür hinter sich zu. Es klickte scharf, als das Schloss einrastete.

Jemand kam von der Treppe her. Unverkennbar waren Schritte zu hören, ein Lichtkegel kroch den Gang entlang.

Katinka schob die Grafik unter ihren Pullover. Huschte weiter in die Schatten. Der Gang endete nach wenigen Metern. Sie stand da wie auf dem Präsentierteller.

Ihr ganzer Organismus schaltete auf Automatik. Sie tastete nach der letzten Tür rechts, ein weiterer Bretterverschlag, spürte das Vorhängeschloss kalt unter ihren Fingern, setzte den Dietrich an, das Schloss sprang beinahe lautlos auf, sie zog an der Tür und schlüpfte in das Kellerabteil. Ihr Fuß stieß gegen etwas Weiches. Eilig strich sie darüber. Ein Sessel, bedeckt mit Plastikfolie. Katinka drückte sich vorbei und ging dahinter in Deckung.

*

42.

Das Licht wanderte nicht bis zu ihr. Der nächtliche Kellerschnüffler blieb stehen, ein Schlüssel wurde in ein Schloss gesteckt, eine Tür schwang auf. Gequältes Quietschen. *Der* Keller. Katinka gab ihre Deckung auf und schlich zur Tür. Spähte hinaus. Die Tür zum Keller aller Geheimnisse stand angelehnt. Der Lichtkegel irrte darin hin und her. Jemand kramte in einer Schachtel. Katinka stellte sich vor, wie der ganze Krimskrams durchwühlt wurde.

Sie musste schnell sein. Mit angehaltenem Atem trat sie auf den Gang. Zog die Tür hinter sich zu. Das Klacken des Vorhängeschlosses würde sie verraten. Sie ließ es offen am Riegel baumeln. Behutsam Fuß vor Fuß setzend, hastete sie zum Ausgang. Das klaustrophobische Gefühl war zurück.

Doch die Person, die hektisch im Keller mit den persönlichen Schätzen der Nonnen herumkramte, schien ebenso aufgeregt wie sie selbst. Katinka hörte schweren Atem und ungehaltenes Murmeln.

Mit einem großen Schritt war sie am Türspalt vorbei. Sie drückte sich gegen die Wand. Wagte einen Blick in das Kellerabteil.

Schwester Romana stand mit dem Rücken zu ihr. Gerade verschloss sie einen der Umzugskartons. Als sie sich umdrehte, als habe sie Katinkas Blick gespürt, zuckte diese zurück. Für Momente, die Katinka wie eine Ewigkeit vorkamen, war es still im Keller, dann wurde ein weiterer Karton geöffnet.

Etwas fiel scheppernd zu Boden. Katinka nutzte den Lärm, hastete zur Kellertreppe, eine Hand an der Mauer, um im Dunkeln den Weg zu finden.

Gott sei Dank, die Treppe. Katinka eilte hinauf. Die obere Tür stand offen.

Sie lief die Stufen zu ihrem Zimmer hinauf, flog beinahe vor Erleichterung, dem Keller entkommen zu sein. Erst im zweiten Stock fiel ihr auf, dass sie immer noch mit der Stablampe in der Hand unterwegs war.

Sie würde sie später zurückbringen. Es war zu riskant, Schwester Romana würde nicht endlos lang im Keller bleiben. Ob sie die Grafik suchte?

Aufatmend schloss Katinka ihre Zimmertür hinter sich, drehte den Schlüssel um. Still war es hier. Sie riss das Fenster auf, sog tief die kühle, feuchte Nachtluft ein. Es hatte aufgehört zu regnen, die Wolken waren weggezogen, der Himmel übersät mit Sternen. Katinka konnte sogar das zarte Band der Milchstraße erkennen. So etwas wie Lichtverschmutzung schien es in der Rhön nicht zu geben.

Die Nonne hatte Nerven. Warum pirschte sie mitten in der Nacht in die Eingeweide des Internats? Wonach suchte sie? Warum jetzt? Was würde geschehen, wenn sie es nicht fand? Zum Beispiel, weil sie nach der Grafik suchte, die unter Katinkas Pullover steckte?

Katinka schaltete das Licht an und zog das Papier hervor. Echt oder gefälscht? Sie musste Dante bitten, einen Experten aufzutreiben. Selbst hatte sie keinen Schimmer von Kunst. Behutsam legte sie das Blatt auf den Tisch. London Tower Bridge. Eigenartig. Sollte das Werk tatsächlich seit 30 Jahren im Keller der Nonnen schlummern? Sie rief sich die Kalenderblätter ins Gedächtnis. Ein komplettes Jahr – 1987. Also zwölf Blätter, um die wertvolle Grafik zu polstern. Sowie zwei weitere Blätter. Januar und Februar 1988.

In ihrem Kopf rastete etwas ein.

Als wer auch immer die Grafik in einer Rolle aus nichtssagenden Kalenderbildern hatte verschwinden lassen, musste es März 1988 gewesen sein. Das Blatt für den dritten Monat des Jahres hatte noch an irgendeiner Wand im Haus gehangen, aber die alten Fotos waren schon abgerissen, und den Kalender des Vorjahres hatte man nicht wegwerfen wollen. März 1988. Als Kirsten starb. Und van Cuun.

Sie griff sich ihr Handy und googelte »van Cuun« sowie »Kunst«. Keine Treffer. Sie ersetzte »Kunst« durch »Ausstellung«. Nichts. Einem Impuls folgend, probierte sie die Stichworte »Museum« und »Auktionshaus.« Letzteres ergab einen Treffer. Wieder eine Bildunterschrift. »Von links: Frank van Cuun, Elfriede Bärberich und Markus Gössner beleben die West-Berliner Kunstszene zusammen mit dem Auktionshaus Bärberich-Fantner.«

Diesen Doppelnamen hatte sie schon einmal gelesen! Mählings Firma und dieses Auktionshaus hatten an der Ausstellung in Russland mitgewirkt.

Zehn Minuten später sah sie klarer. Frank van Cuun hatte im August 1984 mit einer gewissen Elfriede Bärberich und deren Schwiegersohn Markus Gössner das Auktionshaus Fantner in Charlottenburg übernommen und neu aufgestellt, nachdem der alte Eigentümer, Leo Fantner, im Alter von 90 Jahren gestorben war. Ab dem Zeitpunkt hieß es »Auktionshaus Bärberich-Fantner«. Katinka rief die Webseite auf und klickte auf »Katalog«. Das Auktionshaus hatte sich auf Kunstwerke aller Art aus dem 20. Jahrhundert spezialisiert. Im Impressum waren Elfriede Bärberich und Markus Gössner angegeben. Klar, van Cuun war tot. Die nächste Sackgasse.

Ob Anja sich nach dem Kunstwerk hatte umsehen wollen? Und jemand das verhindert hatte? Anja trug Katinkas Jacke. Man hatte angenommen, es wäre Katinka, die im Keller spionieren ging …

Katinka schüttelte unwillig den Kopf. Angenommen, Mähling hatte seine Tochter bei dem Gespräch heute Abend eingeweiht. Anja wollte die Grafik holen, rutschte jedoch aus und fiel die Treppe hinunter, ganz ohne das Zutun von irgendwem. Und die Fußspuren …

Sie nahm erneut die Grafik in die Hand. März 1988. Es konnte kein Zufall sein. Vorsichtig legte sie den Bogen auf den Tisch und fotografierte das Werk mit dem Handy.

Sie kam nicht voran. Hardos klarer Verstand würde weiterhelfen. Aber nicht jetzt. Es war beinahe drei Uhr. Die Müdigkeit schlug unversehens zu. Der lange Tag, die vielen Informationsfetzen, die nie bündig zusammenpassten, der Schreck wegen Anjas Sturz … Sie brauchte dringend Schlaf.

Katinka überprüfte, ob die Tür verschlossen war, löschte das Licht, schloss das Fenster und warf sich so, wie sie war, auf das Bett. Sie war viel zu geschafft, um ihren Pyjama auszupacken.

*

43.

Wahrscheinlich hatte sie gerade einmal zehn Minuten geschlafen. Sie war sich nicht sicher. Jedenfalls kratzte etwas an ihrer Tür.

Verdammt! Hellwach schoss Katinka hoch.

Auf dem Gang mühte sich jemand damit ab, einen Schlüssel in das Schloss zu ihrem Zimmer zu stecken. Was nicht gut funktionierte, denn ihrer steckte von innen. Katinka tastete nach der Stablampe, drehte den Schlüssel, riss die Tür auf und leuchtete der Person, die wie versteinert auf dem Flur stand, ins Gesicht.

»Schwester Romana!«

Die Nonne kniff geblendet die Augen zusammen.

»Gehört das zu Ihrer Geburtstagseinladung? Nächtliche Besuche bei den Gästen?«

Schwester Romana ließ die Arme sinken. »Bitte. Ich kann das erklären.«

»Na, *die* Erklärung interessiert mich brennend.«

»Kann ich hereinkommen?«

»Nein.« Katinka dachte an die Grafik aus dem Keller, die auf dem Tisch im Zimmer lag.

»Ich möchte niemanden wecken.«

»Nur mich.«

»Verzeihen Sie. Wollen wir uns nicht wenigstens irgendwo hinsetzen?«

»Haben Sie Anja die Treppe hinuntergestoßen?«

»Um Gottes willen! Was denken Sie denn!«

»Wenn ich das wüsste.« Das Adrenalin pumpte durch Katinkas Körper. Sie dachte eine ganze Menge. Und nichts Gutes.

Schwester Romana sah auf die Uhr.

»Erwarten Sie jemanden?«, fragte Katinka.

»Herr Mähling hat mich angerufen.«

»Mähling?« Natürlich! Anja hatte mit ihrem Vater gesprochen, irgendwie waren sie auf die Grafik gekommen. Anja hatte sich auf den Weg gemacht, das Werk aus dem Keller zu holen. Jemand hatte das verhindert. Und mit ihrem Anruf hatte Katinka den Mann aus der Reserve gelockt. Hatte funktioniert.

»Gehen wir in Anjas Zimmer«, schlug sie vor und schob die Nonne vor sich her zu Nummer 202.

Schwester Romana setzte sich auf den Schreibtischstuhl. Katinka blieb stehen, die Tür im Rücken.

»Und?«

»Ich versichere Ihnen, dass ich nichts mit Anjas Unfall zu tun habe.« Dunkle Knopfaugen richteten sich auf Katinka. »Sie sind Detektivin und glauben an das Böse. Dagegen sehe ich zuerst das Gute im Menschen, bevor ich das Schlechte annehme.«

»Was ist hier los, Schwester?«

»Ich möchte Ihnen etwas erzählen.«

»Nur zu.« Katinka schielte auf die Uhr. Lange hatte sie keine tiefgründigen Gespräche in der Nacht mehr geführt. Fehlte nur noch der Rotwein.

*

23.3.1988

44.

Schwester Romana trank ihren Morgenkaffee in der Küche. Nach der Laudes, dem Morgengebet der Schwestern, war sie kurz in den Schülerspeisesaal gegangen, um nach dem Rechten zu sehen. Die beiden Freiwilligen hatten das morgendliche Tohuwabohu jedoch gut im Griff, und zudem hatten Schwester Ursula und Gitta Krone Dienst, da stand nichts Ungutes zu erwarten. Im Frühling stach die Jugendlichen traditionell der Hafer, das war so, in schöner Regelmäßigkeit jedes Jahr, da drehten sie durch. In den vergangenen Wochen hatte Romana mehrfach kleine verknitterte Zettel mit der Frage »Willst du mit mir gehen?« kassiert. Wer der oder die Liebestrunkene jeweils war, erahnte sie nur. Jedenfalls hatte das Objekt der Begierde je drei Ankreuzoptionen: »ja«, »nein« und »lass mich in Ruhe«. Es wurde wahrhaftig Zeit, dass die Osterferien anfingen.

»Hast du das gelesen? Das mit dem Toten auf der Straße?« Schwester Richhilde, die Küchenchefin, tauchte neben Romana auf, eine dampfende Tasse in der Hand. Mit dem Zeigefinger tippte sie auf die Zeitung. »Lokalteil.«

»Was denn?«

»Die haben einen Toten gefunden. Ganz in der Nähe. Wahrscheinlich Unfallflucht.«

Romana blätterte. »Das hier meinst du?« Entsetzt sah sie

auf das Foto. Die Leiche hatte man zugedeckt. Der Name des Toten wurde nicht genannt. Den Wagen allerdings kannte sie … der kreuzte ab und zu hier auf, wenngleich nicht mehr so häufig wie vor einem Jahr. Was ihr Sorgen bereiten sollte, aber zurzeit machten sich noch andere Probleme um sie herum breit, derer sie sich anzunehmen hatte.

»Die glauben, da ist einer vom Grenzübergang kommend mit überhöhter Geschwindigkeit über die Landstraße gerast. Ein Landwirt hat den Toten gefunden. War wohl der Schock seines Lebens.«

Romana überflog den Artikel.

»Wer ist der Mann eigentlich?«, fragte Richhilde.

»Was meinst du?«

»Den Wagen kenne ich. Auch wenn das Foto schwarzweiß ist. Was für ein Riesenschiff.«

Romana fand die Limousine selbst zu auffällig. Dass Richhilde genau wie sie schlaflos im Haus unterwegs war! Sie hatte bisher nie etwas davon mitbekommen.

»In unserem Alter ist das manchmal so eine Sache mit den zerrissenen Nächten«, erklärte Richhilde. »Was macht der Mann hier? Oder besser: Was hat er hier gemacht?«

»Frag Gertrudis.«

»Ich frage aber dich.«

Meine Güte, diese Richhilde konnte bohren, bis das Gegenüber entnervt aufgab. Romana nahm einen Schluck Kaffee.

»Was hatte der Kerl bei uns zu suchen? Nachts? Du bist Gertrudis' Stellvertreterin, du musst Bescheid wissen.«

»Ich bin nur für die Verwaltung zuständig.«

»Gertrudis für die Pädagogik. Wunschdenken, Romana! Mit dieser Ausflucht kannst du die Provinzoberin auf Abstand halten. Ich wohne hier. Dies ist die einzige Heimat, die ich habe. Deshalb achte ich darauf, was geschieht.«

Romana legte die Zeitung weg.

»Was meinst du?«

»Das pfeifen längst die Spatzen von den Dächern. Wir sind so gut wie pleite. Ohne die Mählingschen Finanzspritzen wären wir nicht über den Winter gekommen. Wie geht es weiter? Ich kann so nicht leben. Von der Hand in den Mund. Ohne Perspektive.«

»Wir sind alle in Gottes Hand.«

Die Küchenschwester gab ein schnaubendes Geräusch von sich. »Zuweilen ist es sinnvoll, selber was in der Hand zu haben. Wo stecken die uns hin, wenn hier alles vor die Hunde geht?«

»Gottes Wille …«

»Hör mir auf mit Gott!«, knurrte Schwester Richhilde.

»Entschuldigung?« Die Stimme war leise, schüchtern und zugleich irgendwie eindringlich.

Schwester Romana riss die Augen auf. Wie lange hatte das Mädchen hier schon gestanden, was hatte sie gehört? »Kirsten? Was ist?«

»Ich glaube, ich bin krank.«

Romana legte der jungen Frau die Hand auf die Stirn. »Kind, du glühst ja.«

»Mir geht's wirklich schlecht.«

»Das sieht der berühmte Blinde mit dem Krückstock. Richhilde, hast du noch was von dem Grippemittel da?«

Brummelnd kramte die Küchenschwester in einem Schränkchen. Sie hielt Kirsten ein braunes Fläschchen hin. »Dreimal 15 Tropfen. Nicht mehr, nicht weniger.«

Kirsten, die sonst Romanas Erfahrung nach höflich gelächelt hätte, nahm das Medikament und nickte bloß. »Danke.«

*

19.5.2018

45.

Die Nonne beendete ihren Bericht. Katinka schwieg eine Weile. Schließlich fragte sie:

»Alle Nonnen kannten also den Mercedes in Gold. Auffällig, wie er war.«

»Dieser Mann kam einige Male zu uns ins Internat. Ich habe ihn allerdings nie getroffen. Gertrudis fing ihn ab.«

»Moment. Sie sagten doch, Sie hätten sich um die Verwaltung und damit um die Einnahmen des Internats gekümmert.«

»Ja. Das war meine Aufgabe. Aber diesen Mann traf nur Gertrudis.«

Katinka glaubte ihr. Weshalb sollte sie lügen?

»Er hieß Frank van Cuun.«

Die Nonne sah hoch. »Woher wissen Sie das?«

Katinka zuckte unbestimmt die Achseln. »Internet.«

»Er kam immer sehr früh.«

»Warum?«

»Ich weiß es nicht.«

»Da kommt ein Mann in einem zugegebenermaßen ziemlich speziellen Auto angefahren. Früh am Morgen. Kein gewöhnlicher Besucher. Warum haben Sie Schwester Gertrudis nicht auf ihn angesprochen?«

»Ich habe sie einmal gefragt, weiß jedoch nicht mehr, was sie antwortete. Ich habe das nicht für wichtig genommen, Frau Palfy.«

»War er der Vater eines Schülers?«

»Ich glaube nicht. Eltern kamen zu Schuljahresbeginn oder zum Elterntag kurz vor Weihnachten und kurz vor Pfingsten. Zu jener Zeit begluckten die meisten Väter und Mütter ihre Kinder noch nicht so wie heute. Telefonate fanden unter der Woche gar nicht statt, nur wenn jemand krank wurde, sich in der Schule danebenbenahm und heimgeschickt wurde.«

»Mehr Freiheit als heute.«

»Das denke ich mir auch.«

»Brachte er Geld?«

»Geld?«

»War er ein anderer Spender? Sie haben Mähling rekrutiert, Gertrudis diesen van Cuun.«

»Um Himmels willen, ich habe niemanden rekrutiert! Herr Mähling war – und ist – dem Haus sehr verbunden.«

»Weil seine Tochter ein Jahr lang hier Freiwilligendienst machte? Erzählen Sie mir doch keine Märchen! Mähling hat mindestens 30 Jahre lang gespendet. Wofür hat er Sie bezahlt, Schwester Romana?«

Das Gesicht der Nonne wirkte eingefallen, die Vitalität, die Katinka den ganzen Abend lang bewundert hatte, schien wie weggeblasen. Nun wurde sie noch eine Spur blasser.

»Er hat mich nicht bezahlt. Er hat erkannt, dass wir gute Dinge für Jugendliche tun, und fand es sinnvoll, uns finanziell zu unterstützen. Er hielt das Internat am Leben, wenn wir mit unseren offiziellen Einnahmen und Zuschüssen nicht mehr über die Runden kamen.«

»Kann da die Kirche nicht aushelfen?«

»Die Kirche? Frau Palfy, auf welchem Planeten leben Sie denn? Die Kirche hat in den vergangenen 20 Jahren eine Vielzahl Einrichtungen wie diese geschlossen! Aus Geldgründen!«

Katinka seufzte. Die Müdigkeit brach sich Bahn. Es traf ja zu: Auch in Bamberg hatte die Bistumsleitung Internate geschlossen und Einrichtungen zusammengelegt, weil die Bilanz von Aufwand und Ertrag nicht mehr stimmte.

»Warum wollten Sie in mein Zimmer?«

»Hat Anja Ihnen etwas gesagt?«

»Wovon?«

Romana presste die Lippen zusammen.

»Himmel, Schwester, es sind zwei Menschen gestorben, und Anja ist schwer verletzt. Wahrscheinlich hängen alle diese Unfälle zusammen. Reden Sie mit mir.«

»Hat Anja Sie deshalb hierher mitgenommen?«

»Nein. Sagen Sie es mir: Was hat Anja im Keller gesucht?«

»Das weiß ich nicht.«

Die Schwester log. Katinka erkannte es an der Art, wie sie wegsah, den Blickkontakt unterbrach.

»Sie wissen es. Ich nehme an, Mähling hat Sie heute Nacht angerufen und um einen Gefallen gebeten?«

Schweigen.

»Haben Sie ihm gesagt, dass seine Tochter im Krankenhaus liegt?«

»Nein, dazu …« Romana kniff die Lippen zusammen.

Aha, dachte Katinka. Manche sind wirklich leicht zu überlisten.

»Schwester Romana, Kirsten wurde unter Wasser gedrückt und ertränkt. Nennen wir es Mord.« Sie trug dick auf. »An dem Tag, als Ihre Mitschwester Sie auf den Artikel im Lokalteil der Zeitung hinwies und Sie feststellten, dass der Tote von der Landstraße ein regelmäßiger Besucher der Direktorin war. Haben Sie einen Verdacht, wer Kirsten getötet haben könnte?«

»Was denken Sie bloß für entsetzliche Sachen!«

»Ich denke, dass Kirsten etwas wusste. Etwas gesehen hatte. Und dieses Etwas sollte nicht ans Licht. Das ist ein klassisches Mordmotiv.«

»Wer sollte so etwas Schreckliches tun?«

»Alle haben ein Alibi. Schwester Richhilde war mit den Angestellten in der Küche, Schwester Gertrudis mit der Sekretärin im Büro. Sie in der Kapelle. Allein.«

»Ich?« Romana schreckte aus ihrer Lethargie. »Ich?«

»Sie hätten es tun können. Das ist alles, was ich weiß.« Katinka ging zur Tür. »Gute Nacht, Schwester!«

*

46.

Katinka war viel zu aufgewühlt, um zurück ins Bett zu kriechen. Sie setzte sich an den Schreibtisch und schrieb Hardo eine Mail mit den wichtigsten Ereignissen des vergangenen Tages und dieser Nacht. Unter Umständen würde er mit dem Blick von außen die Puzzleteile besser zusammenfügen können. Dieselbe Mail leitete sie an Dante weiter. An Hardo schickte sie eine zweite, persönliche Nachricht. Hoffte, dass er morgen, wenn sie nach Hause käme, seine dienstliche Lage etwas rosiger sähe.

Angestrengt versuchte sie, Romanas Informationen zu strukturieren. 1988 schienen die Nonnen tatsächlich in Angst gelebt zu haben, das Internat verlassen, ihre Arbeit an den Nagel hängen zu müssen. Nun, 30 Jahre später, war es so weit. Doch zwischen 1988 und 2018 fand ein halbes Leben Platz. Geschenkte Zeit. Hatte Mähling die Einrichtung der Schwestern tatsächlich für 30 Jahre am Leben gehalten? Spende um Spende in das System gespeist, dem das Schulgeld, die Zuschüsse des Kultusministeriums und der Kirche nicht genügten?

Das erschien unmöglich. Es sei denn, die Spenden waren so gewaltig …

»Ich kann so nicht leben. Von der Hand in den Mund.« So ähnlich hatte Schwester Richhilde es ausgedrückt. Hatte Mähling nur geholfen, wenn es gerade mal brannte?

Sie hörte das Knirschen von Kies. Direkt unter ihrem Fenster.

Rasch löschte sie das Licht. Lugte hinaus. Mählings Wagen. Er hielt auf seinem angestammten Parkplatz. Kam er, um die Grafik zu holen?

Katinka schnappte sich das Blatt, rollte es zusammen und schob es wieder unter ihren Pullover. Sie griff nach der Stablampe, verließ das Zimmer und zog so leise sie konnte die Tür hinter sich zu.

»Von einer ausgeprägten Nachtruhe ist hier ja nicht die Rede«, krächzte jemand aus der Dunkelheit des Korridors.

Vor Schreck machte Katinka einen Satz. Beinahe hätte sie die Lampe fallen lassen.

»Gerlach! Sie machen mich fertig.« Katinka lehnte sich gegen die Wand und leuchtete dem Kommissar ins Gesicht.

Er war im Mantel. Mit Lederkrawatte. Quasi ausgehfertig. »Was ist denn in Sie gefahren! Wollen Sie einen Absacker nehmen?«

»Wenn nächtens Besuch anrückt, schließe ich mich gern an. Ob es Herr Mähling auch auf einen Drink abgesehen hat?« Er hustete.

Katinka grinste gehässig. »Vertragen würde er sicher einen, aber er muss ja noch fahren.«

»Eine Übernachtungsmöglichkeit ließe sich ohne Weiteres finden. Wie ich die Sache sehe, sind etliche Zimmer unbewohnt.«

»Ich war im Keller. Schwester Romana auch. Sie hat dort etwas gesucht.« Katinka zog den Kokoschka unter ihrem Pullover hervor.

Gerlach besah sich die Zeichnung. Schnalzte mit der Zunge.

Flüsternd fasste Katinka zusammen, was passiert war. »Ich habe mit Romana gesprochen.«

»Habe ich mitbekommen. Interessante Unterhaltung.«

Katinka starrte ihn an. »Haben Sie gelauscht?«

»Nicht die feine Art, ich weiß. Ich nehme an, wie Sie, dass Mähling die Nonne anrief, um sie zu bitten, im Keller nach der Grafik zu suchen. Nun ist er hier und will sie abholen.«

»Romana weiß nicht, dass ich den Kokoschka schon habe.«

»Ist wohl besser, wenn es so bleibt. Legen wir ihn in mein Zimmer.«

»Okay.« Sie reichte ihm die Rolle. Er ging zum Ende des Ganges, schloss die Tür gegenüber dem Bad auf und legte die Zeichnung ins Zimmer. Kam zurück. Erstaunt stellte Katinka fest, dass er sich völlig lautlos bewegte.

»Dann lassen Sie uns mal sehen, was Mähling vorhat.«

»Bin dabei.«

Gerlach zog eine Maglite aus seiner Manteltasche.

Sie schlichen ins Treppenhaus. Katinka spitzte die Ohren. Nichts zu hören.

»Wohin haben die sich wohl verkrochen?«, wisperte sie.

»Keller«, murmelte Gerlach. »Mähling wird annehmen, die Nonne wäre zu dumm zum Suchen.«

Das klang logisch. Im Erdgeschoss schien alles dunkel. Die Kellertür war zugesperrt.

»Hier, durch den Hintereingang muss er hereingekommen sein!«

Gerlach probierte die Tür. Verschlossen.

»Mist!« Katinka ballte die Faust.

»Muss nichts heißen. Die Nonne hat ihn reingelassen und anschließend abgeschlossen. Wohin sind sie dann gegangen?«

»Wir müssen durch die Küche und in den Speisesaal schauen. Vielleicht plaudern sie traut bei Kerzenschein.«

»Also los!« Gerlach stieß die Küchentür auf. Sie quietschte leise. Das Geräusch ließ Katinka das Blut in den Adern gefrieren. Die Stablampe hatte sie ausgeschaltet, verließ sich nur auf Gerlachs Maglite. In deren Licht glänzten die Chromnickelstahlflächen der Kücheneinrichtung. Warum war Anja in den Keller gegangen? War Mähling, als sie beide miteinander sprachen, etwas herausgerutscht? Dass es da eine wertvolle Grafik gab? Wollte sie das Werk allein finden? Um was zu tun? Katinka fiel es schwer, die Fragen auszublenden, sich stattdessen auf ihre Sinneseindrücke zu verlassen.

Da war nichts.

Kein Geräusch. Kein Licht.

Sie verließen die Küche und sahen in einen menschenleeren Speisesaal. »Wo könnten sie sein?«, fragte Gerlach. Das

Rätsel schien ihn geradezu anzustacheln. Er blickte Katinka mit wachen Augen an.

»Ob sie in seinem Wagen sitzen?«

Direkt über ihnen fiel etwas zu Boden.

»Was ist da oben? Das Sekretariat, wenn ich mich recht erinnere!« Gerlach blickte hoch.

»Sie haben echt ein irres Gedächtnis.«

»Wenigstens das funktioniert noch, wenn alles andere vor die Hunde geht.«

Sie hasteten aus dem Speisesaal, liefen die breite Treppe hoch in den ersten Stock. Tatsächlich drang unter der Sekretariatstür ein Lichtschein auf den Gang, hell genug, um alles in eine Art Dämmer zu tauchen.

»Und jetzt? Auf dieser Etage wohnen die ganzen Nonnen«, stöhnte Katinka, während sie ihr Ohr an die Tür drückte. Sie hob die Hand. Tatsache! Sie hörte Stimmen. Allerdings so leise, dass sie kein Wort verstand.

Gerlach legte sich der Länge nach auf den Boden. Fasziniert sah Katinka zu, wie er das eine Ohr genau gegen den Bodenspalt hielt. Der Mann im Mantel kam ihr vor wie ein urzeitliches Reptil, das mit den nächtlichen Schatten verschmolz.

*

47.

Frustriert kauerte Katinka neben Gerlach. Zwar vernahm sie Stimmen, aber Romana und Mähling waren einfach zu weit weg und sprachen zu leise, als dass man etwas verstehen könnte.

»Was machen Sie da?«, fragte eine interessierte Stimme.

Katinka schoss hoch.

Schwester Gertrudis stand neben ihr und Gerlach, mit einem fragenden Lächeln im Gesicht. Sie trug ihre Ordenstracht und Stiefel. Der Schleier war nachlässig befestigt, etliche graue Strähnen stachen unter dem schwarzen Stoff hervor.

Gerlach reagierte sofort. Er stemmte sich hoch.

»Ich habe meinen Autoschlüssel verloren, Schwester«, sagte er, während er sich den Staub von der Hose klopfte.

»Haben wir uns nicht schon einmal gesehen?« Im Dämmerlicht des Korridors funkelten die Augen der Nonne.

»Natürlich, Schwester Gertrudis. Natürlich. Ist eine Weile her. Ich für meinen Teil kann mich gut an Sie erinnern.« Er schüttelte die ausgestreckte Hand. »Gerlach mein Name.«

Lächelnd sah Gertrudis zwischen Kommissar und Detektivin hin und her. »Ist das Ihre Frau?«

»Nein, das ist Frau Palfy.«

»Freut mich, Sie kennenzulernen«, sagte Gertrudis warmherzig und schüttelte auch Katinkas Hand. »Hat Ihnen denn niemand etwas angeboten?«

Katinka staunte nicht schlecht. Um die Schwester stand es schlimmer, als sie angenommen hatte.

»Leider nein. Es ist allerdings längst zu spät, um noch etwas zu trinken. Ich möchte ins Bett«, sagte Gerlach.

Im Sekretariat rückten Stühle. Verdammt, sie mussten hier weg, ehe Romana mit Mähling im Schlepptau auf den Gang kam.

»Wir begleiten Sie am besten in Ihr Zimmer, Schwester! Nachher nehmen wir den Morgenkaffee zusammen, was meinen Sie?« Gerlach hakte die Nonne unter.

Sie ließ sich bereitwillig mitnehmen. Katinka lief an den beiden vorbei zu der Tür, auf der »Gertrudis« stand, und riss sie auf.

»Bitte, nach Ihnen«, sagte sie höflich.

Gertrudis strahlte sie an. Gerlach bugsierte die Nonne hinein, Katinka glitt hinter ihnen ins Zimmer und schloss die Tür so leise wie möglich. Lauschte nach draußen. Alles war still.

Das Nachttischlämpchen im Zimmer brannte. Auf dem ungemachten Bett lag ein Gebetbuch, Hausschläppchen standen davor, ein Nachthemd hing über dem Stuhl. Der Schrank war halb offen.

»War wirklich nett, mit Ihnen zu plaudern«, sagte Gerlach. »Das machen wir mal wieder, oder, Schwester?« Er wollte ihren Arm loslassen, aber Schwester Gertrudis umklammerte seinen mit aller Kraft.

»Heutzutage hat niemand mehr Zeit«, beklagte sie.

»Das stimmt«, warf Katinka ein. »Das sage ich auch immer.«

»Nicht wahr? Ein Pädagoge muss Zeit mitbringen. Erziehung funktioniert nicht in Eile. Zeit müssen wir Pädagogen haben. Der Einzige im Haus, der das verstanden hat, war Manfred Krone. Herr Krone konnte warten, bis die Jugendlichen bereit waren.«

»Bereit wofür?«, erkundigte sich Gerlach. Er klang überzeugend wissbegierig.

»Bereit, erwachsen zu werden. Bei manchen dauert es länger, es gibt Umwege, manche davon schmerzhaft. Wir hatten ab und zu Besuch von der Polizei hier, wissen Sie noch?« Sie lächelte den Kommissar an.

»Nun …«

»Herr Krone hat das verinnerlicht.«

»Ausgerechnet Herr Krone?«, mischte Katinka sich ein.

»Ausgerechnet Herr Krone. Dem man so viel Böses nachgesagt hat. Sogar seine Frau war schlecht auf ihn zu sprechen.« Sie schüttelte betrübt den Kopf. »Sie hat den Mann doch gar nicht verdient.«

»Was meinen Sie damit? Warum war sie schlecht auf ihn zu sprechen?«

»Na, wegen des Mädchens. Astrid. Die Mädchen legen es in einem bestimmten Alter drauf an, Männern schöne Augen zu machen. Ein harmloser Flirt war das. Gitta hat eine Affäre daraus gemacht. Heilige Maria, was bin ich müde.«

»Setzen Sie sich«, beeilte Gerlach sich zu sagen. Endlich gab die Nonne nach, ließ Gerlachs Arm los, sank auf ihr Bett.

»Schwester, war Frank van Cuun in letzter Zeit hier im Internat?«

»Herr van Cuun? Schon lange nicht mehr.« Die Nonne sah träumerisch in die Ferne.

»Er besuchte Sie regelmäßig?«

»Besuchen … so würde ich das nicht nennen.« Sie begann, ihre Schuhe aufzuschnüren.

»Sie haben ihn jedenfalls in Empfang genommen, wenn er kam, nicht?«

Schwester Gertrudis schnitt eine Grimasse. »Dieser Mann aus Fulda, wie hieß der noch, der schickte van Cuun. Weil wir so nahe an der Grenze sind.«

Katinka hob den Kopf. Meinte, eine Tür klappen und zwei Paar Füße zu hören, die sich schnellen Schrittes entfernten. Sie warf dem Kommissar einen auffordernden Blick zu.

»Gute Nacht, Schwester«, sagte sie hastig. »Bis später. Sehen Sie, es wird schon ein wenig hell draußen. Zeit, eine Mütze Schlaf zu bekommen.«

Die Nonne lächelte unsicher.

»Los, raus hier«, murmelte Katinka und schlüpfte bereits durch die Tür.

*

48.

»Schon wieder in den Keller?«, stöhnte Katinka halblaut.

Gerlach kämpfte gegen einen Hustenanfall. Sie eilten die Treppe hinunter zum Kellereingang, von wo leise Stimmen zu hören waren.

»Sie bleiben besser hier oben«, wies Katinka Gerlach an, als sie oben an der Kellertreppe stand. »Sie keuchen, als hätten Sie den sibirischen Bluthusten. Romana mag schwerhörig sein, aber Mähling bestimmt nicht.«

»In Ordnung. Ich warte hier an der Tür.« Ächzend drückte Gerlach ein Taschentuch gegen seine Lippen, während Katinka bereits die schmalen Stufen hinunterstieg. Behutsam bewegte sie sich den langen Gang entlang.

Weder Schwester Romana noch Mähling gaben sich Mühe, besonders leise zu sein. Beide rumorten in dem Kellerabteil herum, wo Katinka die Grafik gefunden hatte.

»Ich verstehe das nicht, Schwester!«

»Wir haben längst zusammengepackt, was wir nicht mehr benötigen. Ende Juli müssen wir das Internat verlassen.«

»Ich hatte früher einen ganzen Keller voll mit Papier und …«

»Früher!« Romana lachte trocken. »Früher war alles anders. Mittlerweile gilt das Mantra vom papierlosen Büro, sogar im Kloster!«

Mähling schimpfte leise vor sich hin. Ein Choleriker, der selbst in einer Ausnahmesituation wie dieser seine Erregung nicht im Griff hatte.

Katinka feixte, während sie ein paar Schritte näher schlich. Licht fiel aus dem Kellerabteil auf den Gang.

»Vielleicht haben Sie sich getäuscht?« fragte Romana. »Anscheinend sind Ihre Unterlagen gar nicht mehr hier?«

Mähling antwortete nicht. Etwas Schweres fiel zu Boden.

»Jetzt passen Sie doch ein bisschen auf!«, schimpfte Schwester Romana.

»Schwester, es geht um etwas Wichtiges!«

»Ich frage mich, was das sein könnte, denn immerhin kommen Sie spät nachts. Es muss also nicht nur wichtig, sondern extrem wichtig sein. Denke ich.«

Es wurde still im Keller.

»Schwester Romana, ich habe mich immer auf Sie verlassen können.«

»Selbstverständlich.«

»Ich habe mich aufs Großzügigste erkenntlich gezeigt.«

»Wissen Sie, was ich mich manchmal frage, Herr Mähling? Warum können Sie Martin nicht die Wahrheit sagen? Wäre es nicht fair, wenn er wüsste, wer sein Vater ist?«

Katinka spürte ein Ziehen im Kreuz. Martin?

»Das ist nicht die Frage«, entgegnete Mähling. »Ich habe

mich einmal entschieden, und dabei bleibe ich. Wankelmütigkeit ist meine Sache nicht.«

»Was ich nicht unterstelle«, ließ sich die Nonne vernehmen. »Doch warum muss ein Mann, der mittlerweile nicht mehr jung ist, ohne seinen Vater leben?«

»Er hatte alles, was er brauchte.« Die Antwort kam schneidend. »Mit Verlaub, es geht Sie nichts an.«

»Aber meinen Schlaf darf ich dreingeben. Um mit Ihnen im Keller etwas zu suchen.«

Stille.

Schließlich stieß Mähling hervor:

»Was wollen Sie damit sagen?«

Katinka wurde schwindelig. Erst jetzt merkte sie, dass sie die Luft angehalten hatte. Ihr Herz hämmerte. Wenn es das war, wofür Mähling die Nonnen all die Jahre bezahlt hatte: Stillschweigen …

»Nichts, Herr Mähling. Ich mache mir Sorgen um Anja. Wahrscheinlich ist das meine größte Angst: Sie wird bald operiert.«

Kartons wurden über den Boden gezerrt.

»Das geht Ihnen gar nicht nahe, oder?«, insistierte die Schwester. »Sie kommen mitten in der Nacht hierher, weil irgendetwas ganz furchtbar dringend ist, aber als ich Ihnen gesagt habe, wie es um Anja steht, haben Sie nur die Achseln gezuckt.«

»Verdammt!«

»Nicht fluchen!«, tadelte die Nonne. »Wissen Sie, wir haben schon so viel weggegeben. Allein das ganze Altpapier …«

»Altpapier?« Mähling klang alarmiert.

»Ja, in all den Jahren haben sich Zeitschriften und Magazine angesammelt, die wir für die Internatsbibliothek abonniert hatten. Man erstickt wirklich in all diesem Zeug.«

Ein zorniger Laut entschlüpfte Mähling. Etwas schepperte.

»Das darf doch nicht wahr sein!«

Schritte. Mähling kam den Gang entlang.

»Sie?«, stammelte er, als Katinka sich ihm in den Weg stellte.

»Sie haben die Nonnen gekauft, Herr Mähling!« Die Stablampe flammte auf und leuchtete ihm direkt ins Gesicht.

»Was wollen Sie von mir?« Seine Brillengläser reflektierten das grelle Licht.

»Das Schweigen der Schwestern muss Ihnen wirklich viel wert gewesen sein.«

Romana tauchte hinter Mähling auf.

»Frau Palfy?« Verdattert starrte sie Katinka an. »Was treiben Sie hier, um Himmels willen?«

»Ich versuche immer noch herauszufinden, warum Anja die Kellertreppe hinuntergestoßen wurde.«

»Wer behauptet so was?«, knurrte Mähling. »Ich denke, sie ist gestürzt.«

»Dürfte ich mal Ihre Schuhe sehen?«

»Was? Sie sind ja nicht ganz dicht.«

»Zeigen Sie mir bitte Ihre Schuhsohlen.« Der Lichtkegel fiel auf seine Norweger. »Robustes Schuhwerk. Gummiprofilsohle, oder?«

»Wie bitte?« Mähling schien zu verwirrt, um seinem Ärger Luft zu machen.

»Haben Sie Anja in den Keller gestoßen?«

»Ich verbitte mir …«

»Sie hatten ein anregendes Gespräch mit Ihrer Tochter, nicht wahr? So zwischen neun und zehn abends. Bevor Sie abfuhren.«

»Wir haben uns lange nicht gesehen und …«

»Ein Kaffeekränzchen war das nicht. Anja zermartert sich wegen Kirstens Tod. Hat sie Sie darauf angesprochen?«

»Kirsten?«

»Ihre Freundin. Sie erinnern sich an unser Telefonat vor ein paar Stunden? Kirsten ertrank in der Badewanne. Und zwar nur vier Tage, nachdem es einen tödlichen Unfall in der Nähe des Grenzübergangs Mellrichstadt gegeben hatte.«

Mähling blieb für ein paar Sekunden die Spucke weg. Wertvolle Zeit, die Katinka zu erkennen gab, dass ihn dieser Zusammenhang erschreckte.

»Ihre Tochter hatte furchtbare Angst, dieses Wochenende ins Internat zu kommen. Können Sie sich vorstellen, warum?«

»Woher soll ich das wissen!«

»Was haben Sie denn hier unten gesucht, mitten in der Nacht?«

Mähling hob den Arm, wollte Katinka beiseiteschieben. »Ich muss mir das nicht anhören.«

»Falsche Reaktion, Herr Mähling. Sie sind betroffen! Auch persönlich! Schwester Romana hat recht: Sie suchen etwas extrem Wichtiges, wenn Sie mitten in der Nacht kommen. Nachdem Anja die Treppe hinuntergestürzt wurde. Etwas, das wichtiger ist als das Leben Ihrer Tochter.«

»Was soll das werden?« Langsam hob er die Hand, um die Augen vor dem blendenden Licht zu schützen.

»Weshalb haben Sie Frank van Cuun ins Internat geschickt? In gewissen Abständen, ein paarmal im Jahr?«

»Wen?«

»Rückfragen zeugen nicht von Nervenstärke.« Er spielt den Nichtsahnenden, dachte Katinka genervt. Trotz Überrumpelungstaktik. Er weiß, wer van Cuun ist.

»Den Herrn in dem Zuhälterauto.«

»Das ist unerhört! Stellen Sie mich auf eine Stufe mit Zuhältern?«

»Herr van Cuun hat etwas für Sie im Internatskeller erledigt. Ich weiß auch, was.« Ein Bluff.

»Lassen Sie mich in Ruhe. Mein Anwalt wird sich um Sie kümmern.« Ihm schwimmen die Felle davon, dachte Katinka.

»Wissen Sie, Menschen, die mit Anwälten drohen, stehen auf meiner persönlichen Liste auf Platz eins.«

Mähling machte einen Schritt, doch Katinka verstellte ihm den Weg.

»Was haben Sie hier gesucht?«

»Herrgott noch mal! Ich habe vor Jahren etwas im Keller des Internats eingelagert. Wie Sie sicher wissen, bin ich den Ordensschwestern seit geraumer Zeit ideell verbunden. Worum es sich handelt, geht Sie nichts an.«

»Sie haben es nicht gefunden, wie mir scheint.« Katinka konnte einen gewissen Triumph nicht aus ihrer Stimme verbannen. »Was werden Sie jetzt tun? Den Verlust abschreiben? Steuerlich? Das funktioniert ausschließlich bei legal entstandenen Kosten. Habe ich recht?«

Wutentbrannt stieß Mähling Katinka gegen die Wand. Sie taumelte, fing sich und eilte hinter Mähling her. Der war bereits an der Treppe.

»Vorsicht, Zielperson kommt!«, rief Katinka.

»Was passiert hier eigentlich gerade?«, ließ sich Romana vernehmen, die in den letzten Minuten keinen Mucks mehr gemacht hatte. »Was unterstellen Sie Herrn Mähling?«

Katinka achtete nicht auf die Schwester. Mähling stieg die letzten Stufen hoch. Sein Schatten füllte beinahe die ganze Kellertreppe aus. Katinka machte, dass sie ihm hinterherkam. Er bog um die Ecke, zum Hinterausgang und war nicht mehr in ihrem Blickfeld, als sie seine verblüffte Stimme hörte.

»Du?«

*

30.3.1988

49.

Sabine Süderbeck deckte den Frühstückstisch ab.

»Du willst wirklich nicht zu der Beerdigung?«, fragte sie ihren Sohn.

Martin hasste es, wenn sie insistierte.

»Nein. Ich habe Kirsten eigentlich gar nicht gekannt. Sie war für die Unterstufe zuständig.«

Was für eine erbärmliche Ausrede. In Wahrheit hatte er Angst, mit Anjas Trauer konfrontiert zu werden. Er sollte sie stützen. Das wäre seine Aufgabe. Nur leider wusste er nicht, wie er das machen sollte. Sie in den Arm nehmen, von morgens bis abends? Wenn jetzt nicht Ferien wären, würde die Sache anders aussehen. Nun war Anja zu ihren Eltern gefahren und er zu seiner Mutter. Der Abstand kam ihm ganz recht.

»Epilepsie, meine Güte!« Sabine Süderbeck konnte sich gar nicht beruhigen. »Das ist doch kein Schnupfen, den man mal eben ignoriert. Wie unvorsichtig Kirsten mit ihrer Gesundheit umgegangen ist.«

»Wenigstens ist sie nicht ermordet worden.«

»Ermordet! Also wirklich, Martin! Hat das denn überhaupt irgendjemand ernsthaft erwogen?«

»Die Polizei hat nach Alibis gefragt.« Martin schauderte

bei dem Gedanken, wie der Kommissar mit dem Lederschlips ihn in die Zange genommen hatte. Das Gespräch war ganz langsam angelaufen, dann plötzlich setzte der Typ ihm die Pistole auf die Brust: Ob es stimmte, dass Martin die dritte und vierte Stunde geschwänzt hatte. Seine Klassenlehrerin hatte dem Kommissar Bescheid gesagt. Dabei hatte Martin gehofft, unbemerkt davonzukommen. Aber doch nicht, um Kirsten umzubringen. Und seine Mutter sollte schon gar keinen Wind von seinen wirklichen Absichten bekommen.

»Na gut, das ist vielleicht die übliche Routine …«

Martin schwieg. Er hoffte, dass seine Mutter keinen Wind von den beiden geschwänzten Stunden bekam. Eigentlich hatte er sich berappelt, war wieder in ein ernsthaftes Schulleben eingestiegen und lernte wie verrückt. Nur wegen dieser zwei Stunden durfte ihm nun wirklich niemand einen Strick drehen.

»Die armen Eltern«, seufzte Sabine Süderbeck, während sie die Kaffeekanne ausspülte. »Ich mag mir gar nicht ausmalen, wie das ist, ein Kind zu verlieren, noch dazu unter solchen Umständen.«

»Kirsten hat keinen Vater.« Martin sah von seinen Englischunterlagen auf. »Wie ich.«

Er spürte, wie seine Mutter auf Abwehr ging.

»Weiß du«, sagte sie betont heiter, »mitunter schleicht sich der Gedanke heran, es war ein Fehler, sich auf diese Verabredung für eine Nacht einzulassen. Aber wenn ich dich so ansehe, weiß ich, dass es gar nicht falsch sein konnte.«

Martin rang sich ein Lächeln ab. Er hatte oft genug mit seiner Mutter diskutiert: Vater unbekannt, wie konnte das sein? Als er sich schulisch mit Hilfe des Internats gefangen hatte, beichtete sie ihm, wie es war: Sie hatte eine Nacht mit einem Mann verbracht. Mit ihm geschlafen. In einer katholischen Stadt Ende der 60er-Jahre. Zwei Monate später stellte sich heraus, dass sie schwanger war. Der Mann war da schon über alle Berge.

Martin hatte sich gefreut, dass seine Mutter ihn endlich einweihte. Er verstand dies als ein Zeichen, dass sie ihm vertraute, er in ihren Augen erwachsen geworden war. Und dennoch blieb ein schaler Nachgeschmack. Als beichtete sie ihm nicht alles, machte einfach eine leichtgängigere Version aus ihrer Geschichte.

»Bereust du eigentlich, dass du nie nach ihm gesucht hast?«, fragte er nun. Es rutschte einfach so raus.

»Nach ihm gesucht?« Sie lachte auf. »Warum hätte ich das tun sollen!«

»Er hätte immerhin Unterhalt zahlen müssen, oder?«

»Ehrlich gesagt, weiß ich gar nicht, wie Ende der 60er die Gesetzeslage war.« Sabine Süderbeck begann, das Geschirr abzuwaschen. »Komm, hilf mir. Trockne das ab.«

Martin stand auf, griff nach dem Handtuch.

»Ich hatte vor allem Angst, dass ich ihn heiraten müsste. Womöglich hätte er darauf bestanden? Wenn er hörte, dass ich ein Kind erwartete?«

»Wäre das so schlimm gewesen?«

»Er war kein geeigneter Kandidat zum Heiraten.«

»Warum nicht?«

Vergnügt spritzte sie ein wenig Abwaschwasser auf Martin. »Findest du nicht, dass du, wenn du heiratest, ein bisschen was über die Person wissen solltest?«

Außer, wie er im Bett ist?, fragte sich Martin im Stillen.

»Ich habe ihn nicht geliebt. Punktum. Sag mir: Hat es dir je an etwas gefehlt?«, fragte seine Mutter, als er nicht antwortete.

»Nein. Hat es nicht.« Er besuchte ein gutes Internat, das ging ins Geld, dessen war er sich bewusst. Nun stand das Abitur vor der Tür. Er wollte studieren, was neue Kosten verursachen würde. Er plante, BAföG zu beantragen, ganz klar. Das hatten viele in seiner Klasse vor. Seine Mutter arbeitete im Grundbuchamt, sie verdiente nicht schlecht, doch er empfand so etwas wie Verantwortung.

»Hast du wenigstens mit Anja telefoniert? Sie muss immer noch unter Schock stehen.«

»Noch nicht. Ja, sie ist ziemlich down.«

»Dass ausgerechnet Anja Kirsten finden musste. Was für ein furchtbares Erlebnis für ein junges Mädchen.«

Martin spielte in Gedanken immer wieder die Situation durch, als er von der Schule ins Internat zurückgekommen war und Anja ihn abgepasst hatte. Diese Fassungslosigkeit in ihrem Gesicht! Irgendwie war er immer noch irritiert. Anjas Art, wie sie die Augenbrauen hochzog … Sie war nicht nur ratlos und voller Trauer gewesen, sondern auch zornig.

»Ruf sie an. Das solltest du wirklich tun!« Sabine Süderbeck spülte den letzten Teller und trocknete sich die Hände ab. »Ich muss los. Bis heute Abend!«

»Bis heute Abend«, echote Martin.

*

19.5.2018

50.

Katinka schoss hoch. Die Sonne schien in ihr Zimmer. Es war kurz nach zehn. Sie hatte früh am Morgen endlich Schlaf gefunden, doch das Gespräch, das sie zuvor mit Martin Süderbeck geführt hatte, war durch ihre Träume gegeistert.

Schon früher, als sie beide noch Jugendliche waren, hatte er – unbewusst – in Anja Ähnlichkeiten mit ihrem Vater wahrgenommen. Der auch sein Vater war. Wie er jetzt wusste.

Nach so vielen Jahren, in denen er und Anja einander nicht mehr gesehen hatten, war ihm die Ähnlichkeit in der Mimik während des vergangenen Tages richtiggehend ins Auge gesprungen. Hatte ihn unterschwellig irritiert. Das temperamentvolle Fest hatte sein Unbehagen zunächst überdeckt. Bis jetzt.

Sobald Martin es aussprach, musste Katinka eingestehen, dass es stimmte: Wenn Anja die Augenbrauen fragend hochzog, sah sie ihrem Vater sehr ähnlich. Und auch, wenn sie wütend wurde. Wahrscheinlich waren sie beide von Natur aus aufbrausend. Bei Anja hatte die weibliche Sozialisation die Kanten lediglich ein wenig abgeschliffen.

Gerlach hatte Katinkas Gespräch mit Mähling im Keller belauscht und einen wahren Coup gelandet: hatte Martin aufgeweckt und hinuntergebeten. Mitten in der Nacht.

Martin war darauf eingegangen, verwirrt und überrumpelt, war Gerlach zum Kellereingang gefolgt, wo er mit seinem Vater zusammentraf.

Mählings Blick auf Martin würde Katinka so schnell nicht vergessen. Entsetzt, hilflos, wütend. Alles zugleich. Binnen Sekunden hatte der Mann seine Entscheidung getroffen, Martin zur Seite gestoßen und sich aus dem Staub gemacht. Katinka hörte noch, wie der Kies aufspritzte, als Mähling seinem Wagen die Sporen gab.

Stöhnend kämpfte Katinka sich aus dem Bett. Wer hatte Anja die Kellertreppe hinuntergestoßen? Mähling? Seine eigene Tochter? Warum? Hatte sie die ganze Zeit gewusst, dass Martin ihr Halbbruder war? Oder hatte Anja nur etwas geahnt und sich deshalb vor dem Besuch im Internat gefürchtet?

Katinka trat ans Fenster. Der 19. Mai brachte die Rhön zum Glänzen. Die Höhenzüge hoben sich messerscharf vom blauen Himmel ab. Nicht ein Wölkchen stand am Himmel. Der Wald mutete hell und frisch an, viel zu freundlich für die raue Gegend. Einige der Übernachtungsgäste brachen bereits auf. Trugen ihr Gepäck zum Auto, verabschiedeten sich voneinander. Auch Katinka hielt hier nichts. Sie würde sich im Krankenhaus blicken lassen, um Anja zu besuchen, und anschließend nach Hause fahren. Zuallererst brauchte sie allerdings eine ordentliche Portion Kaffee.

Sie checkte ihr Handy.

Eine Nachricht von Hardo: »Überleg mal, es sind dieselben Menschen wie damals am gleichen Ort!!!« Das hatte er ihr schon mal unter die Nase gerieben. Und Romantik war Fehlanzeige.

Dante hatte angerufen und eine längere Nachricht auf der Mailbox hinterlassen, in der er anbot, van Cuuns Ehefrau in Fladungen aufzusuchen, wenn Katinka nicht dazu käme. Katinka grinste. Der Reporter suchte dringend nach Abwechslung. Sie rief die Klinik an. Anja wurde im Augenblick operiert, in zwei, drei Stunden wüsste man mehr. Katinka bedankte sich und legte auf.

Schwester Gertrudis ging ihr durch den Sinn. »Dieser Mann aus Fulda, wie hieß der noch, der schickte van Cuun. Weil wir so nahe an der Grenze sind.« Der Satz ließ Katinka nicht los. Geäußert von der ehemaligen Direktorin in einem klaren Moment. »Der Mann aus Fulda« – damit musste sie Mähling meinen. Aber warum schickte Mähling van Cuun ins Internat? Weil es nah an der Grenze lag? Zudem war es doch Mähling gewesen, der das Internat ab und zu des Nachts aufgesucht hatte.

Tobias zufolge war van Cuun morgens sehr früh gekommen.

Nach 30 Jahren würde es schwierig werden, die Daten abzugleichen. War Mähling vor van Cuun aufgeschlagen? Oder umgekehrt? Lagen die Besuche jeweils eng beieinander?

Dante hatte recht, Frau van Cuun könnte Licht ins Dunkel bringen.

*

51.

Katinka warf ihre Sachen ins Auto und startete den Motor. Der »Italiener« zierte sich kurz, als habe sie ihn zu schnell aus dem morgendlichen Schlaf gerissen. Die Batterie war nicht mehr taufrisch, sie sollte an Ersatz denken.

Was für eine Erleichterung, das Internat zu verlassen! Auch die Süderbecks packten ihre Siebensachen zusammen. Nach dem Frühstück hatte sie sich von der Familie verabschiedet. Martin und Carola hatten den Rest der Nacht über alles geredet – der Schock, dass Martins leiblicher Vater sich so urplötzlich aus dem Nichts materialisiert hatte, nachdem er von der Mutter ein Leben lang verleugnet worden war, stand ihnen in die Gesichter geschrieben. Anschließend war Katinka in die Küche gegangen und hatte bei den Angestellten herumgefragt, ob jemand gesehen hatte, wie Anja in den Keller gestürzt war. Negativ. Derweil frühstückte Gerlach mit den Nonnen. Katinka dachte daran, wie geschmeidig er sich in dem Internat bewegte. Wie ein Gecko kam er ihr vor, ein cleveres Reptil, das selbst Wände hochkriechen konnte, um etwas herauszufinden, was sonst niemand hörte oder sah. Kurz war Katinka Schwester Gertrudis über den Weg gelaufen. Die hatte freundlich gegrüßt, doch es schien Katinka, als könne sich die Nonne nicht an sie erinnern. Als Zeugin würde sie ausfallen, so viel war klar. Falls überhaupt Zeugen gebraucht würden.

Blieb die Frage, wer Anja gestoßen hatte. Mähling schied aus. Er war weggefahren, sein Auto hatte nicht mehr am Hintereingang gestanden. Zudem stimmte das Schuhprofil nicht.

Die Sonne schien hell vom Himmel, etliche Leute waren schon unterwegs, vielleicht Wanderer, die das warme Wochenende in der Rhön verbringen wollten. In der Ferne sah Katinka die Wasserkuppe aufragen, ein auffälliger Gipfel über all den anderen Höhenzügen. Sie konnte sogar die Radarkuppel erkennen. Eine heitere Szenerie, die nicht zu den verwickelten Dingen rund um das Internat passte. Sie musste davon ausgehen, dass jemand Anja gestoßen hatte in dem Glauben, es handele sich um Katinka.

»Verdammt!«, sagte sie laut und wütend. Wer hätte ein Motiv? Wer wollte Katinka davon abhalten, in den Keller zu gehen? Eine der Nonnen? Romana? Dabei war die erst auf die Suche nach der Grafik gegangen, als Mähling sie angerufen hatte, und das war nach Anjas Sturz. Es musste eine Kurzschlusshandlung gewesen sein. Aber wer hätte sie, Katinka, ausschalten wollen? Jemand, der etwas über den Kunstdeal wusste. Was nur bestätigte, dass damals im Internat ein linkes Ding gelaufen war. Wo verbarg sich das Puzzleteil, das aus den ganzen losen Enden endlich eine Geschichte machte? Hatte Kirsten einst dieses Element gefunden und deshalb sterben müssen? Sofern das zutraf, und sofern Kirstens Tod wirklich Mord war, handelte es sich bei dem damaligen Mörder und demjenigen, der Anja die Treppen hinuntergestoßen hatte, um dieselbe Person.

Katinka gab Gas, um einen Sonntagsfahrer zu überholen.

War das verstiegen?

Die Berge kamen näher. Wer hatte 1988 im Internat gelebt, der gestern Nacht auch dagewesen war?

Tobias Gebsen. Martin Süderbeck. Die Krones. Die Nonnen. Ein paar weitere von den gestrigen Gästen. Andere erst Jahre später oder lange zuvor.

Hatte Mähling Anja aufgefordert, in den Keller zu gehen,

oder hatte er etwas fallen lassen im Gespräch mit ihr, das sie schließlich animierte, dort unten nach etwas zu suchen?

»Nach dem Kokoschka, wonach sonst.« Sie sprach es laut aus. Wenn es bei einem Fall so viele offene Fragen gab, musste man sich irgendwann für eine wahrscheinliche Lesart entscheiden, sie abarbeiten, verwerfen oder verifizieren. Anders kam man nicht voran.

Eine junge Frau lag tot in der Badewanne. Man suchte eine Erklärung. Eine geheimgehaltene Epilepsie funktionierte prächtig, dass Kirsten die Medikamente abgesetzt hatte, schien ein unangreifbares Faktum. Niemand trug an ihrem Tod die Schuld, außer ihr selbst. Womöglich ging es doch um etwas anderes. Wie gut kamen die vier damals Jugendlichen miteinander klar? Zwei Pärchen, von denen eines kurz vor Kirstens Tod miteinander gebrochen hatte. Stimmten die Alibis? Hatte Tobias von seiner Arbeit in der Turnhalle kurz verschwinden können, ohne dass es aufgefallen war? Wer waren die Arbeiter? Wie genau hatte man ihre Aussagen gegeneinander abgewogen? Sie mit etwaigen Ungenauigkeiten konfrontiert? Gerlach sah es nicht ähnlich, diese Formsachen schleifen zu lassen.

Fladungen. Die Altstadt mit ihren vielen Fachwerkhäusern schien wie frisch dem späten Mittelalter entstiegen. Die Historikerin in Katinka spürte die Neugier heranschleichen. Ein Hinweisschild lockte zum Rhönmuseum. Sie fuhr weiter, bis sie kurz vor dem Ortsausgang Richtung Schwarzes Moor den Lerchenweg entdeckte. Sie parkte und stieg aus, wanderte langsam die Straße entlang, bis sie die Hausnummer fand, die Dante durchgegeben hatte. Das Grundstück lag vollkommen still da, die Rollläden an den Fenstern waren heruntergelassen. Jetzt tat es ihr leid, dass sie Frau van Cuun nicht angerufen hatte. Sie war der Meinung gewesen, ein Überraschungsbesuch würde sich besser eignen, um über den geheimnisvollen Frank van Cuun Auskunft zu bekommen. Spontan, ohne dass seine Frau Zeit gehabt hatte, ihre Berichte zu beschönigen oder zu filtern.

Auf dem Namensschild stand »Gilbert«.

Hatte Dante falsch recherchiert? Obwohl sie wenig Hoffnung hatte, klingelte sie. Beinahe sofort wurde die Tür aufgerissen. Vor Katinka stand eine schlanke Frau um die 60 mit einem verstrubbelten Pagenschnitt. Sie trug Jeans, ein weißes Shirt und Chucks. In der Hand hielt sie einen dampfenden Becher Kaffee.

»Katinka Palfy, Privatdetektivin. Ich würde gern mit Ihnen über Ihren Mann sprechen.«

»Über meinen Mann?«

»Keine Angst, es geht um einen alten Fall, ich benötige nur ein paar Hintergrundinformationen.«

»Mein Mann schläft noch.«

»Er – schläft?« Katinka guckte die Frau entgeistert an.

»Er hatte Nachtdienst und kam erst vor Kurzem heim.« Die Frau schüttelte ihren Pagenschnitt. Zwei silberne Ohrhänger blitzten zwischen den rotblonden Strähnen auf.

»Verzeihung, Sie sind doch Hanne van Cuun?«

»Ich *war* Hanne van Cuun.« Sie trat zur Seite. »Kommen Sie schon rein, sonst wecken wir Will auf.«

»Will?«

»Meinen jetzigen Mann.«

*

52.

Angst ist noch nie ein guter Ratgeber gewesen. Vielmehr muss man sich ganz klar vor Augen führen, was geschehen könnte, und dann prospektiv dagegenhalten. Ich weiß, wovon ich rede, denn wir haben durchgehalten, hier oben auf unseren Bergen. Manches Mal hat sich schweres Ungewitter zusammengebraut, sein Unheil sich über uns entleert, uns ins Wanken gebracht. Doch unser Glaube stand fest. Und genauso unsere Fähigkeit, vorauszudenken und vorbeugend zu handeln.

Na gut, nicht jede von uns hat sich dazu berufen gefühlt. Manche drückten lange die Augen zu, um nicht hinsehen zu müssen, dass wir uns diese Einrichtung eines baldigen Tages nicht mehr würden leisten können. Dabei standen immer die Zahlen im Raum! Gertrudis jedoch klammerte sich an ihre Idee von der Förderung der Jammergestalten, die ausreichend Geld einbringen würde, weil dieses spezielle erzieherische Programm ja so attraktiv sei. Pädagogisch muss man sagen, hat sie recht behalten; finanziell nicht.

Ich hatte nicht viel dazu zu sagen. Was nicht bedeutet, dass ich den Kopf in den Sand steckte. Ich traute mich an die Wahrheit heran und ließ einfließen, was ich dachte. Sehr behutsam. Hinter dem Berg hielt ich nicht, ich war nur vorsichtig.

Spätestens, als wir eines unserer Gebäude an die Fremdsprachenkorrespondenten vermieten mussten, hätte Gertrudis auffallen müssen, dass dies ein Abschied auf Raten war. Es gelang ihr, die Provinzoberin hinzuhalten. Gleichzeitig begann sie, sich zu verändern, vergesslich zu werden, wuschig wie Rumpelstilzchen, brachte allerlei durcheinander, verwechselte Termine, kurz, sie machte sich zum Gespött.

Die Provinzoberin schickte Irmtraud. Ein Segen, mit ihr kam eine vergleichsweise junge, fitte, tatkräftige Frau. Und sie mochte mich. Also bekam ich schnell Zugang zu ihr. Durch meine eingeschränkte Beweglichkeit stehe ich als Ratgeber jederzeit zur Verfügung. Man muss nur an meiner Zimmertür klopfen, schon bin ich bereit.

Leider war es zu spät, um noch etwas zu ändern. Unsere Zeit hier ist um. Wenigstens soll kein dunkler Fleck unser Wirken verunzieren, wenn wir abziehen. Es muss nicht sein, dass diese Detektivin ihre Schnüffelnase in unsere Angelegenheiten steckt, das habe ich Gertrudis sehr deutlich gemacht. Mein Schlaf ist leicht. Im Gang war Aufruhr, letzte Nacht, und zwei Leute kamen aus Gertrudis' Zimmer. Eine in jeder Hinsicht unsägliche Situation! Zwar wird die Klausur in den Außenstellen nicht so streng gelebt wie im Mutterhaus, aber ich kann mich an Laxheit eben schlecht gewöhnen. Klosterleben braucht einen strengen Rahmen, sonst können wir es gleich sein lassen. Noch schlimmer muss es für Gertrudis gewesen sein, dass ich den eigentümlichen Besuch mitbekommen habe; sie ist – zumindest in ihren hellen Momenten – immer so überkorrekt! Obwohl unsere Zimmer nebeneinander liegen, konnte ich nicht verstehen, worüber geredet wurde. Aber diese Detektivin war dabei.

Zu dumm, dass Gertrudis nicht richtig hingesehen hat.

Mein letzter Wunsch ist, dass ich als diejenige in Erinnerung bleibe, die mit realistischem Blick auf dieses Haus schaute, das mir Heimat war, der Boden, auf dem ich wurzeln konnte.

Du Geist der Wahrheit
Du Geist der Stärke
Du Geist der Barmherzigkeit
Du Geist der Freiheit
Du Geist der Einheit
Du Geist der Heiligkeit
*– erbarme dich unser**

*

53.

»Will arbeitet in Mellrichstadt an einer Tankstelle. 24 Stunden geöffnet. Seine Schicht endete erst um acht heute Morgen.« Hanne Gilbert, früher van Cuun, führte Katinka durch die Küche auf die Terrasse. Auf dem Tisch standen eine Kanne mit Kaffee und eine Milchpackung. Die Sonne brannte bereits, die Luft war noch kühl. »Schauen Sie mal, die Berge. Ist das nicht unglaublich schön?«

Katinka nickte. Wie hatte Dante entgehen können, dass Hanne van Cuun mittlerweile Hanne Gilbert war? Sie verkniff sich ein Grinsen beim Gedanken daran, was sie dem emsigen Reporter jahrelang vorhalten würde: Er hatte nicht herausgefunden, dass Hanne wieder geheiratet hatte. Na gut, sie hätte selbst auf die Idee kommen können.

---

* Aus: Gotteslob. Katholisches Gebet- und Gesangbuch der Erzdiözese Bamberg 2013. Heilig-Geist-Litanei, S. 609f.

»Ist es.«

»Stammen Sie auch von hier?«

»Nein. Mein Ermittlungsbüro liegt in Bamberg. Gestern habe ich eine Freundin ins Albertus-Magnus-Zentrum begleitet. Eine der Nonnen feierte ihren 80. Geburtstag.«

»Das stand sogar in der Zeitung.«

»Anja, meine Freundin, ist gestern Abend eine Kellertreppe hinuntergestürzt und hat sich dabei schwer verletzt. Sie wird momentan operiert. Ich vermute, dass jemand sie gestoßen hat.«

»Und da kommen Sie zu mir?« Hanne Gilbert schüttelte entgeistert den Kopf. »Um mit mir über meinen Mann zu sprechen?«

»Es geht um ein paar Ereignisse vor 30 Jahren.«

»Warten Sie. Das klingt, als läge ein Stück harter Arbeit vor uns. Kaffee?«

Katinka nickte.

Hanne ging Nachschub und eine Tasse holen.

»Setzen Sie sich. Eigentlich bin ich froh, wenn mir jemand Gesellschaft leistet. Wegen dem blöden Schichtdienst verbringe ich jeden Sonntagmorgen allein mit dem Panoramablick.«

»Kennen Sie die Nonnen aus dem Internat, Frau … Gilbert?«

»Nein, persönlich nicht, aber das Zentrum ist natürlich in der Gegend bekannt. In der Zeitung habe ich gelesen, dass die Nonnen zum Ende des Schuljahres weggehen. Was passiert mit ihnen?«

»Ich weiß es nicht.«

Hanne seufzte. »Frank, mein früherer Mann, hat mir nie etwas davon erzählt. Später habe ich herausgefunden, dass er ab und zu das Internat besuchte.«

»Wie haben Sie das erfahren?«

»Wussten Sie das? Dass er dort war?«

»Einige frühere Mitarbeiter erinnern sich an einen Mercedes in Goldmetallic.«

»Ja, das war Frank. Er trieb allerhand Blödsinn, und dabei fuhr er mit dem auffälligsten Wagen herum, den man sich denken kann.« Sie goss Katinka Kaffee ein.

»Inwiefern Blödsinn?«

»Frank war die Liebe meines Lebens. Ich war 22, als ich ihn heiratete. 1984 war das. Ich kannte ihn gerade ein Jahr. Wir wünschten uns Kinder und Enkel und bauten ein Haus mitten ins Gebirge am Rande der westlichen Welt, um Platz zu haben. Genau hier.«

»Sie meinen, es war Blödsinn, mit 22 an Enkel zu denken?«

Hanne lachte. »Entschuldigen Sie, nein. Oder ja. Ich meinte etwas anderes. Darf ich weiter ausholen?«

»Bitte.« Katinka genoss den frisch gebrühten Kaffee, den Blick auf die Rhön.

»Wir waren wirklich sehr verliebt ineinander. Tatsache. Oft musste er morgens sehr früh raus. Jedes Mal schrieb er mir eine Notiz, die er auf dem Küchentisch liegen ließ. Einen Liebesbrief. Reizend, nicht wahr?«

Katinka nickte.

»Er hatte Kunstgeschichte studiert und keine passende Arbeit gefunden, also schlug er sich mit einem langweiligen Bürojob in einer Import-Export-Firma in Gersfeld durch. Drüben in Hessen. Allerdings bekam er durch die lichtscheuen Leute dort Kontakte, die ihn meiner Meinung nach das Leben gekostet haben.«

»Ich dachte, er war für ein Auktionshaus tätig gewesen.«

»Für Elfriede Bärberich? Das war wohl das Problem.« Sie trank ihre Tasse leer und schenkte sich nach.

»Inwiefern ein Problem?«

»Weil sie ihn angeworben haben. Auf seinen Reisen in die DDR.«

»Angeworben?«, staunte Katinka.

»Sagt Ihnen Markus Wolf was?«

»Der Stasi-Spion?«

»Kann man so ausdrücken. Er war der Leiter der HVA. Hauptverwaltung Aufklärung. Das war der Auslandsaufklärungsdienst der DDR, der zum Ministerium für Staatssicherheit gehörte. Sie warben gezielt in Westdeutschland Mitarbeiter an. Die Stasi führte Frank unter dem Decknamen ›Goldjunge‹.«

»Ach du Schande. Wie haben Sie davon erfahren?«

»Frank fuhr oft in die DDR und nach Berlin. West wie Ost. Zuerst auf Kundenakquise für Import-Export-Geschäfte. Dabei lernte er die Bärberich kennen und arbeitete kurz darauf Vollzeit für das Auktionshaus. Stellte Kontakte her. Er kannte Hinz und Kunz, hüben wie drüben. Schon als ich ihn kennenlernte, war er beständig auf Achse. Ich hatte gehofft, wenn wir heiraten, wird er öfter zu Hause sein. Fehlschluss. Keine drei Wochen nach der Hochzeit wechselte er zu Bärberichs Auktionshaus und war sogar öfter unterwegs als zuvor.«

»Wann kam Ihnen der Verdacht, dass er für die Stasi tätig war?«

»Gar nicht. Nicht, solange er lebte. Aber dann hatte er diesen Unfall. Elfriede Bärberich kam zur Beerdigung. An seinem Grab sagte sie zu mir: ›Es wäre nicht lange gutgegangen. Die da drüben machen, was sie wollen.‹«

Katinka zeigte fragend auf die Kaffeekanne.

»Bitte, nehmen Sie sich«, forderte Hanne sie auf.

»Danke.« Katinka schenkte sich nach. »Und diesen Satz

nahmen Sie zum Anlass, nachzuforschen, ob Ihr Mann für die Stasi tätig war?«

»Nein, zuerst nicht. Ich war 26 und vor Kurzem Witwe geworden. All meine Träume waren dahin. Ich hatte genug damit zu tun, meine Trauer zu verarbeiten. Frank hinterließ mir nicht viel. Das Haus war neu gebaut, ich hatte Kredite zu tilgen, kam gerade so über die Runden. Vordringlich musste ich wieder Boden unter die Füße kriegen. Ich bin gelernte Buchbinderin und führte in den 80ern eine eigene Werkstatt. Also stürzte ich mich in die Arbeit.« Sie sah in die Ferne. »Ich glaube, dass nach Franks Tod die Stasi hinter mir her war. Da stand über Monate tagtäglich ein Auto vor der Werkstatt. Ich war drauf und dran, dem Idioten, der sich darin den Hintern platt saß, einen Kaffee rauszubringen.« Sie lachte.

»Was wollten die von Ihnen?«

»Ich nehme an, sie überprüften, ob ich etwas von Franks Tätigkeit wusste und Kontakt zu irgendwem aufnahm. Zu den westdeutschen Behörden etwa.«

»Sie wussten nichts?«

Sie schnickste ihre Chucks weg. »Nein. Ich hatte keine blasse Ahnung. 1991 heiratete ich Will. Eine Vernunftehe. Er ist ein guter Typ, wenngleich ich mich nicht so in ihn verliebt hatte wie in Frank, so mit Haut und Haaren. Ich war es leid, allein zu sein. 1992 wurde unser erster Sohn geboren, 1995 der zweite. Ich war viel zu Hause. Hatte die Werkstatt aufgegeben. Wegen der Kinder, aber vor allem, weil ich kaum noch etwas damit verdiente. Die Zeiten änderten sich, allmählich wollten auch in der Rhön die Leute alles so billig wie möglich kaufen. Also hatte ich eine Menge Zeit, dachte nach, grübelte, kultivierte Franks Andenken. Damals wurde in den Medien viel über Bundesbürger berichtet, die für die

DDR spionierten. Und so raffte ich mich auf und beantragte Einsicht in Franks Stasiakte. Es musste eine geben, dachte ich mir, die hatten ihn zweifellos im Visier gehabt, so oft, wie er nach drüben reiste.« Sie betrachtete ihre Füße. »Tja. Sieht so aus, als hätte ich es lieber lassen sollen.«

»Hat er Sie bespitzelt? Seine eigene Frau?«

»I wo! Seine Aufgabe lag nicht darin, sozialismusfeindliches Verhalten aufzuspüren. Er hat dicke Geschäfte eingefädelt für die roten Genossen.«

»Was meinen Sie?«

»Er hat Kunstwerke aus der DDR rausgeholt und im Westen verkauft. Sein Problem war nie die Grenzkontrolle durch die DDR, sein Problem war der Bundesgrenzschutz. Also hat er sich den goldenen Mercedes gekauft und angefangen, sich Freunde auf der bayerischen Seite zu machen. Das gelang ihm leicht. Er riss Witze, dass er mit seinem auffälligen Wagen im Osten immer ein gefragter Mann war und bei den Kontrollen gern mal die Motorhaube öffnete, damit die Genossen einen Westmotor betrachten konnten. Die Leute vom Bundesgrenzschutz hielten ihn irgendwann einfach für einen unerträglichen Aufschneider und ließen ihn in Ruhe. Ehrlich gesagt, er gewann mir nichts, dir nichts Sympathien. Frank war ein sonniger Mensch.« Hanne wischte ein paar Tränen weg. »Entschuldigen Sie. Ihm gehört nach wie vor ein Teil meines Herzens. Obwohl er tot ist. Vergangen. Kaum vorzustellen. Ein solcher Mensch, stets voller Energie, voller Ideen, sprühend vor guter Laune – kann so einer sterben? Verzeihen Sie, nach all den Jahren habe ich es noch nicht verwunden, dass er nicht mehr da ist.«

»Für wen hat er die Kunstwerke geschleust?«

»Die DDR hat mit dem Handel offenbar ihre Finanzen aufgebessert.«

»War das legal?«

»Nein. Nichts daran war legal, selbst vor DDR-Recht nicht. Werke, die Museen gehörten, wurden an privat verkauft. An irgendwelche Millionäre, die gut dafür zahlten. Bilder lösten sich schlechterdings in Luft auf. Nicht die berühmtesten, sondern die aus der zweiten Reihe. Wenn einem Museumsmitarbeiter etwas auffiel, hielt er besser den Mund, schließlich war die Sache von ganz oben gedeckt.«

»Lieferte Ihr Mann von der DDR in den Westen oder umgekehrt?«

»Hauptsächlich von Ost nach West. Der Staat da drüben brauchte Devisen.«

»Wie bekam Ihr Mann die Kunstwerke? Wer hat die übergeben?«

»Das weiß ich nicht. Ich habe nie etwas mitgekriegt. Saß hier im Haus und wartete, dass mein Mann heimkam. Wie eine typische bundesdeutsche Hausfrau aus den spießigen 50ern.«

»Hat das Auktionshaus Bärberich eine Rolle gespielt?«

»Ich traf Elfriede Bärberich nur ein einziges Mal, auf Franks Beerdigung. Als sie sagte, es wäre nicht lange gutgegangen. Ich nahm schließlich an, sie hätte sich auf die Kunsttransporte bezogen.«

»Wurden in den Akten Namen genannt?«

»Die waren geschwärzt. Ich habe mich nicht mehr darum gekümmert. Es kam mir alles zu gespenstisch vor. Wissen Sie, hier oben haben wir mit der Grenze gelebt. Sie war Teil unseres Lebens, erschreckend ›normal‹ in ihrer Menschenverachtung. Wir haben uns mit ihr eingerichtet. Ich war wahrscheinlich zu naiv, jedenfalls konnte ich mir nicht vorstellen, dass dieses Bollwerk aus Stacheldraht und Selbstschussanlagen durchaus durchlässig war. Für die Hundertfünfzigprozentigen.«

Katinka blickte Hanne verständnislos an.

»Für die überzeugten Genossen, die Kader, die Stasi!« Hanne Gilbert lächelte. »Verrückte Zeit!«

»Mit wem hatte Ihr Mann zu tun?«

»Er hatte einen Führungsoffizier. Dessen Namen habe ich später herausgefunden, der Typ wurde nämlich enttarnt und bekam im vereinten Deutschland seinen Prozess. Stefan Horweg hieß er. Es war eine riesige Betrugssache. Horweg hat Kunstwerke fälschen lassen. Und gewinnbringend verkauft.«

Katinka schwirrte der Kopf. »Wie muss man sich das vorstellen?«

»Was genau los war, das weiß ich nicht mehr. Auf krummen Wegen hat er der klammen Staatskasse der DDR Devisen verschafft.«

»Dieser Horweg war der Führungsoffizier Ihres Mannes?«

Hanne nickte. »Stefan Horweg. Deckname ›Kokoschka‹.«

»Kokoschka?«

»Ja, wie der Künstler, den die Nazis als entartet gebrandmarkt haben.«

»Hat dieser Horweg Grafiken von Kokoschka verkauft?«

»Fälschungen. So habe ich es verstanden. Nicht nur Kokoschkas. Andere auch, wenn ich mich nicht irre, vorwiegend spätes 19. und frühes 20. Jahrhundert.«

Katinka wurde ganz kribbelig. Dante musste alles zusammentragen, was zu diesem Horweg und seinem Prozess zu finden war. Kokoschka!

»Frau Gilbert, Ihr damaliger Mann hat das Internat öfter aufgesucht. Nach Aussage einer der Schwestern deshalb, weil es so nah an der Grenze lag.«

Hanne riss die Augen auf. »Echt?«

»Etliche der Gäste, die gestern auf der Geburtstagsfeier von Schwester Romana waren, erinnern sich an den Mercedes in Goldmetallic«, fuhr Katinka fort. »Ich nehme nicht an, dass dort in schöner Regelmäßigkeit ein zweiter vorfuhr?«

»Wohl kaum.«

»Frank van Cuun kam einige Male im Jahr, morgens früh, ins Internat. Haben Sie eine Vorstellung, was er dort gemacht hat?«

Stumm schüttelte Hanne Gilbert den Kopf.

»Hat er dort etwas abgeholt oder hingebracht? Inwiefern sollte sonst die Nähe zur Grenze von Bedeutung sein?«

»Wohl eher die Nähe zum Grenz*übergang*«, entgegnete Hanne.

»Mag sein.« Katinka kam sich plötzlich vor wie in einem Spionagefilm. »Sagt Ihnen der Name Eduard Mähling etwas?«

»Mähling … hat der nicht ein Unternehmen in Fulda? Ich habe dort früher Papier und Pappe bestellt, die ich für meine Buchbinderarbeiten brauchte.«

»Haben Sie Herrn Mähling persönlich kennengelernt?«

»Nein. Nie.« Hanne zögerte, als wollte sie etwas hinzufügen, entschied sich jedoch dagegen.

»Was wissen Sie über den Unfall, bei dem Ihr Mann starb?«

Hanne Gilbert zuckte zusammen, als hätte man ihr einen Schlag versetzt. »Nicht viel. Der Todesfahrer wurde nie gefunden. Franks Wagen stand am Straßenrand, nicht weit vom Grenzübergang. Frank lag tot auf der Straße, als ihn ein Landwirt fand. Ein Wagen muss ihn gerammt haben, er starb an den inneren Blutungen vom Zusammenprall.«

»Haben Sie damals mit Kommissar Gerlach gesprochen?«

»Der war hier. So ein Dünner. Rauchte Kette.«

Katinka verkniff sich ein Grinsen.

»Und?«

»Es war nichts zu machen. Der Wagen, der Frank rammte, muss aus der DDR gekommen sein, aber man bekam nie raus, wer das war.«

*

54.

Konfus fuhr Katinka die Bundesstraße entlang. Nordheim. Ostheim. Stockheim. Hier überstrapazierten sie das Kürzel »heim«. Van Cuun war ein Spion gewesen, Hauptverwaltung Aufklärung. Der Auslandsgeheimdienst der DDR. Wahrscheinlich hatte man ihn wegen seiner guten Kontakte in die Kunstwelt angeworben. Katinka bog Richtung Henneberg ab. Frank van Cuun, Deckname ›Goldjunge‹, verschaffte dem klammen Staat Devisen. Durch den Verkauf von Kunstwerken. Wie der Kokoschka-Grafik, die sie im Keller gefunden hatte.

Welche Rolle spielte das Internat? War es einfach nur ein Lagerplatz?

Im Schritttempo rollte sie durch Eußenhausen. Beschaulich lag das Dorf zwischen den grünen Frühlingswiesen. In einigen Vorgärten arbeiteten die Bewohner an den Blumenbeeten. Kinder spielten, zwei Hunde jagten kläffend an einem Zaun entlang. Nach dem Dorf begann der Wald. Wie mochte es sich angefühlt haben, hier zu leben, als die Straße nach wenigen Kilometern an einer Grenze stoppte, die überall auf der Welt »der Eiserne Vorhang« genannt wurde? Wer hier aufgewachsen war, betonte, die Grenze in ihrer Bestialität als »normal« wahrgenommen zu haben. Konnte Irrsinn normal sein?

Wahrscheinlich, dachte Katinka, sich unwillkürlich fragend, welche Zustände sie heute als »normal« beurteilte, die in zehn, 20 Jahren als Irrsinn gelten würden.

Sie kam in den Wald, schattige Hügel rechts und links. Hellgrüne Blättchen wagten sich hervor, vorsichtige Schattierungen zwischen all dem Braun und Grau, das noch den Winter barg. Staatsstraße 2445, informierte das GPS.

Horweg, Deckname Kokoschka. Van Cuuns Führungsoffizier. Mähling hatte sie heute Nacht am Telefon gefragt: »Hat Horweg Sie angeheuert?«

Mähling, van Cuun, Horweg. Ein Trio? Steckte Mähling in dieser Sache mit drin?

Dante hatte ihr auseinandergesetzt, dass der Kunstmarkt mittlerweile von Fälschungen durchsetzt war. Konnte Mähling das Business nach dem Zusammenbruch des Ostblocks fortgesetzt haben? Er war heute Nacht in der Absicht ins Internat gefahren, den Kokoschka an sich zu bringen. Womöglich hatte Anja ihm bei dem Gespräch zuvor versprochen, die Grafik zu suchen. Wenig später war sie bewusstlos am Fuß der Treppe gelegen. In Katinkas Jacke. Oder sie hatte den Kokoschka für sich haben wollen.

»Warum hat sie mich nicht eingeweiht?«, murmelte Katinka halblaut.

Auf der linken Seite führte ein Wanderweg ins Gehölz. An einem Pfahl waren bunte Markierungen befestigt.

Katinka bremste. Links lag ein Parkplatz, leer. Rechts zog sich der bewaldete Hang in die Höhe. Eine Kurve krümmte sich vor ihr. Sie bog in den Parkplatz, stieg aus.

Der Wind fühlte sich angenehm warm und frühlingshaft an. Eine Hummel summte vorbei. Vögel sangen.

Irgendwo hier musste der Unfall passiert sein.

Konnte van Cuun liquidiert worden sein? Warum sonst hätten die DDR-Behörden die Anfrage nach dem KFZ-Kennzeichen unbeantwortet gelassen? Unfälle zu inszenieren, stand Geheimdiensten gut zu Gesicht, wenn man den entsprechenden Filmen und Spionageromanen glauben wollte. Doch hätte man ihn nicht mit viel geringerem Risiko auf DDR-Gebiet exekutieren können, wo man ganz bestimmt weniger Staub aufwirbelte?

Sie ging ein Stück die Straße entlang, versuchte, sich die Gegend zum Ende des Winters vorzustellen. Schnee, verharscht, der Wald finster. Ein tief hängender Wolkenhimmel. Frühe Dunkelheit. Van Cuun hatte ungefähr an der Stelle, wo Katinka jetzt stand, angehalten. Um – was – zu tun? Hatte er irgendeine Fracht übernommen?

Ein Wagen näherte sich. Katinka ging weit rechts, um ihn vorbeizulassen. Das Auto wurde langsamer. Sie sah sich um. Ein Mazda aus Zeiten, die man am liebsten aus dem Gedächtnis getilgt hätte, hielt hinter ihr. Sie kniff die Augen zusammen.

Der Motor wurde abgestellt. Hinter der staubigen Windschutzscheibe erkannte sie Gerlach.

Er stieg aus. Ein Gerippe im Trench.

»Schön hier, was?«, machte er Konversation.

»Sterben möchte ich nicht unbedingt in dieser Kurve.«

Er beugte sich in den Wagen zurück und schaltete die Warnblinkanlage an. »Also?«

»Ich war bei van Cuuns früherer Ehefrau. Sie ist wieder verheiratet.«

»Ich gönn's ihr.«

»Van Cuun hat für die Stasi gearbeitet. Hauptverwaltung Aufklärung. Deckname ›Goldjunge‹.«

Gerlach stippte eine Zigarette aus der Schachtel. »Sieh an. Ein Agent.«

»Hanne hat seine Stasiakte eingesehen. Mehrere Jahre nach seinem Tod. Sein Führungsoffizier hieß Horweg. Deckname, halten Sie sich fest: Kokoschka.«

Gerlach hustete.

»Van Cuun war dafür zuständig, Kunstwerke aus der DDR illegal in die Bundesrepublik zu verhökern, um dem klammen Staat Devisen zu verschaffen.«

»Soll es gegeben haben.« Gerlach inhalierte tief. Das Husten erstarb.

»Gestern Nacht habe ich Mähling angerufen, nachdem ich diese Grafik im Keller gefunden hatte. Er fragte mich: ›Hat Horweg Sie angeheuert?‹ Ich konnte mit dem Namen nichts anfangen.«

»Mähling kennt Horweg und van Cuun«, murmelte Gerlach.

»Kriminalistisch gesehen ...«

»Hm«, machte der Kommissar a.D. und erinnerte Katinka fatal an Dante, der seine Denkpausen auch gern mit einem langgezogenen Murmellaut überbrückte. »Waren Sie mittlerweile bei Anja?«

»Ich wollte nachher hinfahren.«

»Fragen Sie sie nach Schwester Gertrudis.«

»Wieso?«

Gerlach zeigte mit der glimmenden Zigarette auf Katinka. »Sie sagten, die Spuren vor der Kellertreppe wiesen ein derbes Profil auf. Gestern Nacht, in ihrem Zimmer. Sie trug Schnürstiefel.«

»Verflucht!«

»Das nenne ich eine klare Analyse, Frau Palfy.«

»Warum sollte Schwester Gertrudis Anja die Kellertreppe hinunterstoßen?«

»Sie muss sie nicht gestoßen haben. Sie kann dort auch nur rumgehüpft sein und Anja hat sich erschrocken.«

Ein Wohnmobil kroch die Straße entlang. Richtung Bayern.

»Wenn van Cuuns Unfall Mord war, kann man den Fall aufrollen?«

»Mord verjährt nicht. Man braucht halt gute Gründe.«

»Zum Beispiel?«

»Einen Zeugen.« Gerlach warf die Kippe auf den Asphalt und trat sie aus. »Mähling. Nehmen wir ihn ein bisschen in den Schwitzkasten. Unter Umständen hat er van Cuuns Aufgaben übernommen, nachdem dieser das Zeitliche gesegnet hat.«

Katinka schob die Hände in die Jeanstaschen. Sie standen im Schatten des Waldes. Ihr wurde kalt. Ein Geschwader an Gedanken jagte durch ihren Kopf, einer schneller als der andere, keiner greifbar.

»Ich nehme an, Mähling ist nicht gut auf diesen Horweg zu sprechen«, sagte Gerlach.

»Warum?«

»Wenn er fragt, ob der Typ Sie verpflichtet hat …«

»Das passt nicht zu Ihrer These, dass Mähling van Cuuns Job übernommen hat. Man sollte meinen, wenn beide Dreck am Stecken haben, bleiben sie gemeinschaftlich unter dem Radar.«

Gerlach wiegte den Kopf. »Die Stasi ist seit Langem aufgelöst. Die Kontakte indes blieben bestehen. Vor allem in den Jahren nach der Wende waren sie weiterhin bares Geld wert. Nicht ausgeschlossen, dass die Herren in ein anderes Geschäft eingestiegen sind und sich darüber entzweit haben.«

Katinka zeigte in den Wald. »Kirsten kann hier vorbeigekommen sein. Auf dem Weg von Tobias Gebsen in Völkershausen zurück ins Internat. Zum Zeitpunkt des Unfalls. Sie hat etwas gesehen und womöglich sogar den Todesfahrer erkannt.«

Gerlach runzelte die Stirn. Die Schatten in seinem ohnehin verknitterten Gesicht vertieften sich.

»Fahren Sie zu Anja. Ich knöpfe mir die Nonnen vor.«

»Halt! Wieso die Nonnen?«

Er warf die Kippe weg. »Ich will wissen, wofür Mähling sie bezahlt hat. Der guten alten Romana kaufe ich ab, dass sie Spenden akquiriert hat, indem sie Mähling Stillschweigen im Hinblick auf seinen Sohn Martin zugesichert hat. Aber Gertrudis …«

»Warten Sie!« Katinka kam ihm nach. »Gertrudis ist dement. In ihrem Kopf herrscht Dunkelheit.«

»Sie haben genauso wie ich beobachtet, dass sie ihre klaren Momente hat. Vielleicht hat ihr nicht gefallen, dass Anja in den Keller ging, weil …«

»… ihr einfiel, dass eine Grafik dort unten lagerte?«

»Wissen Sie noch, was sie letzte Nacht gesagt hat? ›Dieser Mann aus Fulda, wie hieß der noch, der schickte van Cuun. Weil wir so nahe an der Grenze sind.‹«

»Der Mann aus Fulda.«

»Mähling. Und Schwester Gertrudis weiß das. Selbst in ihrem Zustand.«

Katinka nagte an ihrer Unterlippe. »Ich habe mir Gedanken um Tobias Gebsens Alibi gemacht. Er war angeblich zur Tatzeit in der Turnhalle und half bei Reparaturen. Ist das geprüft worden?«

»Auf Herz und Nieren.«

»Vielleicht ist er kurz ausgeschlitzt. Sollte ein Werkzeug holen. Sie wissen doch, wie Zeugen sind. Die dachten, Tobias stünde neben ihnen, ununterbrochen, dabei war er zwischendurch eine halbe Stunde weg.«

Gerlach verzog das Gesicht. »Glauben Sie mir. Wir haben das abgeprüft. Aber wenn es Sie beruhigt, schaue ich noch einmal in die alten Akten rein. Ich kenne noch ein paar Leute, die mir bereitwillig helfen, sollte ich unorthodoxe Anfragen an die Ermittlungsbehörden richten.«

»Tobias war Kirstens Freund. Er hat mit ihr Schluss gemacht. Sie hat ihn vielleicht unter Druck gesetzt. War sie schwanger? Damit hätte er ein Motiv gehabt. Da hätte man nachhaken müssen!«

Gerlach schlüpfte in sein plattgedrücktes Gefährt, gelenkig wie ein Akrobat. »Verlassen Sie sich drauf: Gebsens Alibi ist wasserdicht. Ich kümmere mich um die Nonnen. Bis später!«

Er wendete und brauste davon.

Ich bin mal gespannt, wie Gerlach Schwester Gertrudis als Zeugin ins Feld führt, damit die Polizei die Ermittlungen wieder aufnehmen kann, dachte Katinka.

*

55.

»Sie können rein zu Frau Riedeisen. Allerdings ist sie noch benommen und braucht Ruhe«, gab eine Krankenschwester freundlich Auskunft, als Katinka an der gläsernen Kanzel auf der chirurgischen Station nach Anja fragte. »Achten Sie darauf, dass sie sich nicht zu sehr anstrengt.«

»Danke.« Katinka klopfte an die Tür und trat ein.

Anja lag im Bett, ein dicker Kopfverband verbarg ihr linkes Auge. Etliche Schläuche führten zu einem Infusionsgestell.

»Frau Riedeisen? Wie geht es Ihnen?«

»Hallo, geht so. War wohl verdammt knapp.«

»Wie ist das denn passiert?« Katinka zog sich einen Stuhl heran.

»Ich weiß nicht.« Anja schloss das rechte Auge. Sie schien wegzudämmern. Ein paar Sekunden später blinzelte sie.

»Was wollten Sie im Keller?« Es fiel Katinka schwer, eine langsame Gangart einzuschlagen. Sie wollte schnellstens Informationen, fürchtete aber, durch zu viele Nachfragen Anjas Gedächtnis in eine bestimmte Richtung zu drängen. »Wir sind im Regen spazieren gegangen, wissen Sie noch?«

Anjas Mund versuchte ein Lächeln. »Ich glaube, ja.«

»Dabei ist Ihre Jacke nass geworden.«

Sie seufzte leise. »Tut mir leid. Ich habe bei Ihnen geklopft, wollte mit Ihnen sprechen.«

»Worum ging es?«

»Sie waren nicht da. Die Tür hatten Sie nicht abgeschlossen. Da habe ich Ihre Jacke genommen. Die war schon wieder abgetropft.« Sie schloss das eine Auge.

Draußen auf dem Gang klingelte ein Handy. Gegen den aufdringlichen Ton anredend, sagte Katinka:

»Das ist kein Problem. Ich hätte Ihnen die Jacke gern geliehen. Wollten Sie noch einmal vor die Tür? Trotz des Regens? Um Luft zu schnappen?«

»Ja …«

»Sie hatten sich mit Ihrem Vater unterhalten. Wo?«

»Wir gingen nach draußen. Zum Waldrand. Nur ein Stück. Wir haben uns lange nicht gesehen. Er ist ein Problem.«

Katinka verbiss sich ungefähr zehn Fragen gleichzeitig. Warten!

Anjas rechtes Auge ging wieder auf. »Ich konnte noch nie Nein sagen, wenn er was von mir wollte. Verstehen Sie? Ich habe Schmerzen. Hinter dem Auge.« Sie hob die Hand und zeigte auf ihre verbundene Gesichtshälfte. »Und ich bin müde.«

»Was ist dann passiert, Frau Riedeisen?«

»Er fuhr weg und ich kam von der Seitentür her ins Haus.« Das rechte Auge fixierte die Wand dem Bett gegenüber. »Ich wollte ins Warme.«

»Sie gingen nicht in den Speisesaal, oder?«

»Ich weiß nicht mehr.«

Verdammt, dachte Katinka.

»Wollten Sie in den Keller?«

»Ich weiß nicht …«

»Als Sie die Kellertür öffneten, um hinunterzugehen. Hörten oder sahen Sie jemanden?«

Es dauerte lange, bis Anja antwortete. Offenbar wand sich endlich eine Erinnerung ans Tageslicht.

»Die Küchentür stand halb offen. Ein Heidenlärm tönte da raus. Ich hörte einen Mann lachen.«

»Einen Mann? Wen denn?«

»Wenn es Tobias war …«

Entgeistert starrte Katinka ihre Klientin an. Sollte das stimmen? Hatte am Ende Tobias Gebsen Anja Riedeisen die Treppe hinuntergestoßen? Sie hatte doch recht gehabt, als sie Gerlach vorhin auseinandersetzte, wie leicht ein einzelner aus einer Gesellschaft verduften konnte, obwohl jeder überzeugt war, genau diese Person die ganze Zeit gesehen zu haben.

»Nein, ich glaube nicht, dass es Tobias war. Ich weiß einfach nicht.«

»Ist jemand aus der Küche herausgekommen?«

Sie schwieg.

»Schwester Gertrudis vielleicht?«

»Ich weiß nicht«, murmelte Anja.

Katinka unterdrückte ein Seufzen. Noch weiter in ihre Klientin zu dringen, hatte keinen Zweck.

Es klopfte energisch, die Tür flog auf.

Mähling fegte herein. »Sie? Was haben Sie bei meiner Tochter zu schaffen?«

»Jetzt schalten Sie mal einen Gang runter!« Katinka stand auf. »Schreien Sie nicht so rum!«

Eine Frau huschte hinter Mähling durch die Tür. Früh gealtert, mager, mit strähnigem Haar. Anjas Mutter?

Mähling, an Widerpart nicht gewöhnt, starrte Katinka mit offenem Mund an. »Das muss ich mir nicht anhören.«

»Anja ist müde und benommen von der Narkose. Ich habe ihr nur ein bisschen Gesellschaft geleistet.« Damit ging Katinka zur Tür. »Tschüss, Anja, bis später.«

Auf dem Gang blieb sie stehen. Verdammt! Sie hatte Anja den Namen der Nonne mit den Schnürstiefeln beinahe in den Mund gelegt. Das war kriminalistisch gesehen ein absoluter Faux-pas. Aber sie hatte keine Zeit! Mähling hatte anscheinend schon immer den Ton gefunden, der seine Tochter einschüchterte. Vermutlich hatte sie ein ganzes Leben klein beigegeben, wenn er ihr seinen Willen aufdrängte. Lediglich bei der Wahl des Internats für ihr Freiwilligenjahr und ihres Studienfachs hatte sie sich durchgesetzt. Sich danach einfach entzogen, den Kontakt auf Sparflamme gehalten. Die früheren Mechanismen jedoch waren noch intakt. Mähling besaß Macht über Anja. Hatte er sie gebeten, den Kokoschka zu suchen? Vielleicht war ihm nur rausgerutscht, dass die Grafik im Keller lagern musste. Versonnen machte Katinka sich auf den Weg zu den Fahrstühlen. Und Tobias? Kam er als Täter in Frage? Hätte er nicht gemerkt, dass in der Jacke nicht Katinka, sondern Anja steckte? Zudem: Seine Motorradstiefel passten nicht zu den Abdrücken. Die hatten eindeutig ein Winterprofil und waren längst nicht so groß wie die von Tobias Gebsen.

Weshalb sollte eine der Nonnen Anja die Treppe hinunterstürzen – selbst wenn sie Katinkas Jacke trug? Aus Angst vor der fremden Privatdetektivin? Richhilde, die Küchenschwester, hatte herumerzählt, dass Katinka Ermittlerin war …

Eine Tür flog auf.

»Das sage ich Ihnen, wenn Sie sich noch einmal bei meiner Tochter einschleichen, werden Sie Ihres Lebens nicht mehr froh. Was haben Sie ihr bloß für Fragen gestellt?«

Katinka drehte sich um. Mähling schoss auf sie zu wie eine Kugel aus einem Gewehrlauf. Sein Kopf leuchtete hochrot.

»Was Sie nicht sagen. Eine fürchterliche Drohung! Ich fange bestimmt gleich an zu weinen.«

»Machen Sie sich nicht über mich lustig. Ich habe ganz andere Menschen kleingekriegt.«

»Zum Beispiel Frank van Cuun?«

Er sah sie lauernd an. »Was spielen Sie für ein Spiel?«

»Oder Horweg? Sie drei, Sie haben doch zu gut verdient, um das Geschäft aufzugeben, oder?« Ein Schuss ins Blaue. Er traf.

Mähling wurde aschfahl. »Ich habe es geahnt, dass Horweg Sie angerufen hat. Dieser verdammte Mistkerl.«

»Anja weiß noch nicht, Herr Mähling, dass Martin ihr Halbbruder ist. Dass ihre erste große Liebe Ihr Sohn ist.«

Er ballte die Fäuste. »Und Sie wollen mich dafür melken, ja? Wie die Nonnen?«

»Holla. Schwester Romana hat Sie erpresst?«

Eine Krankenschwester eilte vorbei und warf den beiden Streithähnen einen erstaunten Blick zu.

»Was für ein Unsinn. Es gab nichts, womit sie mich erpressen konnte.«

»Schwester Gertrudis hat Sie bei Ihren seltenen Besuchen in den Keller geführt. Wo Sie über die Jahre anscheinend allerhand Wertvolles zwischengelagert haben.«

»Das mit Martin ist ein Gerücht!«

»Martin jedenfalls hat es mitbekommen, und er wird, sobald er den Schock überwunden hat, einen Vaterschaftstest verlangen. Er ist Ihr Sohn und damit erbberechtigt. Warum haben Sie ihn geheim gehalten? Um Ihre Ehe zu retten? Man kann jedenfalls nicht behaupten, dass Ihre Frau unter Ihren Händen erblüht wäre!«

»Was geht Sie das überhaupt an? Halten Sie doch den Mund!«

»Die Wahrheit ist in der Welt, Herr Mähling, die verschwindet nicht einfach wieder. Machen Sie reinen Tisch. Hat Horweg etwas gegen Sie in der Hand?«

Mähling lehnte sich an die Wand. »Gehen Sie mir aus den Augen.«

»Sie müssen eine Menge Geld mit dem Kunsthandel gemacht haben«, entgegnete Katinka ungerührt. »Es hat gereicht, um Ihre marode Firma zweimal zu retten und außerdem, um Romana das Schweigegeld zu zahlen.«

Mähling rührte sich nicht.

»Herr Mähling, wenn rauskommt, dass Sie mit einem wie Horweg im Geschäft sind, mit der ehemaligen Stasi, wird das sehr unangenehm.«

Er schüttelte nur den Kopf. Wehrte sich nicht mehr. Er hatte seine Energie verbrannt.

Entweder lässt er mich ins Leere laufen, dachte Katinka, oder ich liege richtig.

*

56.

Er hatte Horweg noch nie um etwas gebeten. Angebote hatte er gemacht, Türen geöffnet, Drinks eingeschenkt, Kontakte hergestellt. Er hatte an windigen Orten Papprollen oder Sperrholzpakete aus dem Wagen geholt, spätnachts die Nonnen aus dem Schlaf gerissen, bei all dem nie Ansprüche an Horweg gestellt. In letzter Zeit war er sowieso eher darauf aus gewesen, Horweg loszuwerden, das Business mit der Kunst einschlafen zu lassen. Sein Künstler war alt geworden über all den Experimenten, auch dessen Interesse schien wegzudämmern. Aber nun lag eine neue Situation vor.

Seine Frau hatte sich hingelegt. Der Besuch bei ihrer schwer verletzten Tochter hatte sie erschöpft. Wie so oft in letzter Zeit, wenn etwas sie seelisch mitnahm, schaltete sie ab, verzog sich in die Mentalkapsel, in der sie ihr Leben verbrachte, schlief oder hörte Musik, surfte im Internet. Wie Mähling selbst verfügte sie über einen Tröster, den sie im Internet bestellte. Gin, ein guter. Wenigstens das.

Als Mähling das Telefon in die Hand nahm, war ihm klar: Er musste es schnell hinter sich bringen, sonst würden die Zweifel ihm keine Ruhe lassen.

Horweg meldete sich nach dem fünften Klingeln. Der Alkohol schien auch sein Tröster, da unten am Bodensee.

»Eduard, sieh an. Was verschafft mir die Ehre?«

»Es gibt Probleme.«

»Immer raus damit.« Es klang gönnerhaft, als würde er sich schon darauf freuen, Mählings Schwierigkeiten aus dem Weg zu räumen.

Du wirst gleich nicht mehr so leutselig daherkommen, dachte Mähling nur, während er berichtete.

Nachdem er geendet hatte, schwieg Horweg einen Augenblick. »Na gut«, brummte er. »Ich habe jemanden an der Hand. Wie heißt die Frau?«

»Katinka Palfy. Ich hoffe, Ihr Mann ist schnell.«

Horweg lachte auf, es klang wie ein knallender Auspuff. »Wenn's weiter nichts ist.«

Es schellte an der Haustür. Mählings Herz begann zu jagen.

»Ich muss Schluss machen.«

»Schönen Sonntag noch, da oben bei Ihnen.« Horweg legte auf.

Mähling hielt das Telefon noch in der Hand, als er die Haustür öffnete. Er fuhr zurück.

»Du?«

»Guten Tag, Herr Mähling.«

Das klang so artig, dass er beinahe gelacht hätte. Das Telefon fiel ihm aus der Hand, und Martin bückte sich, um es aufzuheben. Sprachlos starrte Mähling ihn an. Ein nicht mehr junger Mann, der ihm sein Telefon reichte. Ein Mann, der sein Sohn war.

»Hier.«

»Danke.«

»Kann ich reinkommen?«

»Ich wüsste nicht, warum.«

»Ich schon. Es ist an der Zeit, miteinander zu reden.«

»Es gibt nichts zu reden.«

»Das sehe ich anders.«

Martins Blick war fest. Er würde sich nicht wegschicken lassen. Die Zeit meines Lebens, in der ich Befehle erteilte und automatisch davon ausging, dass sie erfüllt werden, ist vorbei, dachte Mähling matt.

»Eduard? Ist was?«

Die Stimme seiner Frau ließ ihn aktiv werden.

»Nein, was soll sein, alles in Ordnung!« Das fehlte ihm jetzt noch, dass sie herunterkam und fragte, wer der Besucher sei. »Ruh dich aus!«

Aus den Augenwinkeln sah er, wie Martin das Gesicht verzog. Natürlich war ihm klar, wie der Junge – der Mann! – dieses Haus empfinden würde: Eine leere Hülle war sein Zuhause, seine Frau eine betrunkene Statistin, die er hinter die Kulissen schickte, wenn sie nicht gebraucht wurde. Er selbst eine einzige Lüge, einer, der sein Leben allein durch Betrug auf der Erfolgsspur hatte halten können. Eine verschüttete Erinnerung an eine Frau in Bad Königshofen blitzte auf. Eine mopsfidele Person, die nicht lange fackelte, wenn es darum ging, dem Leben ein wenig Vergnügen abzutrotzen.

Mähling trat beiseite, machte eine sparsame Kopfbewegung, die man mit gutem Willen als ein »komm rein« interpretieren konnte.

»Was willst du?«, fragte er mürrisch, als er die Tür des Arbeitszimmers hinter Martin schloss.

»Duzen wir uns?«

Mähling zuckte die Achseln. »Tut nichts zur Sache.« Martin würde an Geld wollen. Zum Glück hatte er Buch geführt über alle Ausgaben, die er jemals für seinen Sohn getätigt hatte. Martins Mutter hatte jahrelang keine Ansprüche gestellt, nur das Internat, das hatte sie ihm abgetrotzt. Martin musste pauken und Mähling bezahlen, das war ihr Plan.

»Gut. Also duzen wir uns.« Martin holte tief Atem.

Mähling ahnte, wie schwer ihm dieses Gespräch fiel, und aus alter Gewohnheit brachte er seine Strategie in Stellung: Schwäche des Kontrahenten ausnutzen.

»Also, worum geht's?«

»Warum durfte ich dich nicht kennenlernen?«

»Ich hatte keinen Bedarf.«

Martin nickte. »Verstehe ich.« Er wandte sich zum Gehen. »Ich liege wohl nicht falsch, wenn ich davon ausgehe, dass auch heute kein weiterer Bedarf besteht.«

Mähling starrte ihn an. Dass er so leicht aus der Sache herauskäme, wollte er kaum glauben.

»Danke jedenfalls für die Chance, die ich durch das Internat bekommen habe. Ich habe mich ehrlich gesagt oft gefragt, wie meine Mutter diese Extraförderung finanzieren konnte. Ohne die jedenfalls hätte ich nicht Abitur gemacht und nicht studiert.« Martins Hand lag schon auf der Klinke.

Plötzlich spürte Mähling etwas Fremdes in sich hochkochen. Er würde jetzt doch gerne etwas sagen. Etwas Versöhnliches. Es mochte daran liegen, dass er in Martins Gesicht einen Reflex seiner selbst sah. Sein Sohn sah ihm tatsächlich ähnlich.

»Augenblick!«, brachte er heraus.

»Ja?« Martin wandte sich um.

Lass dich nicht weichkochen! Dieses Motto seines Lebens schlug selbst in diesem Moment unverdrossen zu. Deshalb nickte Mähling nur knapp. »Adieu.«

»Wiedersehen.«

Martin ging. Mähling hörte die Haustür klappen.

*

57.

Auf der Rückfahrt ins Internat rief Katinka Dante an und bat ihn, zu Stefan Horweg alles zusammenzutragen, was es gab. Dante schien sich über die umfangreiche Sonntagsarbeit zu freuen. »Man kann nicht am frühen Nachmittag schon anfangen, Bier zu trinken«, erklärte er leutselig. »Wie kommen Ihre Ermittlungen voran?«

Katinka setzte ihn über die Entwicklungen in Kenntnis.

Dante staunte. »Mähling ist der Vater – Moment – von dem Halbbruder Ihrer Klientin, welche Angst vor der

Begegnung mit exakt diesem Mann hatte, weil sie in ihn verliebt war?«

»Mit 19.«

»Das macht die Sache nicht einfacher.«

»Für Martin Süderbeck sicher nicht.« Ein aufdringliches Piepen signalisierte einen ankommenden Anruf. »Ich muss Schluss machen, Wischnewski. Mein ewiger Dank ist Ihnen sicher.«

»Cheerio«, sagte Dante.

Katinka nahm den zweiten Anruf an.

»Palfy hier?«

»Hanne Gilbert. Sie hatten mich doch nach Eduard Mähling gefragt.«

»Richtig.« Katinka wich einem Traktor aus, der ihr entgegenkam und offenbar die schmale Straße für sich allein benötigte.

»Er hat einmal bei uns angerufen. Als Frank noch lebte. Wir waren schon verheiratet. Frank war nicht zu Hause.«

»Hat Mähling sich mit seinem Namen gemeldet?«

»Natürlich, sonst wüsste ich ja nicht, dass er das war. Ich kenne ihn gar nicht.«

»Versuchen Sie, so viel wie möglich wieder wachzurufen«, bat Katinka. Sie bog in einen Flurbereinigungsweg und hielt an. Stellte den Motor ab. Am Waldrand guckte ein Reh neugierig in die Runde, bevor es zwischen die Bäume floh. »Was sagte Mähling? Wörtlich? Kriegen Sie das noch zusammen?«

»Oje, ich weiß nicht, ich weiß nur noch, dass er Frank sprechen wollte.«

»Klang er nervös, ungeduldig?« Schon wieder lege ich Zeugen die Antworten in den Mund, die ich hören will, dachte sie ärgerlich mit sich selbst.

»Das ist mehr als 30 Jahre her. Aber ich hatte den Eindruck, er sei ungehalten. Oder habe es eilig.«

»Okay. Bat er Sie, Ihrem Mann etwas auszurichten?«

»Frank sollte zurückrufen. Das war alles.«

»Hat er eine Nummer angegeben?«

»Ich glaube nicht.«

»Sagen Sie, Frau Gilbert«, fragte Katinka, »diese Elfriede Bärberich vom Auktionshaus in Berlin, hat die eigentlich auch für die Stasi gearbeitet?«

»Mag sein. In Franks Akte fand ich keinen Hinweis auf sie. Manche Namen waren allerdings geschwärzt.«

»Das Auktionshaus könnte eine Finte gewesen sein, eine schillernde Außenhaut, um im Hintergrund illegale Kunstgeschäfte abzuschließen.«

»Denkbar.«

»Sie muss etwas gewusst haben. Wie sonst konnte sie diesen Satz auf Franks Beerdigung geäußert haben: ›Es wäre nicht lange gutgegangen. Die da drüben machen, was sie wollen‹?«

»Na ja, dass die im Osten machten, was sie wollten, und dabei über Leichen gingen, das wussten wir alle.« Hanne Gilbert schien nicht überzeugt.

Katinka drehte den Zündschlüssel. »Eine letzte Frage: Kam dieser Anruf von Mähling lange vor dem Tod Ihres Mannes?«

Eine kurze Pause knisterte in der Leitung.

»Vielleicht ein Jahr? Ich weiß nicht mehr.«

»Danke, Frau Gilbert.«

Katinka legte auf und stieß zurück auf die Straße.

*

58.

Als Katinka in den Zufahrtsweg zum Internat einbog, stand kaum mehr ein Wagen auf der Wiese, die gestern von Fahrzeugen bunt gesprenkelt gewesen war. Im Hof zwischen den beiden Gebäuden räumten Angestellte die Tische weg. Alles wirkte ruhig, fast, als unternähme man die endgültigen Vorbereitungen vor der Abfahrt ins Nirgendwo. Gerlachs peinlicher Mazda wartete vor dem Hintereingang. Auf Mählings angestammtem Platz.

Katinka parkte direkt vor dem Haupteingang. Manfred Krone stand in der Tür.

»Schwer, Abschied zu nehmen, wie?«, grinste er spöttisch.

»Sozusagen.«

»Dieser spillerige Typ mit dem Raucherhusten ist auch wieder hier.«

Katinka stieg aus. »Hier sieht es aus, als hätte es nie eine Geburtstagsfeier gegeben.«

»Schwester Romana ist richtig geknickt. Anjas Unfall überschattet alles«, seufzte Krone. »Möchten Sie was essen oder ein Fresspaket mitnehmen? Die Nonnen haben dermaßen viel übrig, das können die nie selber alles verzehren. Einfrieren lohnt nicht mehr.«

»Gute Idee.« Katinka war hungrig, es war mittlerweile drei Uhr. Sie hatte kein Mittagessen gehabt.

»Haben Sie Anja besucht?«

»Ja. Es geht ihr noch nicht besonders. Wir konnten kaum reden. Die Narkose!«

»Stimmt, das dauert, bis man das Gift los ist. Kommen Sie mit in den Speisesaal!«, lud Krone sie freundlich ein.

»Verspüren Sie eigentlich Wehmut wegen des bevorstehenden Abschieds?«

»Weshalb? Weil ich die gute alte Zeit wiederhaben wollte?« Krone winkte ab, ging voraus. »Wissen Sie, wir lügen uns doch was in die Tasche mit dem Gejammer. Früher war auch nicht alles ideal. Internatserziehung hatte durchaus ihre Mängel. Darf man in diesen heiligen Hallen vielleicht nicht sagen, aber ein wenig Realismus sollte schon sein.«

»Den Nonnen geht es wohl anders damit.«

Krone lachte auf, während er die Tür zum Speisesaal aufstieß. Die Tische standen wieder ordentlich in Reih und Glied. Auf dem hintersten türmten sich Speisen und Getränkeflaschen. »Kartoffelsalat? Baguettebrötchen? Wurstsemmel? Kuchen?«

»Kartoffelsalat klingt prima.«

Krone häufte einen Teller voll und brachte ihn Katinka.

»Bitte. Lassen Sie es sich schmecken. Also, Sie haben recht, was unsere Schwestern angeht. Für die ist es ein Abschied vom aktiven Leben.« Er sank Katinka gegenüber auf einen Stuhl.

»Für Sie auch.«

»Ich bitte Sie! Ich gehe ganz normal in Rente und lebe selbstbestimmt weiter. Die Nonnen hingegen ziehen ins Mutterhaus oder gleich ins Altersheim. Ausrangiert. Aus der vollen Aktivität in den Stillstand. Lange machen sie es dann wohl nicht mehr. Sie haben alle für ihre Mission hier oben in der Rhön gelebt.«

»Bei Romana kann ich mir das gut vorstellen«, nickte Katinka, während sie ihren Salat aß.

»Die absolute Ausnahmeerscheinung. Robust, energiegeladen, fröhlich, positiv. Schauen Sie sich dagegen Gertrudis an: nur noch ein Schatten ihrer selbst.«

»Wie war sie denn früher?«

»Diskret, umsichtig, zurückhaltend – und ein ziemlicher Controlletti.«

»Was heißt das?«

»Sie war allem und jedem auf den Fersen. Ständig im Überprüfmodus, ob alles nach den Vorgaben gehandhabt wurde. Pädagogisch natürlich. Selbst bei der Hausaufgabenbetreuung schneite sie urplötzlich rein. Um sich einen Eindruck zu verschaffen, wie sie sagte. Die Schüler machten sich tagtäglich lustig darüber. Sie kriegten natürlich mit, dass wir Erzieher genauso unter der Knute standen wie sie. Lateinhefte rot einbinden, Deutschhefte gelb. Mathe blau. Sakradi.«

Katinka schob ihren Teller weg. »Ich glaube, ich nehme noch eine Wurstsemmel.«

»Bitte, natürlich!« Eilfertig sprang Krone auf, aber Katinka bediente sich bereits selbst.

»Schmeckt lecker.«

»Ach, ich sage Ihnen, als Schwester Richhilde hier gekocht hat, da war das Essen ein Gedicht. Die kann was, die Richhilde, wirklich. Kulinarisch hat sie dem Internat ihren Stempel aufgedrückt. Nicht einfach, für Jugendliche zu kochen, die wollen am liebsten jeden Tag Pommes mit Ketchup.« Er hob die Hände in einer hilflosen Geste. »Schwester Richhilde kommt aus Ostpreußen. Die haben da so eine Kuchentradition gehabt, das kann man sich nicht vorstellen, was die gebacken haben. Erzählt sie manchmal. Sie floh mit ihrer Mutter und zwei Geschwistern. Das Kleine hat nicht überlebt. Schlimm. Die Mutter ist über diesem Elend nie mehr imstande gewesen, sich um die anderen angemessen zu kümmern. Deswegen trat Richhilde dem Orden bei. Erzählte sie mal, in einer schwachen Stunde.«

»Wie traurig!«

»Wirklich! Sie war ein Kind, als sie ihre Heimat verlor. Meiner Meinung nach trifft es sie jetzt am härtesten. Sie verliert ihr Zuhause. Der einzige Ort in der Welt, wo sie sich nach der Flucht verwurzeln konnte, war dieses Internat.«

Katinka starrte auf die Reste ihrer Semmel. Krone redete wie ein Wasserfall. Und irgendetwas an seinen Worten verfing sich in ihrem Kopf. Als wäre es wichtig, obwohl es eigentlich nicht so wirkte.

»Werden die Nonnen gemeinsam an einen neuen Ort versetzt oder müssen sie sich trennen?«

»Irmtraud ist vergleichsweise jung. Ihr wird der Orden sicher ein neues Einsatzgebiet zuweisen. Romana setzen sie vermutlich an einer Klosterpforte ein, sie ist fit genug, sich Namen zu merken, Telefongespräche durchzustellen und Post zu verteilen. Aber Gertrudis, in ihrem Zustand? Und Richhilde, die kaum noch laufen kann?« Krone beugte sich vertraulich vor. »Da ist Gnadenhof angesagt.«

»Was halten Sie eigentlich von Eduard Mähling, Herr Krone?«

Er zuckte zurück. »Was meinen Sie damit, was ich von ihm halte?«

»Er kommt doch viel ins Internat.« Katinka kaute den letzten Bissen Semmel. Ob Krone wusste, dass Martin Süderbeck Mählings Sohn war? Hatte Romana gar nicht so stillgehalten?

»Na, längst nicht mehr so häufig wie früher.«

»Warum eigentlich?«

»Was weiß ich. Er hat Geld und er spendet den Nonnen. Spendete, Vergangenheit. Trotz aller Großzügigkeit müssen sie einpacken.« Er lachte freudlos. »Wenn die Zeiten sich ändern, kommt man dagegen nicht an. Was vor 30 Jahren eine gute Idee war, muss heute nicht mehr funktionieren. Egal, wie viel Geld man reinpumpt.«

»Wie ging es Ihnen eigentlich mit Kirstens Tod?«

»Wie es mir damit ging?« Krone schüttelte den Kopf. »Sie haben Nerven! Wir waren alle in den Grundfesten erschüttert. Als ich hörte, dass sie Epileptikerin war, fühlte ich mich glatt beruhigt. Als hätte sich eine natürliche Erklärung für alles gefunden, die das Unglück irgendwie abmilderte.«

»Ihrer Meinung nach ist das nicht so?«

Krone sah sich um. Er beugte sich vor. »Ich habe mir Vorwürfe gemacht. Wenn wir gewusst hätten, dass Kirsten eigenmächtig die Tabletten abgesetzt hatte … wenn Gitta und ich im Haus gewesen wären … verstehen Sie, man formulierte Tausende von Sätzen, die alle mit ›wenn‹ begannen. Sinnlos.«

»Wie sind eigentlich die Nonnen damit zurechtgekommen?«

»Schwester Romana hat sich in Anjas Betreuung gestürzt, das Mädchen war verständlicherweise völlig verunsichert. Vom Elternhaus hatte sie wenig Trost zu erwarten. Insofern war es gut, dass Anja bei uns blieb und ihr freiwilliges Jahr nicht abbrach. Meine Frau bot ihr an, zu uns ins Gästezimmer zu ziehen, weil sie es auf dem Flur da oben allein nicht aushielt. Schwester Gertrudis als Chefin musste sich mit der Bürokratie herumschlagen. Kirstens Tod hat sie aus der Bahn geworfen, wenngleich sie es nicht zeigen wollte. Und Richhilde, die war eher zugeknöpft. In die kann niemand richtig hineinsehen.«

»Und wenn es Mord war?«

Krone starrte Katinka an. »Das glauben Sie nicht wirklich!«

»Ich frage Sie!«

Der Mann schüttelte den Kopf. »Tatsache, wir haben natürlich darüber gesprochen. Also Gitta und ich. Tod in der Badewanne … Als Anja Kirsten fand, das war wie in einem Hitchcockfilm!« Er ruderte mit den Armen. »Trotzdem – wer hätte sie umbringen sollen!« Krone trommelte mit den Fingern auf die Tischplatte. »Alle hatten Alibis. Gitta und ich, wir waren ja nicht im Haus! Nur, seltsam … Also, Martins Klassenlehrerin meldete sich bei mir. Ein paar Tage nach Kirstens Tod. Martin hätte zwei Stunden geschwänzt.«

»Wieso denn das?«

»Ich knöpfte ihn mir vor. Er gab an, er habe für seine Mutter ein Geschenk kaufen wollen. Zum Geburtstag. Und weil er außerhalb der Schulzeiten hier oben festsaß, wo sich weit und breit kein Geschäft befindet, schlich er aus der Schule. Als ich ihn zur Rede stellte, flehte er mich an, niemandem etwas zu sagen. Er war drauf aus, sein Abitur zu bestehen. Der Schlendrian von früher sollte ein für alle Mal vorbei sein.« Krone beugte sich vor. »Überlegen Sie mal, wieso sollte Martin Kirsten umbringen? Er hatte mit ihr kaum zu tun. Nein, Kirsten war meistens mit Anja zusammen, die beiden betreuten die jüngeren Schüler. Mit den Abiturienten hatten sie nichts zu tun.«

»Tobias Gebsen – wie ist Ihre Meinung über ihn?«

»Ein ordentlicher junger Mann, schon damals. Pflichtbewusst, sportlich, ein Pfundskerl, so nannte man diese Exemplare früher.«

»Könnte er einen Grund gehabt haben, Kirsten zu töten?«

»Ach was!« Krone schüttelte den Kopf. »Weshalb denn?«

»Nehmen wir mal an, Kirsten war schwanger. Sie hat niemandem davon erzählt, auch Anja nicht, ihrer besten

Freundin. Aber sie setzte Gebsen in Kenntnis, und der zog die Reißleine.«

»Wirklich, Frau Palfy. Was für ein Unsinn!«

»Mir ist selbst bewusst, dass es keine Möglichkeit mehr gibt, genau das festzustellen. Es ist einfach zu viel Zeit ins Land gegangen …«

»Gebsen hatte ein Alibi.«

»Eins, das vielleicht nicht so wasserdicht ist, wie man seinerzeit annahm«, insistierte Katinka. Gerlach behauptete, er und seine Leute hätten genau nachvollzogen, wer Tobias wann gesehen hatte. In der Turnhalle. Beim Reparieren der Verkleidung. Es half nichts; sie musste zurück zu ihrer ursprünglichen Idee.

»Womöglich wurde Kirsten Zeugin eines Unfalls. Ein paar Tage vor ihrem Tod starb ein Mann. Auf der Straße Richtung Grenzübergang«, fuhr sie fort.

»Ich erinnere mich. Woher wissen Sie, dass Kirsten diesen Unfall beobachtet hat?«

»Ich weiß es nicht, es ist jedoch sehr wahrscheinlich der Fall. Sie war an jenem Sonntag mit dem Fahrrad in Völkershausen. Das Wetter war mies. Wenn sie den kürzesten Weg zurück ins Internat genommen hat, könnte sie genau zur Unfallzeit an exakt dieser Stelle vorbeigekommen sein.«

Krone machte große Augen. »Was sollte sie um Himmels willen gesehen haben?«

Katinka beschloss, sich nicht weiter um die Begriffsstutzigkeit des Mannes zu kümmern.

»Wenn wir das wüssten. Wird man kaum rekonstruieren können, nach so langer Zeit, nicht wahr? Wie ging eigentlich die Sache mit Astrid Kaiser aus?«

Perplex starrte Krone sie an.

»Ihnen wurde nachgesagt, Sie hätten eine Affäre mit dem Mädchen gehabt.«

»Das ist ja mal wieder typisch. Dass Sie das ausgraben.«

»Wurde mir zugetragen, sorry.«

Krone winkte ab. »Nach diesem Quatsch sind heute noch alle süchtig. Es war nichts. Astrid machte mir schöne Augen. Soweit ich dahintergekommen bin, hat sie mit einer Mitschülerin gewettet, dass sie mich rumkriegt.«

»Und? Hat sie?«

»Natürlich nicht!« Krone seufzte. »Sie sind echt ein Eisenfresser!«

Von der Küche hörte man verhaltenes Gelächter. Die Tür öffnete sich, und obwohl Katinka mit dem Rücken zur Geräuschquelle saß, hörte sie das leise Klicken, das sich in die schwerfälligen Schritte einer Person mischte, die langsam näher kam.

Schwester Richhilde und ihre Krücken.

*

59.

Katinka machte, dass sie aus dem Speisesaal kam, nicht ohne sich bei Manfred Krone für seine Offenheit zu bedanken.

Auf der breiten Treppe nach oben saß Gerlach und inspizierte den Inhalt einer Plastiktüte.

»Waren Sie einkaufen?«

»Am heiligen Sonntag? Sakrileg! Das darf es in Bayern niemals geben, Frau Palfy!«

Sie lachte. »Im Internet können Sie sonntags so viel einkaufen, wie Sie wollen. Sogar in Bayern.«

»Kann ich nicht unbedingt als Triumph empfinden. Schauen Sie mal.«

Katinka warf einen Blick in die Tüte. »Spinne ich oder sind das wirklich die Stiefel von Schwester Gertrudis?«

Gerlach nahm einen Schuh heraus und drehte ihn um. »Sehen Sie sich das Profil genau an!«

Katinka betrachtete kritisch die Sohle. »Verdammt.«

»Also?«

Sie deutete auf den Absatz. »Ein gezacktes Muster. So eins habe ich gesehen. Unten. Vor dem Abgang zum Keller. Die Größe kommt auch hin.«

»Also gut.«

»Die Spuren sind nicht gesichert worden.« Katinka fühlte sich mit einem Mal völlig erschlagen. »Wir können nichts beweisen.«

»Ich habe mit Schwester Gertrudis gesprochen. War allerdings schwer, an sie heranzukommen.«

»Auf die Gefahr hin, dass ich mich wiederhole: Sie ist dement!«

»Das auch, aber störender fand ich, dass die Küchenschwester ständig um sie herumwuselte.«

»Richhilde?«

»Hat die liebe Gertrudis keine Minute aus den Augen gelassen und unser Gespräch immerzu unterbrochen.« Er ließ den Stiefel in die Tüte fallen. »Was sagt uns das?«

Katinka schüttelte den Kopf. »Sollte sie ein Interesse haben, irgendwas unter dem Deckel zu halten?«

»Sieht ganz so aus.«

»Vorhin habe ich mit Krone gesprochen. Er meinte, Richhilde sei ein Vertriebenenkind und habe erst im Internat eine neue Heimat gefunden.«

Gerlach griff nach seinen Zigaretten. Zündete eine an. Inhalierte tief. »Sie kapieren's selbst, was?«

»Es bedeutet«, Katinka schüttelte das Unbehagen ab, erneut zum Prüfling degradiert zu werden, »dass das Schlimmste für sie der neuerliche Verlust ihres Zuhauses wäre. Was jetzt eingetreten ist.«

Gerlach rauchte. »›Jetzt‹ ist nicht relevant. Was war vor 30 Jahren? Das ist der springende Punkt.«

»Sie meinen, sie hatte bereits vor 30 Jahren Anlass zu denken, sie würde zum zweiten Mal ihren Platz im Leben aufgeben müssen?«

»Die Geldprobleme des Internats«, half der Kommissar Katinka auf die Sprünge.

Sie dachte nach. Doch wie sie es auch drehte und wendete, sie kam nicht weiter: »Was soll das letztendlich heißen?«

»Ich weiß es noch nicht.« Er starrte missmutig auf seine Zigarette. »Jetzt kriege ich Ärger, weil ich im Haus rauche.«

Katinka lachte. »Wo ist eigentlich der Kokoschka?«

»In Sicherheit. Ich werde mich nach einem Kunstexperten umsehen. Habe schon jemanden im Auge, der sagen kann, ob die Grafik echt ist oder nicht.«

»Bin gespannt, was dabei rauskommt.«

Katinkas Handy klingelte.

»Palfy?«

»Klinik Mellrichstadt. Ihre Freundin, Frau Riedeisen, möchte, dass Sie bitte bei ihr vorbeikommen. Sie will wohl etwas Dringendes mit Ihnen besprechen. Sie ist sehr aufgeregt. Es wäre wirklich gut, wenn Sie sich rasch auf den Weg machen könnten.«

Gerlach ging zur Tür, öffnete sie einen Spalt und warf die Kippe hinaus auf den Hof.

»Okay. Sagen Sie ihr, ich komme, so schnell ich kann.« Katinka legte auf.

»Ist was passiert?« Gerlach wandte sich zu ihr um.

»Anja will mich sprechen. Was haben Sie eigentlich aus Schwester Gertrudis rausgekriegt?«

»Sie ist schrecklich aufgeregt und nervös, kommt kaum zur Ruhe. Irgendetwas hat sie aus der Bahn geworfen.«

»Vielleicht hat sie Anja gar nicht die Treppe hinunterstoßen wollen, sondern Anja war drauf und dran, heimlich in den Keller zu schleichen, als Gertrudis dazustieß? Anja kann vor Schreck die Treppe heruntergestürzt sein. Und Gertrudis macht sich deswegen verrückt. Sie ist total neben der Kappe, der Himmel weiß, weshalb sie X tut und Y lässt.«

Gerlach tastete nach der Zigarettenschachtel. »Mir gefällt diese Erklärung überhaupt nicht.«

»Ich muss los.«

»Habe die Ehre!« Gerlach hob die Hand zum Gruß.

*

21.3.1988

60.

Kirsten fühlte sich elend. In ihrer Kehle zog sich alles zusammen, als wenn eine Grippe im Anzug war. Und das vor den Osterferien! Sie hatte sich so auf zu Hause gefreut.

Unruhig wälzte sie sich in ihrem Bett hin und her. Alles kam hoch, der Streit mit Tobias tobte in ihrem Kopf, das schreckliche Erlebnis draußen auf der Landstraße. Sie hatte sogar auf einer Karte den genauen Unfallort eingegrenzt. Nur vier Kilometer von der Grenze weg war sie gewesen, wenn überhaupt, und der Wagen, der den Mann totgefahren hatte, musste aus der DDR gekommen sein, anderswo führte die Straße nicht hin.

Grenzübergang Mellrichstadt. Ihr war gar nicht klar gewesen, wie lange sich die Strecke zu Tobias hinzog. Erst jetzt strömte alles auf sie ein. Die Kälte, ihre eiskalten Hände, trotz der Handschuhe, das feuchte Laub auf dem Waldboden, der Geruch nach Moder, die vorwitzigen, weißen Blüten. Das Motorengeräusch. Das satte BAFF, als der Körper auf dem Asphalt aufgeschlagen war. Der hastige, panische Blick des anderen Mannes, der dem Toten an den Hals gefasst hatte und getürmt war …

Kirsten wurde übel. Sie stand auf und rannte den Flur

entlang zu den Toiletten. Würgte, aber es kam nichts. Sie sackte auf den Boden und rieb sich die schweißnasse Stirn.

Als sie nach einer Weile in ihr Zimmer zurücktrottete, hörte sie eine Autotür schlagen. Neugierig lugte sie hinaus.

Ein Wagen hielt, ein Mann ging auf den Seiteneingang zu.

Kirsten tastete im Dunkeln nach ihrem Wecker.

Nach zwei!

Ohne lange nachzudenken, zog sie einen Pulli über.

Sie musste wissen, was das alles bedeutete. Den Wagen kannte sie, sie kannte den Mann, Mähling, Anjas Vater! Ein unnahbarer, cholerischer Typ, vor dem die eigene Tochter Angst hatte. Der Unternehmer, der das Internat, wie Romana mitunter durchblicken ließ, mit seinen Spenden am Leben hielt. Weil sich das alles nicht mehr rechnete und sie im Winter sogar an der Heizung sparten.

Lautlos schlich sie auf ihren Socken die Treppen hinunter.

Mähling und eine der Schwestern stiegen in den Keller. Die Schwester trug etwas. Schon war der Lichtkegel hinter einer Biegung verschwunden.

Kirsten wartete einen Augenblick. Folgte den beiden. Wagte sich nicht allzu weit vor, konnte aber die meiste Zeit ihrem Gespräch lauschen.

Nun fiel ihr auch ein, woher sie den goldenen Mercedes kannte. Das Auto des Toten! Der kam ab und zu hierher, zuletzt kurz nach den Weihnachtsferien.

Mähling und die Nonne kamen zurück.

Jäh schoss Kirsten der Schweiß aus den Poren. Zugleich fröstelte sie. Ihr Kopf schmerzte. Sie kehrte um, lief raus aus dem Keller, als sie hinter sich bereits die Stimme der Schwester hörte.

»Das kann nicht so weitergehen in der Ostzone. Die Leute dort sind stinksauer. Die machen das nicht mehr lange mit.«

»Sie haben Familie drüben?«, fragte Mähling.

Kirsten rannte. Die Treppe hoch, durch den kleinen Vorraum am Seiteneingang, dessen Tür halb geöffnet war.

Vorhin hatte sie nicht offen gestanden.

Sie bekam kaum Luft, als sie die Stufen in den ersten Stock hochhastete. Geriet ins Rutschen, als sie auf etwas Spitzes trat und ihren Aufschrei gerade noch unterdrückte. Die Knie drohten ihr einzuknicken. Sie hielt sich am Geländer fest.

Mähling hatte etwas aus dem Mercedes genommen, nachdem er sich vergewissert hatte, dass der Mann tot war. Mähling konnte nichts dafür, er hatte den anderen nicht angefahren. Doch warum hatte er nicht die Polizei und einen Notarzt gerufen? Warum musste ein Landwirt die Leiche finden? Auf den Stufen kauernd hörte sie die Nonne sagen:

»Eine Schwester. Leibliche Schwester.«

Kurz irrte der Lichtkegel der Taschenlampe zu Kirsten hoch. Für den Bruchteil von Sekunden glaubte sie, der helle Strahl habe ihre Socken erhascht. Sie zog die Beine an. Der Lichtkegel tänzelte davon.

»Sie merken ja, dass wir im Sommer dringend die Renovierung angehen müssen. Sobald die großen Ferien anfangen.«

»Selbstverständlich.« Mählings Stimme wurde leiser.

Kirsten rappelte sich hoch und lief in den zweiten Stock. Ihr Herz hämmerte zum Zerspringen, als sie ihre Zimmertür schloss und von innen absperrte. Sie spähte aus dem Fenster. Schnee bedeckte die Felder und den Wald – und den Wagen, dessen Scheibenwischer sich abmühten, die weiße Schicht beiseitezukehren. Das Auto rollte mit ausgeschalteten Scheinwerfern vom Haus weg. Die Wolken rissen auf und ließen Mondlicht durch. Kalt glitzerte die Landschaft. Mit den Fingerspitzen berührte Kirsten die eiskalte Scheibe.

Als sie ein leises Geräusch hörte, fuhr sie herum. Die Klinke ihrer Tür bewegte sich nach unten.

Erstarrung.

Ein Lichtkegel glitt unter der Türkante hindurch. Langsam klappte die Klinke wieder nach oben.

Der Lichtstrahl draußen auf dem Gang erlosch. Zugleich trieben neue Wolken heran und bedeckten den Mond. Die Finsternis fiel über Kirsten wie eine Decke.

*

19.5.2018

61.

»Das hat Kirsten Ihnen erzählt?«

»Einen Tag später.« Anja schien in den Kissen geschrumpft. Ihr eines Auge war rot unterlaufen. Der Bericht hatte sie angestrengt.

»Also hat sie den Unfall beobachtet!« Katinka verspürte ein zartes Triumphgefühl, weil sie mit ihrer Annahme richtig gelegen hatte. »Sie hat Ihren Vater gesehen, wie er etwas aus van Cuuns Mercedes nahm. Hat sie nicht mehr darüber gesagt?«

»Ich weiß nicht.« Anja stöhnte leise. »Kann sein. Ich kriege das nicht mehr zusammen. Ich habe nur behalten, dass mein Vater etwas aus dem Wagen holte.«

»Nachdem der Unfall passiert war. Er muss Zeuge gewesen sein, wie van Cuun totgefahren wurde, hat das aber nie zugegeben!«

»Kirsten hatte Angst. Wir hatten beide Angst. Sie zermarterte sich den Kopf, wer versucht haben könnte, in ihr Zimmer einzudringen.«

»Nur, damit ich das nicht falsch verstehe: Ihr Vater hat etwas ins Internat *gebracht*? Nicht abgeholt?«

»Gebracht.«

Den Kokoschka vielleicht, dachte Katinka, während sie

weiterfragte: »Sie sind sicher, dass Schwester Gertrudis mit Ihrem Vater im Keller war? Nicht Romana?«

»Ja. Gertrudis.« Anja schloss ihr Auge.

»Frau Riedeisen, nur noch eine Frage. Kommt Ihnen vielleicht verrückt vor. Aber: War Kirsten schwanger?«

»Schwanger?«

»Hat sie Ihnen gegenüber erwähnt, dass sie fürchtete, sie könnte schwanger sein? Oder hat sie einen Schwangerschaftstest gekauft? Irgendwas in der Art?«

»Nein. Nein, das wüsste ich.«

Kurz darauf wurden Anja Riedeisens Atemzüge gleichmäßig. Die Unterhaltung hatte sie erschöpft. Keine Chance, ihr noch mehr aus der Nase zu ziehen. Und vollkommen undenkbar, sie mit der Erkenntnis zu konfrontieren, dass Martin ihr Halbbruder war. Das hätte ohnehin Zeit.

Katinkas Jagdtrieb war geweckt. In Anjas Gedächtnis purzelten vermutlich weitere Informationen herum, mit denen sie bisher nicht herausgerückt war. Sobald es ihr besser ginge, hatte sie hoffentlich weitere Details präsent.

Mit einem Blick auf ihr Handy stellte sie fest, dass Dante sie angerufen hatte. Sie verließ das Krankenzimmer. Eine Krankenschwester kam mit einem Päckchen in Folie auf sie zu. »Entschuldigen Sie, sind Sie Katinka Palfy?«

»Ja.«

»Frau Riedeisen war es wichtig, dass Sie das bekommen.«

Verblüfft nahm Katinka das Päckchen.

»Es ist die Jacke, in der Frau Riedeisen eingeliefert wurde. Also, anscheinend Ihre!«

»Danke.«

»Sie wird wohl gereinigt werden müssen.«

Katinka winkte ab. »Es gibt Schlimmeres.«

»Wiedersehen«, sagte die Schwester freundlich.

»Auf Wiedersehen.«

Als Katinka aus dem Haupteingang trat, rief sie Dante zurück.

»Frau Palfy, endlich. Neuigkeiten!«

»Ich bin ganz Ohr.«

»Dieser Stefan Horweg ist ein ganz schlimmer Finger. Oder ein Überlebenskünstler. Wie man's nimmt.«

»Heißt?«

»Er hat nach der Wende und vor allem nach dem Zusammenbruch der Sowjetunion im ganzen Ostblock Kunstwerke aus Museen verscherbelt. Illegal natürlich!«

»Sie meinen, er hat dort ein paar Bilder von der Wand genommen und weiterverkauft?«

»So in etwa. Insbesondere in den neu entstandenen Staaten, die aus den sowjetischen Teilrepubliken hervorgegangen waren, nutzte er das Machtvakuum der Übergangsphase aus. In vielen dieser Republiken gab es anarchische Zustände, Bürgerkriege, ethnische Säuberungen. Bewaffnete Banden übten die Macht auf den Straßen aus, staatliche Strukturen oder Kontrolle waren Fehlanzeige.«

»Das spielte ihm in die Hände.«

»Genau! Abgesehen davon, dass viele Leute in den staatlichen Museen ihre Posten verloren, wenn sie nicht die passenden Kontakte hatten oder man wütend auf sie war, weil sie mit den früheren Machthabern zu eng verbunden gewesen waren. Neue, unerfahrene Mitarbeiter wurden auf deren Stellen gesetzt, und denen konnte man allzu oft ein X für ein U vormachen oder sie mit Geld ruhigstellen. Alles in allem ein gewaltiges Tohuwabohu. Horweg hat in dieser Lage geschickt agiert und sich die entsprechenden Werke unter den Nagel gerissen.«

»Hanne Gilbert sagte mir, Horweg sei wegen Fälschung und Betrug verurteilt worden.«

»Das stimmt, der Verdacht kam auf, doch in Sachen Fälschung gab es nie ausreichende gerichtsfeste Beweise. Er konnte nur in einer Sache verurteilt werden: Dem Leipziger Stadtarchiv hat er ein paar wertvolle alte Handschriften abgeknöpft. Die waren echt. Anderes war ihm nicht nachzuweisen, geschweige denn das, was er im Ausland angestellt hat. Eine Haftstrafe von wenigen Jahren wurde zur Bewährung ausgesetzt. Juristisch war er bis zu diesem Prozess ein unbeschriebenes Blatt.«

»Und politisch?«

»Dazu schweigt das Internet. Ihre Quelle hat doch gesagt, er sei ein hohes Tier in der DDR-Nomenklatura gewesen.«

»Stasiagent. Haben Sie rausgefunden, wo er jetzt lebt?«

»Ich weiß nicht, Frau Palfy, möglich, dass ich überall grüne Männchen sehe, aber Menschen wie Horweg haben auch heute an den entscheidenden Stellen Ohren. Wenn er früher mit Mähling in Fulda kooperiert hat, und wenn der noch in dem Kunstfälschungsgeschäft drinsteckt, bin ich ziemlich sicher, dass Horweg in groben Zügen weiß, was im Umfeld läuft.«

»Mähling war an dem Unfall vor 30 Jahren nahe dem Grenzübergang irgendwie beteiligt. Kirsten, das spätere Badewannenopfer, hat beobachtet, wie vor dem Unfall …«

Es kam Katinka vor, als rastete etwas in ihrem Kopf ein. Als schlösse sich eine Verbindung um zwei lose Enden. Eine Gruppe Besucher schritt laut lachend auf das Klinikgebäude zu. Ein Mann lehnte an seinem Wagen, rauchte. Vor seinen Füßen hopste eine Amsel herum.

»Was hat sie beobachtet?«

»Danke, Wischnewski.« Katinka ließ das Handy sinken.

Dantes Stimme aus dem Telefon drang gar nicht mehr zu ihr durch.

Wenn Anjas Geschichte stimmte, vorausgesetzt, dass Kirsten ihrer Freundin tatsächlich die ganze Wahrheit aus jener Nacht erzählt hatte, standen zwei Dinge mit Sicherheit fest: Kirsten hatte Mähling auf der Straße erkannt; er war an dem Unfall beteiligt gewesen oder zumindest Zeuge. Und zweitens: Jemand hatte mitbekommen, dass Kirsten gelauscht hatte, als Mähling in jener Nacht zwischen dem 21. und 22. März 1988 etwas anlieferte. Vielleicht die Kokoschka-Grafik. Diese Person war besorgt, versuchte in Kirstens Zimmer einzudringen. Zwei Tage später war die junge Frau tot.

»Sind Sie noch dran, Frau Palfy?«, kam es blechern aus dem Handy.

»Nein. Bin ich nicht. Tschüss, Wischnewski!« Katinka legte auf und wählte Gerlachs Nummer.

*

62.

Der klare Tag hatte sich auf den Höhen der Rhön in eine Waschküche verwandelt. Regen sprühte aus den tief hängenden Wolken, und das zuvor frische Frühlingsgrün der Wiesen war einem verwaschenen Grau gewichen. Katinka prügelte den Italiener Richtung Internat. Sie hätte gern Mähling aufgesucht – bedauerlicherweise scheiterte sie hier eindeutig an ihrer Unfähigkeit zur Bilokalisation. Das gezackte Muster von Gertrudis' Schuhen ... Wenn es stimmte, dass die damalige Direktorin Mähling gestattet hatte, seine Kunstfälschungen bis zum Weitertransport im Internat zu lagern, hatte sie das sicher nicht aus Barmherzigkeit getan. Womöglich bekamen die Nonnen ein Stück vom Kuchen ab.

Sie rief die Auskunft an und ließ sich mit Martin Süderbecks Privatanschluss verbinden. Carola war sofort am Apparat.

»Katinka Palfy.«

»Aha.«

»Wie geht es Ihnen?«

»Ich bin okay. Martin wollte zu ... nun, zu seinem Vater.«

»Geben Sie mir bitte seine Handynummer.«

Anstandslos diktierte Carola die Nummer, Katinka kritzelte sie auf ihren Handrücken.

»Danke.«

Sie wählte.

»Hallo?«, klang Martin Süderbecks Stimme müde aus dem Telefon.

»Katinka Palfy.«

»Sie!«

»Wie hat Mähling Ihren Besuch aufgenommen?«

»Er ist eine Drecksau.««

»Da sagen Sie vermutlich etwas Wahres.« Katinka spürte Mitgefühl für Martin und seine Situation, doch ihr Anruf war nicht therapeutischer Natur. »Herr Süderbeck, Sie haben am Tag, als Kirsten starb, zwei Stunden geschwänzt. Was haben Sie Ihrer Mutter schenken wollen? Und zu welchem Anlass?«

»Krone hat also geredet!«

»Nehmen Sie es ihm nicht krumm.«

»Ich habe meiner Mutter ein Teeservice gekauft. Japanisch. Mit so ganz kleinen Tässchen. Nur vier Stück. Und einer Kanne. Der Griff war mit Korb überzogen. Meine Mutter hatte kurz nach Ostern Geburtstag. Wurde 45. Sie hatte sich so ein Service schon lange gewünscht. Ich habe das in einem Geschäft in Mellrichstadt bestellt. An dem Tag habe ich es bezahlt und abgeholt.«

»Warum haben Sie das nicht zugegeben?«

»Habe ich doch. Manfred Krone war mit der Erklärung zufrieden.«

Aber bei der Polizei scheint diese Unregelmäßigkeit nie angekommen zu sein, dachte Katinka. Soviel zum Thema wasserdichte Alibis.

»Ich wünsche Ihnen alles Gute!«, sagte sie und legte auf.

Katinka warf das Handy auf den Beifahrersitz. Stellte die Scheibenwischer eine Stufe höher. Martin hatte kein Motiv. Nicht das Geringste. Der Punkt war: Wenn Anjas Sturz gestern mit Kirstens Tod vor 30 Jahren zu tun hatte, dann ging es nicht um die beiden Männer, die damals noch halbe Jugendliche gewesen waren. Katinka schauderte bei dem Gedanken an die Konsequenzen.

Dante rief an.

»Bevor Sie mich von Neuem abwürgen, ich habe noch was rausgefunden.«

»Nämlich?«

»Es scheint, als wären Stasi-Kader in der Spätphase der DDR mit Kunstwerken ruhiggestellt worden. Leute, die gerne Karriere gemacht hätten. Deren Unmut man unter dem Deckel halten musste, während die Unzufriedenheit quasi jeden Tag wuchs.«

Katinka wischte den Beschlag von der Windschutzscheibe. Als sie die nächste Hügelkuppe erreichte, setzte der Regen plötzlich aus und der Himmel brach auf. Direkt vor ihr wölbte sich ein Regenbogen.

»Wo kamen diese Kunstwerke denn her?«

»Das ist der Clou: Die gingen von West nach Ost.«

»Also könnte Frank van Cuun dubiose Kunstware in beide Richtungen transportiert haben.«

»Wäre nur logisch«, überlegte Dante. »Was quietscht bei Ihnen so?«

Katinka schaltete die Scheibenwischer ab. »Mähling deponierte Fälschungen wie den Kokoschka im Internat, die van Cuun zeitnah abholte, um sie in die DDR zu bringen, wo ein Mittelsmann sie weitergab.«

»Klingt verrückt, aber vor dem Hintergrund der ganzen Geschichte, die Sie bisher aufgedröselt haben, auch wieder logisch, oder, Frau Palfy?«

»Und Kirsten hat den Unfall beobachtet, bei dem Mähling etwas – vermutlich ein Kunstwerk – aus van Cuuns Mercedes nahm. Warum? Wollte er mit einem Mal nichts mehr liefern?«

»Weil er kalte Füße bekommen hat«, mutmaßte Dante. »Wenn eine Lieferkette so fluppt, fürchtet man irgendwann, dass es zu gut läuft. Sie verstehen, was ich meine?«

»Klar.« Katinka sah die Abzweigung zum Albertus-Magnus-Zentrum ein paar hundert Meter vor sich. »Ich fahre gerade ins Internat. Schätze, eine der Nonnen könnte Kirsten getötet haben. Um eine Mitwisserin auszuschalten.«

»Sie sind ja von allen guten Geistern verlassen!«

»Nein, gar nicht. Das Internat hat so viele Jahre gegen das Aus gekämpft. Es war nie genug Geld da. Die haben von der Hand in den Mund gelebt.«

»Glauben Sie, die Nonnen haben am Kunsthandel mitverdient?«

»Geld stinkt nicht, Wischnewski.«

»Aber dass eine Ordensschwester eine junge Frau in der Badewanne unter Wasser drückt …«

Katinka bog ab. Es begann wieder zu regnen. Der Wind peitschte seitlich gegen den Italiener.

»Bisweilen sind es nur Sekunden, in denen Menschen eine Entscheidung treffen und durchziehen. Und nachher stehen sie fassungslos vor ihrer eigenen Tat. Das trifft auf viele Mörder zu.« Sie hielt vor dem Nebeneingang, stellte den Motor ab. »Ich bin jetzt beim Internat. Mal sehen, was ich tun kann.«

*

63.

Das Internat lag still im Regen. Pfingstferien. Zwei Wochen Pause. Nur noch einmal würden Schüler zurückkehren, das Haus mit Leben füllen, bis dann mit den Sommerferien der endgültige Abschied kam.

Katinka holte das Holster mit der Beretta aus dem Rucksack, schnallte es um. Rasch riss sie die Folie ab, in die man im Krankenhaus ihre Jacke gepackt hatte. Bis auf Blutspuren am Ärmel sah sie unversehrt aus. Katinka schlüpfte hinein.

Sie würde das Holster und die Pistole gut genug verbergen. Zusätzlich steckte sie ein paar Kabelbinder in die Taschen.

Ein paarmal atmete sie tief durch, bevor sie ausstieg und zur Tür eilte. Sie war nicht versperrt. Katinka schlüpfte hindurch. Probehalber drückte sie die Klinke der Kellertür. Abgeschlossen.

Schwester Richhilde stand in der Küche, starrte auf die peinlich sauberen Chromnickelstahlflächen.

»Sie schon wieder?«

»Ich möchte zu Schwester Gertrudis.«

»Die hat sich hingelegt.«

»Danke.« Katinka spazierte seelenruhig durch die Küche und zur Haupttreppe. Richhilde rief etwas hinter ihr her, was sie nicht beachtete.

Eine halbe Minute später klopfte sie an die Tür von Gertrudis' Zimmer. »Schwester?«

Es dauerte eine Weile, schließlich hörte Katinka, wie jemand zur Tür geschlurft kam.

»Ja?« Schwester Gertrudis lugte durch einen schmalen Spalt. Verwirrt und ängstlich.

»Darf ich reinkommen?«

»Ich kenne Sie doch gar nicht.«

»Ich bin Anjas Freundin Katinka«, sagte Katinka so beschwingt und heiter sie konnte.

»Ach so, ja.«

Sanft drückte Katinka gegen die Tür. »Danke. Was für ein schreckliches Wetter.« Sie trat ins Zimmer, schloss die Tür hinter sich. Es war kalt. Schwester Gertrudis trug eine dicke Strickjacke über ihrer Ordenskleidung. Das Bett war zerwühlt, allerhand Kram lag auf dem Schreibtisch: eine Zahnbürste, Bücher, Zettel, ein Kartenspiel, eine aufgerissene Packung mit Etiketten.

Schwester Gertrudis drehte hinter Katinka den Schlüssel um. »Der Winter zieht sich hin hier oben.«

»Wir haben Mai. Meinen Sie nicht, dass es Zeit für Frühling wäre?«

»Jedes Jahr haben wir zu kämpfen. Der lange Winter! Unsere Schüler halten immer gut durch bis Ostern. Spätestens dann brechen die Erkältungen aus und die Grippe.«

Katinka nickte. »Ja, wie bei Kirsten. Die hat es auch erwischt, nicht?«

»Genau. Die konnte nicht mal mehr sprechen. Das Aufwecken musste Anja übernehmen. Kirsten brachte kein Wort heraus.«

»Ich bin sicher, Sie haben Anja unterstützt?« Sie bewegte sich auf dünnem Eis. Ob Gertrudis instinktiv spürte, dass sie über Kirstens letzten Tag sprechen wollte? Den Tag, als sie in der Badewanne ertrank?

»Damals kam so viel Schnee runter. So ein frischer, strahlend weißer, einer, den wir uns immer zu Weihnachten wünschen, aber da kommt er leider eisig und harsch und verweht.«

»Das stimmt.«

»Der Herr Schweigau sagte oft: ›Die Rhön ist nichts für schwache Nerven.‹ Recht hatte er.«

»Deswegen war Kirsten erkältet.«

»Sie hat geglüht wie ein Ofen.« Gertrudis sah in die Ferne. Nun wirkte sie ganz ruhig. Als riefe sie sich einen Tag vor 30 Jahren ins Bewusstsein, ohne dass es ihr besondere Mühe bereitete. Katinka war sich im Klaren, dass der Schleier des Vergessens sich sehr schnell von Neuem auf das Gedächtnis der Nonne legen konnte. »Ich habe ihr ein Grippemittel gegeben. Das haben wir immer da. Wenn ein Schüler mal krank wird. Oder eine von uns. Ist ja letztlich harmlos. Nicht wahr?«

»Natürlich.«

»Ich habe gedacht, wenn es ihr am nächsten Tag nicht besser geht, rufe ich unseren Hausarzt. Junge Menschen haben ein dickes Fell. Die werden krank und sind zwei Tage später auf dem Damm, als wäre nie was gewesen, wie?«

»Stimmt.«

»Ich habe ihr gesagt, sie soll sich hinlegen. Nicht, dass sie mir noch die Schüler ansteckt.« Unversehens wechselte Gertrudis in die Gegenwartsform. Ihr Blick ging an Katinka vorbei, die am Fenster stand, hinaus in den verregneten Maiabend. »Und schließlich sage ich: ›Warum nehmen Sie nicht ein heißes Bad?‹«

Es klopfte an die Tür.

»Gertrudis?«, rief Schwester Romanas feste Stimme.

Gertrudis legte den Finger auf die Lippen. Katinka grinste verschwörerisch. Die Klinke bewegte sich lautlos nach unten, wieder nach oben. Sie hielten still, bis die Schritte sich entfernten.

»Also, Kirsten hat ein Bad genommen. Sie haben ihr das vorgeschlagen.«

Schwester Gertrudis war durch die Ablenkung nervös geworden. Sie knetete ihre Finger.

»Ein Bad tut gut bei Erkältung. Die gleichmäßige Wärme. Dazu ein bisschen Fichtennadelextrakt«, schwadronierte Katinka. »Hilft den Bronchien.«

»Ich gehe den Gang entlang. Zuerst klopfe ich an Kirstens Zimmer. Man macht sich doch Sorgen, wenn man die Verantwortung hat. Die jungen Dinger! Wer weiß, ob sie sich wirklich ins Bett gelegt hat. Oder ein Bad genommen. Ihr Zimmer ist leer. Also gehe ich den Gang entlang, da duftet es nach Fichtennadeln. Wie Sie sagen.«

»Nicht wahr!« Katinka strahlte die Schwester an. Bitte, sprich weiter, flehte sie im Stillen.

»Ich laufe zum Gemeinschaftsbad. Ich will da nicht hin, verstehen Sie, das ist keine Art, jemandem nachzustellen. Etwas gefällt mir nicht, weil nämlich die Badezimmertür offen steht, und das kann ja nicht sein, bei der Kälte, wir hatten Schnee, Ende März, Frühlingsanfang, und jede Menge Schnee!«

»Die Tür zum Gemeinschaftsbad stand offen?«

»Nicht sperrangelweit.« Die Nonne ging nun hin und her wie ein Löwe im Käfig. Ein paar Schritte auf Katinka zu, zurück zur Tür. »Nur so ein Stück.« Sie hielt die Hände in die Luft. Zeigte einen halben Meter Abstand an. »Im Winter müssen wir dafür sorgen, dass die Türen geschlossen werden, sonst schießen unsere Heizkosten in den Himmel.«

»Klar.«

»Deswegen gehe ich zur Tür, da ist eine Wasserlache, jemand ist reingetreten, hat alles verteilt. Ich denke, Kirsten, dieses dumme Mädchen, hat nach dem Bad einfach die Tür offen gelassen, doch jäh überkommt mich eine Angst, die ich nicht kenne, so tief, so …« Schwester Gertrudis hielt inne. Sie blieb direkt vor Katinka stehen, packte sie bei den Armen. »Kennen Sie das? Wenn man aus dem Nichts schreckliche Angst bekommt? Ganz schlimm, als müsste man sterben?«

Katinka nickte. »Jeder Mensch kennt das.«

»Ich betrete das Bad, alles ist beschlagen, die Spiegel, das Fenster. Ich denke, ach, Tatsache, Kirsten ist schon wieder in ihrem Zimmer, denke zuerst, sie ist nicht mehr da, die Badewanne ist leer. Plötzlich fällt mir etwas Dunkles auf, ich sehe, dass Kirsten in der Wanne liegt, unter Wasser.« Gertrudis riss so heftig an Katinkas Armen, dass die beinahe das Gleichgewicht verlor. Sie spürte das harte Metall der Waffe unter ihrer Achsel. »Ich kriege so einen Schrecken, renne zurück, in mein Zimmer. Ich weiß nicht mehr, was ich denke, was ich sehe. Ich will nur weg aus dem Bad. Dann, vielleicht zehn Minuten später, in denen ich an meinem Tisch sitze, weiß ich, ich muss mich kümmern. Das ist meine Aufgabe, nicht? Mich kümmern. Und ich stehe auf, von diesem Stuhl da!« Sie wies hinter sich. »Stehe auf, gehe die Treppe hoch, alles scheint weggerückt von mir, ich bewege mich, habe aber zugleich den Eindruck, dass ich stehe, ganz festgefroren. Da höre ich lautes Geschrei. Oben, im zweiten Stock. Und ich weiß, jetzt hat sie jemand gefunden.«

»Anja«, sagte Katinka leise. Vorsichtig löste sie sich aus Gertrudis' Griff frei.

Die Nonne ließ den Kopf hängen.

»Ja. Anja. War schneller. Hat sie gefunden.«

»Schwester Gertrudis, meinen Sie, jemand hat Kirsten unter Wasser gedrückt?«

Zaghaft sah die Schwester Katinka an.

Die schoss alle kriminalistische Behutsamkeit in den Wind. »Das glauben Sie doch, oder? Dass jemand sie getötet hat. Dieser Verdacht stand all die Jahre zwischen Ihnen und Ihren Mitschwestern.«

Gertrudis betrachtete ihre Hände. Sie zitterten. Abwehrend hob sie sie hoch, als müsste sie sich gegen einen Angriff verteidigen.

»Nach so langer Zeit, Schwester: Wissen Sie, wer es war?«

Gertrudis schüttelte den Kopf.

»Haben Sie eine Ahnung? Einen Verdacht?«

Die Nonne ließ die Arme sinken und schlurfte zu ihrem Stuhl. Ließ sich darauf fallen und wirkte trotz ihres zierlichen Körperbaus unversehens wie ein plumper Sack.

Katinka gab schon die Hoffnung auf, noch etwas von Gertrudis erfahren zu können, als die Nonne den Kopf hob.

»Sie hat immer herumspioniert. Wenn Mähling kam.«

»Kirsten?«

Gertrudis schüttelte den Kopf. »Ich wollte den anderen nichts sagen. Wenn er hier war, um etwas zu bringen, hatte ich jedes Mal das dumme Gefühl, sie schnüffelt mir nach.«

»Wer schnüffelte, Schwester?«

Doch Gertrudis beantwortete die Frage nicht. »Dabei waren wir auf ihn angewiesen. Er hat uns am Leben erhalten.«

»Mähling, meinen Sie?«

Konfus sah die Nonne Katinka an.

»Wer?«

»Der Mann, den Sie in den Keller führten.«

Schwester Gertrudis starrte sie verständnislos an.

Verdammt, dachte Katinka. Das Erinnerungsfenster hatte sich geschlossen. Schwester Gertrudis war zurück im Jahr 2018. In einer immerwährenden Gegenwart.

»Haben Sie Anja die Treppe hinuntergestoßen?«

Schwester Gertrudis öffnete den Mund, schloss ihn wieder.

»Sie wollten es gar nicht. Oder Anja hat von selbst das Gleichgewicht verloren.«

»Geht es Anja gut?« In der Stimme der Nonne lag Verzweiflung.

»Es geht ihr gut, ja.«

»Kirsten war krank. Verstehen Sie?«

»Ja.« Katinka ging zur Tür. »Ruhen Sie sich ein bisschen aus. Es war nett, sich mit Ihnen zu unterhalten.«

*

64.

Katinka glitt aus Gertrudis' Zimmer. Ein seltsames Zwielicht lag auf dem Korridor. Sie wanderte an den Zimmertüren der Nonnen entlang. Klopfte an Romanas Tür. Niemand antwortete. Sie drückte die Klinke. Nicht abgeschlossen. Sie trat ein.

Der Regen klatschte gegen das gekippte Fenster. Eine Wasserlache hatte sich auf dem Fußboden gebildet. Es war kalt. Katinka sah sich um. Das Bett war akkurat gemacht, eine weiße Tagesdecke darauf ausgebreitet. Ein Stundenbuch lag neben der Nachttischlampe. Der Schreibtisch war leergefegt. Peinliche Ordnung, düstere Leere. Katinka fühlte sich wie ein Eindringling auf einem Friedhof. Endlich gab sie sich einen Ruck. Mit der Erfahrung von Jahren im Geschäft checkte sie den Kleiderschrank – nichts als wenige Kleider, Unterwäsche, zwei Paar Schuhe, eine leere Reisetasche. Die Schubladen des Schreibtisches waren genauso leer bis auf ein wenig Briefpapier, Kuverts und ein Set Kugelschreiber. Romana schien bereit für den Aufbruch an einen neuen Ort.

Katinka schlüpfte aus dem Zimmer und klopfte bei Richhilde.

Auch hier keine Antwort. Sie sah sich vorsichtig um, bevor sie die Klinke drückte.

Im Zimmer der Küchenschwester herrschte das nackte Chaos. Ein elektrisches Heizgerät strahlte Wärme ab. Auf dem Schreibtisch befand sich eine Palette mit Medikamenten. Katinka ging alles durch. Schmerzmittel, diverse Vitamintabletten, Betablocker, Schlaftabletten. In den Schubladen lagerten weitere Arzneien, Fläschchen mit abgegriffenen, kaum lesbaren Etiketten. Dazu Bücher, fast alles Romane aus den 70ern, zerlesen, ein Atlas, ebenfalls in üblem Zustand. »Das Parfum« von Patrick Süskind. Ein »Kompendium der heimischen Heilpflanzen«. Ein Set Schulbücher, Englisch, Sekundarstufe 1. Hefte voller Notizen, die Handschrift kaum lesbar. Kosmetikartikel, Ersatzzahnbürsten, Kämme. Mehrere Lesebrillen. Ein Lexikon »Concise Dictionary of Chemistry«. Ein Stapel Kalender, 2007 bis 2017. Meine Güte, dachte Katinka, eine Sammlerin, eine, die nie was wegwirft.

Sie machte sich über den Schrank her. Unter einem Stapel sauber gefalteter Blusen lag eine Plastikmappe. Neugierig schlug Katinka sie auf.

Zeitungsartikel. Alte.

Ordentlich ausgeschnitten, allerdings ohne Angabe, aus welcher Zeitung sie stammten. Nur das Datum war von Hand an den Rand gekritzelt worden. 22.3.1988. 23.3.1988. 26.3.1988.

Berichte über den Unfall, bei dem van Cuun zu Tode gekommen war. Katinka überflog die Texte. »Toter an Landstraße gefunden.«, »Verdacht fällt auf DDR-Kader.«, »Zeugen gesucht.«

Mit dem Handy fotografierte Katinka die Artikel ab, schob sie zurück in die Mappe und legte sie an Ort und Stelle ab.

Schwester Richhilde hatte die Berichterstattung zu jenem Unfall genau verfolgt.

Wen hatte Gertrudis im Sinn gehabt, als sie sich beschwerte, jemand habe geschnüffelt? »Sie«, eine Frau also. Eine ihrer Mitschwestern?

Sie mailte die Fotos an Hardo und Dante mit einer kurzen Erläuterung. Falls Gertrudis' Erinnerungen stimmten, war eine der Mitschwestern die Mörderin. Eine, die Kirsten als Zeugin der Mähling-Besuche ausschalten wollte.

Katinka steckte das Telefon ein und verließ das Zimmer.

Der Korridor war angefüllt mit grauen Schatten.

*

65.

Aus der Küche drangen leise Stimmen.

Die Nonnen.

Katinka spazierte geradewegs hinein. Unauffällig fühlte sie nach ihrer Waffe.

Romana und Richhilde saßen am Küchentisch in der Ecke und tranken Tee. Neben der Kanne stand eine Kognakflasche auf dem Tisch. Sieh an, dachte Katinka, sie brauchen was zum Runterkommen.

»Guten Abend«, sagte sie. Wobei ihr das Herz bis zum Hals schlug. Eine der beiden Nonnen sollte Kirsten getötet haben? Womöglich hatte Gertrudis ihr etwas vorgespielt. Oder schlicht fantasiert.

»Frau Palfy«, sagte Romana gespielt überrascht. Vermutlich hatte Richhilde ihr bereits berichtet, dass Katinka im Haus war.

»Darf ich mich einen Moment zu Ihnen setzen?«

»Bitte.« Romana lächelte. »Sie sind nicht der Teetrinkertyp, was?«

»Sie sind eine gute Beobachterin.«

»Richhilde hat das festgestellt.« Romana zuckte leicht die Schultern. »Ich biete Ihnen trotzdem gerne eine Tasse an. Mit Schuss. Für den Fall, dass Sie was zur Beruhigung vertragen könnten.«

Katinka nahm auf einem Stuhl Platz, darauf achtend, die Nonnen beide gut im Auge zu behalten.

»Ich war heute zweimal bei Anja.«

»Und?«, fragten beide unisono.

»Sie ist noch ziemlich durcheinander«, wich Katinka aus. »Sagen Sie, welche Verbindung besteht wirklich zwischen Herrn Mähling und dem Internat?«

Die Nonnen sahen einander an.

»Wie meinen Sie das?«, wollte Romana wissen.

»Mähling spendete, das Internat überlebte dank seiner Großzügigkeit manchen finanziellen Engpass. Aber er ist auch im Kunsthandel aktiv, und zwar in dem, der sich in der Unterwelt abspielt.«

»Unterwelt!«, schnaubte Richhilde.

»Als Deutschland in zwei Staaten geteilt war, brachte Mähling gefälschte Bilder hierher. Sie wurden in Ihrem Keller zwischengelagert und wenig später von Frank van Cuun abgeholt. In einem goldenen Mercedes. An den Sie sich beide erinnern dürften.«

Romana druckste herum. »Nun, ich weiß nicht, wie Sie darauf kommen, dass Herr Mähling etwas Illegales machte …«

Katinka winkte ab.

»Als van Cuun bei dem Unfall am 20. März starb, hatte er eine Grafik in seinem Auto, die er zuvor hier abgeholt hatte.« Sie beobachtete die Nonnen genau. Romana starrte in ihre Tasse. Richhilde blickte Katinka wütend an.

»Gute 24 Stunden später brachte Mähling diese Grafik zurück ins Internat. In der Nacht zwischen dem 21. und 22. März.« Katinka ließ ihre Worte verhallen. »Verstehen Sie, was das bedeutet?«

Richhilde holte tief Luft. »Gar nichts. Mähling ist ein Freund des Hauses. Er kann kommen und gehen, wann er will.«

»Ihr Tag beginnt früh und endet spät, Schwester Richhilde, habe ich recht?«

Brummelnd schob die Küchenschwester die Kognakflasche auf der Tischplatte herum.

»Sie haben die paar Stunden Schlaf bitter nötig, die Sie bekommen können, bevor morgens die Pflichten neu beginnen. Schwester Gertrudis hat ungeachtet dessen ihren Schlaf geopfert, hat Herrn Mähling empfangen und in den Keller geleitet, damit er die Grafik dorthin zurücklegen konnte. Er hatte wohl die Absicht, sie beizeiten zu holen. Dazu kam es nicht mehr. Er wollte aus dem Schmuggelgeschäft aussteigen, es wurde ihm zu dreckig, zu riskant.«

»Können Sie irgendwas davon beweisen?«

»Eine von Ihnen beobachtete seinen letzten nächtlichen Besuch in jener Nacht.« Katinka sah von Romana zu Richhilde. Romana fand weiterhin etwas besonders Interessantes in ihrem Tee. Richhilde guckte böse. »Und noch eine Person war wach. Kirsten.«

Romana sah hoch.

»Was?«

»Sie bekam eine fiese Erkältung und fühlte sich schlecht. Ihr Gewissen machte Druck, denn sie hatte den Unfall an der Straße zum Grenzübergang beobachtet.«

»Wer sagt das?« Romana wandte sich Richhilde zu. »Hast du das gewusst?«

Richhilde reagierte nicht.

»Eine von Ihnen beiden bemerkte, dass Kirsten Mählings Besuch mitbekam. Kirsten schlich sogar in den Keller, sodass sie Schwester Gertrudis mit ihrem nächtlichen Gast reden hörte. ›Das kann nicht so weitergehen in der Ostzone. Die Leute dort sind stinksauer. Die machen das nicht mehr lange mit.‹, war einer der Sätze, die fielen.«

Die Küchenschwester schüttelte den Kopf. »Hat Kirsten Ihnen das von oben eingeflüstert? Sie ist tot. Sie wird nicht mehr reden.«

»Mein Gott, Richhilde!«, stöhnte Romana.

»Und Gertrudis ist umnachtet«, fuhr Richhilde ungerührt fort. »Machen Sie sich nicht lächerlich.«

»Der Punkt ist, dass Anja und Kirsten dicke Freundinnen waren: Sie sprachen über Gott und die Welt, wie man so schön sagt. Deshalb hat Kirsten sich auch Anja anvertraut. Schließlich ging es um deren Vater.«

Katinka beobachtete die Nonnen scharf.

Richhilde goss sich Tee nach. Es folgte ein ordentlicher Schuss Kognak. »Wir wissen alle, dass Anja mit ihrem Vater auf Kriegsfuß stand und noch steht. Natürlich würde sie ihn gern reinreiten. Offenbar hat sie inzwischen eine arme Seele gefunden, die ihren Anschuldigungen Glauben schenkt.«

»Eine von Ihnen hatte auf dem Radar, dass Kirsten alles mitbekommen hatte und eins und eins zusammenrechnete.« Katinka tastete nach der Waffe unter ihrer Achsel. »Wussten Sie auch, dass Kirsten an Epilepsie litt?«

»Nein!«, fuhr Romana auf. »Wir hatten keine Ahnung. Nie hätten wir zugelassen …«

»Als Freiwillige wäre sie überhaupt nicht in Frage gekommen«, unterbrach Richhilde.

»Sie wussten es also nicht. Hatten Sie nie einen Verdacht?«

Romana schüttelte den Kopf. »Absolut nicht. Mein Gott, wir hatten die Verantwortung für unsere Freiwilligen! Wären wir im Bild gewesen, hätten wir darauf bestanden, dass Kirsten zum Arzt geht.«

»Na gut, von mir aus kaufe ich Ihnen das ab. Von der Epilepsie wussten Sie nichts. Aber Schwester Richhilde kennt sich mit Arzneien aus.«

Die Küchenschwester stöhnte. »Was kommt als Nächstes für ein Humbug? Sie scheinen ja ausschließlich von der Imagination zu leben.«

»Biologie Sekundarstufe eins. Kompendium der heimischen Heilpflanzen. Mischen Sie mitunter selber etwas an? Medikamente? Zum Beispiel gegen grippale Infekte? Oder fügen Sie den Komplexmitteln etwas hinzu, von dem nur Sie wissen? Dem ›Concise Dictionary of Chemistry‹ folgend?«

Romana starrte ihre Mitschwester an, die sich ächzend erhob. »Entschuldigen Sie. Solchen Blödsinn muss ich mir nicht anhören. In meinem Alter soll man sich nicht mehr so aufregen.«

»Kirsten war von ihrer Grippe ziemlich angeschlagen. Dazu kam der Schock. Was immer Sie ihr gegeben haben, Schwester Richhilde, es hat sie ausgeknockt. Die arglose junge Frau stellte ein leichtes Opfer dar. Vor 30 Jahren waren Sie gut in Form – kein Problem für Sie, eine Kranke unter die Wasseroberfläche zu drücken. Kirsten hat gekämpft. Sie wurden nass, überall im Bad bildeten sich Pfützen. Das haben Sie nicht beachtet, sind durch die Lachen spaziert und haben das Wasser vor dem Bad verteilt. Als die Polizei kam, waren die Spuren getrocknet. Oder Sie hatten sie weggewischt. Darin sind Sie offenbar gut.«

Richhilde war blass geworden.

»Frau Palfy, was reden Sie denn da!«, jammerte Romana. »Machen Sie sich doch nicht zum Gespött. Es war ein schrecklicher, ein tragischer Unfall, der unser Leben hier oben verfinstert hat. Den Tod einer Schutzbefohlenen werden Sie nie mehr los, selbst wenn Sie keine Schuld im eigentlichen Sinne trifft.«

Katinka hob die Hand.

»Ich bin noch nicht fertig.«

Keine Sekunde ließ sie Richhilde aus den Augen. Die griff nach ihrer Krücke.

»›Wir Schwestern wollen jedenfalls nicht, dass in unseren letzten Wochen hier ein Wirbel um nichts veranstaltet wird.‹ Genau das haben Sie gestern Abend Herrn Mähling wissen lassen. Bei einer Extraportion Crème brûlée.«

Ein kleiner, kläglicher Laut kam aus Richhildes Mund.

»Meine Güte, mein Kreuz.« Romana schob ihren Stuhl zurück und richtete sich mühevoll auf. »Das halte ich nicht aus. Was für eine Idiotie.«

»Sie haben Schlimmes durchgemacht, Schwester Richhilde«, sagte Katinka. »Als Vertriebenenkind, das den Tod der kleinen Schwester miterlebte. Sie waren ein Mensch ohne Heimat, erst der Orden fing Sie auf. Dieses Internat wurde Ihr Zuhause. Das Sie niemals, niemals aufgeben wollten, um nicht noch einmal in so ein Grauen abzudriften wie auf der Flucht.«

»Was wissen Sie schon.« Richhilde sprach tonlos, ohne den gewohnten unterschwelligen Ärger in ihrer Stimme. »Was wissen Sie schon.«

Romana schnalzte unwillig mit der Zunge, während sie durch die Küche schlurfte und neues Wasser aufsetzte.

»Wäre ein schlechtes Licht auf Mähling gefallen, wäre er sogar wegen seiner illegalen Kunstdeals angeklagt und verurteilt worden, hätte er nichts mehr gespendet. Das Internat hätte aufgeben müssen. Die Situation, in der Sie heute stecken, wäre 30 Jahre früher eingetreten. Mit dem Mord an der einzigen Zeugin haben Sie sich und Ihren Mitschwestern 30 Jahre Heimat geschenkt.«

Das Wasser begann zu kochen.

»Ich wollte nicht wieder fortmüssen.« Richhilde sah Katinka direkt in die Augen.

»Und Ihre Angst vor der Wahrheit, davor, dass an diesem Wochenende alles auffliegt, was Sie so viele Jahre nur mit sich und Ihrem Gewissen ausmachten, brachte Sie dazu, Gertrudis anzustiften, die Person in der grünen Jacke die Treppe hinunterzustoßen. Vermeintlich mich. Die Detektivin, die ihre Nase in die alte Geschichte steckte. Alles wäre wieder hochgekommen! Mählings Kunstdeals. Das Geld, das er für Spenden übrig hatte. Geld, von denen er Ihrem Internat einen stattlichen Betrag zukommen ließ.«

Der Wasserkocher gab einen Pfeifton von sich. Katinka meinte, irgendwo draußen ein Motorrad zu hören.

»Das Ansehen Ihres Zuhauses, das Sie über alles lieben, wäre beschmutzt gewesen. Ein für alle Mal.«

»Richhilde, sag was. Es kann doch nicht wahr sein, was Frau Palfy da redet, was?«

Romanas Stimme klang nah. Zu nah. Katinka fuhr herum.

Ein Schwall kochend heißes Wasser ergoss sich über ihren Nacken. Schreiend vor Schmerz warf sie sich auf den Boden, wälzte sich außer Reichweite. Schreck und Schmerz setzten sie für Augenblicke außer Gefecht. Zu lange. Schwester Richhilde stand über ihr und drückte ihr den Fuß ihrer Krücke auf den Kehlkopf.

»Es hat keinen Sinn«, keuchte Katinka. »Die Wahrheit ist in der Welt.«

Eine Tür klappte. Jemand entsicherte eine Pistole.

»Definitiv«, krächzte eine wohlbekannte Stimme, gefolgt von einem Husten. »Krücke weg, Schwester.«

*

66.

»Die Schwester hat ordentlich Gewicht«, stöhnte Katinka. Es fiel ihr schwer zu sprechen, deshalb hatte sie nichts dagegen, dass Gerlach die Dinge in die Hand nahm. Er hatte einen Rettungswagen gerufen und seine ehemaligen Kollegen. Die beiden Nonnen wurden nach Mellrichstadt gebracht. Zur Vernehmung. Dann würde man sehen.

»Ob Richhildes laues Geständnis reicht, weiß ich nicht«, murrte Gerlach hustend. »Zumindest können wir versuchen, damit bei Gericht eine Wiederaufnahme zu erreichen. Den Mord an Kirsten betreffend.«

»Sie braucht nur alles abzustreiten«, seufzte Katinka. »Gemeinsam mit Romana.« Mutlos starrte sie auf die beiden Teetassen der Nonnen, die auf dem Küchentisch standen. »Jedenfalls hat sie eine Reihe von Medikamentenfläschchen mit selbst geschriebenen Aufklebern in ihrem Zimmer. Wäre erhellend zu wissen, was drin ist.«

»Wir werden sehen. Wegen der Wasserkochersache kriegen beide eine Anzeige. Für mich ist das schwere Körperverletzung. Wenn Richhilde ihr volles Körpergewicht mit Karacho auf die Krücke gestützt hätte, ich weiß nicht, was jetzt von Ihrem Kehlkopf übrig wäre. Übrigens kommt dieser Tobias Gebsen genauso wenig los von der Vergangenheit.«

»Bitte?«

»Gebsen hat an Ihrem Auto herumgefummelt. Ich bin ihm auf die Zehen gestiegen und habe ihn erst einmal festgesetzt.«

»Gebsen?«

»Wundert Sie das?«

Katinka konnte es kaum glauben. Jetzt war also auch ihr Auto invalide. Dabei sehnte sie sich nach nichts anderem, als möglichst bald von hier wegzukommen.

»Was hat er, verdammt noch eins, an meinem Italiener gemacht?«

»Finden wir raus. Wahrscheinlich sollten Sie einen Unfall haben.«

»Ich?«

»Ich habe einen Kollegen, 50 Jahre alt, sehr clever. Und biestig. Der hat noch jeden Verdächtigen weichgekocht.«

»Sie meinen …«

»Ich meine gar nichts. Sieht so aus, als wollte Ihnen jemand ans Leder. Erst stürzt man vermeintlich Sie die Treppe hinunter, daraufhin manipuliert Gebsen Ihren Wagen.«

»Sie glauben doch nicht im Ernst, dass die Nonnen Tobias Gebsen beauftragt haben … Das wäre ja …« Katinka fehlten die Worte.

»Der gute Junge kam jahrelang, wenn sie ihn riefen. Hat angeblich alles gratis gemacht.«

»Und wenn Mähling dahintersteckt? Was ist mit ihm? Hat er nicht genug Dreck am Stecken? Ich kann mir kaum vorstellen, dass er seine Deals mit den Fälschungen so einfach preisgibt.«

»Apropos: Ich war bei meinem Experten. Der hat sich den Kokoschka angesehen. Wenn es eine Fälschung ist, hat jemand sein Geschäft verdammt gut verstanden, sagt er.«

»Er ist sich nicht sicher?«

»Er tendiert Richtung Fälschung, muss sich aber noch eingehend damit befassen.«

Katinka schlug mit der Faust auf den Tisch: »Wenn van Cuun den Kokoschka abholte. Hier, im Internat. Um ihn anschließend über die Grenze zu schmuggeln. Wenn er starb, bevor er in der DDR war. Wie kam dann Mähling an die Grafik, um sie hierher zurückzubringen?«

Gerlach wiegte den Kopf.

»Gibt nur eine Erklärung: Er war bei dem Unfall dabei.«

»Aber wieso?«

»Vielleicht wollte er van Cuun stoppen. Ist ihm nachgefahren, die beiden haben angehalten, kurz vor der Grenze. Standen an der Straße. Da kam der Wagen aus der Gegenrichtung in die Kurve geschossen …«

»Ein echter Unfall? Oder was Inszeniertes?«

»Ich fürchte, da werden wir auf Granit beißen. Übrigens: Falls Sie diesen gastlichen Ort heute noch verlassen wollen, besorge ich Ihnen einen Mietwagen.«

Katinka tastete vorsichtig über ihren Hals. Der Schmerz ließ allmählich nach. Die Regenjacke hatte den gröbsten Schwall aus Romanas Wasserkocher abgehalten, dennoch war ihr so viel von dem kochenden Wasser gegen den Nacken geschwappt und den Rücken heruntergelaufen, dass die Sanitäterin von einer großflächigen Verbrühung zweiten Grades gesprochen hatte.

Katinkas Handy klingelte. Hardo.

»Kann ich heute Abend noch mit dir rechnen?«

Sie musste lachen.

»Hoffe ich. Der Italiener ist arbeitsunfähig.«

»Was ist los?« Er klang wie so oft alarmiert. Keine Spur von Gereiztheit.

»Falls du Lust auf einen Ausflug in die Rhön hast, hol mich ab.«

»Bist du erkältet? Du klingst so komisch.«

»Das Sprechen tut weh, stimmt.« Sie reichte das Telefon an Gerlach weiter. »Würden Sie in groben Zügen zusammenfassen, was passiert ist?«

*

20.3.1988

67.

Kirsten schob ihr Rad über den Feldweg weg vom Dorf. Nach wenigen Metern befand sie sich zwischen Haselnuss- und Schlehenbüschen. Vorsichtig wagten sich erste weiße Blüten hervor. Trotz dieses leisen Anflugs von Frühling fegte der Wind über die Höhe, und erst als Kirsten den Waldrand erreicht hatte, ließ er nach. Die Kälte trieb ihr Tränen in die Augen. Oder sie weinte wegen Tobias.

Tobias.

Sie schlüpfte in die Handschuhe. Wenn sie nur an eine Mütze gedacht hätte! Der März war nichts als ein leeres Versprechen. Blauer Himmel, blitzende Sonnenstrahlen, eisiger Wind. Dann wieder Wolken und Schnee. Hier oben auf den Höhenzügen der Rhön funktionierte die gehässige Täuschung noch besser als zu Hause. Kirsten merkte, dass sie schluchzte, biss sich auf die Lippen. Aus dem Rucksack kramte sie die Ohrenschützer. Rosa Plüsch, ein Geschenk ihrer Cousine, absolut peinlich, aber bis sie im Internat ankam, würde sie keiner sehen, der sie kannte.

Endlich ging der Trampelpfad in einen Weg über, der aus brüchigen Platten bestand. Sie schwang sich aufs Rad. Trat kräftig in die Pedale. Gegenwind.

Es kam nicht mehr drauf an.

Es konnte ja nicht schlimmer werden.

Zwischen ihr und Tobias klappte nichts mehr. Die Aussprache, zu der Anja ihr geraten hatte, war gründlich misslungen. Vielleicht stand die Beziehung ja von Anfang an unter einem schlechten Stern, dachte Kirsten, während der Wind ihr in die Kopfhaut schnitt und durch die Handschuhe hindurch ihre Finger erstarren ließ. Trotz der Kälte begann sie zu schwitzen. Sie trampelte und trampelte, meisterte die leichte Steigung schnell. Jenseits des Feldes sah sie einen Traktor. Es roch nach Erde, Vögel zwitscherten, es wurde doch Frühling, nachdem der Winter noch vor zwei Wochen ordentlich zugeschlagen und das Internat eingeschneit hatte. Tobias konnte nicht heimfahren, und so hatte sich diese blöde Meinungsverschiedenheit zu einem handfesten Streit ausgewachsen. Seitdem waren sie sich aus dem Weg gegangen.

Kirsten und Tobias.

Sie hatte ihre Namen bereits auf Karten gedruckt gesehen. Anja würde darüber wahrscheinlich amüsiert und Schwester Romana mütterlich lächeln.

In Kirsten kochte die Wut hoch. Sie passte nicht in diese Welt. In den ländlichen Katholizismus, der sich progressiv nannte, wenn Mädchen und Jungen in einem Gebäude wohnten, allerdings auf getrennten Stockwerken. Sie schüttelte den Kopf. Ihre Mutter hatte dasselbe getan, als sie von ihrem Wunsch berichtet hatte, ein freiwilliges soziales Jahr abzuleisten. Andere reisten ein Jahr durch die USA. Und dann noch ein katholisches Internat!

Sie könnte hinschmeißen. Immerhin war ihr Dienst freiwillig.

Endlich erreichte sie das Ende des Flurbereinigungsweges und bog nach rechts ab. Wieder Wald. Links ging es zur

Grenze. Nur zwei Kilometer mochten es noch sein. Die Zonengrenze jagte ihr Angst ein. Tobias hatte erzählt, dass er sich sogar nachts dort ab und zu herumtrieb. Nur um mal zu gucken. Dass die DDR-Grenzer gelegentlich ganz nah an die weiß-blauen Grenzpfähle herankamen, die das bayerische Gebiet markierten. Dass das DDR-Gebiet nicht erst am Zaun begann, sondern viel früher, an den schwarz-rot-goldenen Pfosten mit Hammer und Sichel.

Typisch Tobias. Sinnlose Provokation, die sowieso niemanden aus der Reserve lockte.

Auf der geteerten Fahrstraße kam sie schneller vorwärts. Es ging eine gute Weile geradeaus, keine Steigung war zu überwinden, außerdem hielt der Wald den Wind ab.

Ein Wagen kam ihr entgegen, ein Mercedes in Gold. Der raste in einem Affenzahn die schmale Straße entlang. Kam auf ihre Spur rüber, gefolgt von einem zweiten Auto. Kirsten geriet ins Trudeln. Sie verriss den Lenker und landete unsanft im Straßengraben.

Sie schrie auf, eher vor Schreck als vor Schmerz. Zitternd hockte sie sich hin. Nichts Schlimmes passiert. Ihr rechtes Knie pochte, die Jeans war aufgerissen, die Haut abgeschürft.

Blöd, aber wirklich nicht schlimm.

Ihr Herz hämmerte. Sie lag auf dem Laub des letzten Herbstes. Als sie das Rad wieder aufstellte, sah sie zurück. Beide Wagen standen am Straßenrand. Die Fahrer waren ausgestiegen und diskutierten. Ihre Gestik vermittelte Hektik, Wut. Sie schrien einander an.

Neugierig ließ Kirsten das Rad stehen und ging ein paar Schritte, näherte sich den beiden Streithähnen. Sie lehnte sich an einen Baum. Denen war nicht einmal aufgefallen, dass sie eine Radfahrerin aus der Kurve geworfen hatten.

Idioten! Der zweite Wagen … Sie kannte das Nummernschild! Mähling!

Kirstens Pulsschlag, der sich nach dem Sturz wieder beruhigt hatte, beschleunigte erneut.

Mähling lieferte sich eine Verfolgungsjagd mit einem anderen Auto? Das passte nun so gar nicht. Anjas Vater gab sich stets gediegen, ganz Unternehmer, Geschäftsmann, immer höflich, wenngleich eiskalt dabei. Kirsten hatte von Anja mehr als genug über Familienzwist, cholerische Anfälle und die autoritären Anwandlungen dieses Mannes gehört.

Mähling, im Mantel, schubste den anderen Mann. Der wankte ein paar Schritte zurück, unter der Wucht des Stoßes. Alles ging ganz rasch: Sie hörte einen Motor, ein Auto näherte sich aus Richtung Grenze, mit hoher Geschwindigkeit, tauchte unversehens hinter den beiden Männern auf, zunächst noch halb verdeckt durch eine Hügelkuppe, preschte über die schmale Straße, rammte den anderen Mann, dessen offene Jacke flatterte wie Flügel, als er hochgeschleudert wurde und durch die Luft flog. Kirsten warf sich instinktiv auf den Boden, drückte die Nase in Laub und Fichtennadeln. Den Aufschlag des Körpers hörte sie überlaut, ein sattes Geräusch. BAFF. Das Auto raste an ihr vorbei. Für den Bruchteil einer Sekunde erkannte sie einen Mann am Steuer, ein Gesicht mit einer großen Nase, dann war der Wagen vorbei. Sie zwang sich, in die andere Richtung zu schauen. Der eine Mann lag auf der Straße. Blut sickerte unter ihm hervor. Mähling hatte sich hinuntergebeugt, drückte seine Hand an den Hals des anderen, stand auf, sah sich um. Kirsten zuckte zurück. Er schien sie nicht zu bemerken. Er rannte zu dem Mercedes, nahm etwas heraus. Unfähig, sich zu rühren, presste Kirsten sich auf den Waldboden. Ein bitterer Geruch stieg auf. Sie schloss die

Augen, hörte, wie ein Wagen gestartet wurde. Mähling wendete und rauschte an ihr vorbei.

Sie wartete eine Weile. Endlich rappelte sie sich auf und rannte zu dem Mann. Sehr viel Blut sammelte sich auf dem Asphalt. Es begann allmählich zu gerinnen.

Sie starrte in seine gebrochenen Augen. Seine Lederjacke stand offen. Er trug ein grün-graues Hemd darunter.

Kirsten machte kehrt.

ENDE

Katinka Palfy ermittelt:

1. Fall: Maskenspiel
ISBN 978-3-89977-636-2

2. Fall: Kirchweihmord
ISBN 978-3-89977-643-0

3. Fall: Fratzenmond
ISBN 978-3-89977-675-1

4. Fall: Käfersterben
ISBN 978-3-89977-681-2

5. Fall: Schockstarre
ISBN 978-3-89977-710-9

6. Fall: Januskopf
ISBN 978-3-89977-737-6

7. Fall: Pfeilgift
ISBN 978-3-89977-756-7

8. Fall: Spinnefeind
ISBN 978-3-89977-782-6

9. Fall: Rosenfolter
ISBN 978-3-8392-1275-2

10. Fall: Zuträger
ISBN 978-3-8392-1685-9

11. Fall: Dohlenhatz
ISBN 978-3-8392-2048-1

12. Fall: Kreidekreis
ISBN 978-3-8392-2229-4

13. Fall: Angeschwärzt
ISBN 978-3-8392-2523-3

Kea Laverde ermittelt:

1. Fall: Schweigfeinstill
ISBN 978-3-89977-805-2

2. Fall: Fliehganzleis
ISBN 978-3-8392-1012-3

3. Fall: Bisduvergisst
ISBN 978-3-8392-1034-5

4. Fall: Wieweitdugehst
ISBN 978-3-8392-1098-7

5. Fall: Wernievergibt
ISBN 978-3-8392-1135-9

6. Fall: Wasdunkelbleibt
ISBN 978-3-8392-1199-1

7. Fall: Ein Toter, der nicht sterben darf
ISBN 978-3-8392-1612-5

8. Fall: Falsche Versprechen
ISBN 978-3-8392-2154-9

weitere:

Du bist fort und ich lebe
ISBN 978-3-8392-1459-6

Wer mordet schon in Franken?
ISBN 978-3-8392-1507-4

Geisterflug
ISBN 978-3-8392-2314-7